_____ 님께

늘 '행백'하소서~

_____

# 한옥마을 남쪽 사람들

권행백 장편소설

온하루

# 한옥마을
# 남쪽 사람들

초판 1쇄 발행 2018년 9월 10일

지은이  권행백
펴낸이  홍남권
펴낸곳  온하루 출판사
제  작  (주)파코스토리
디자인  주형남 윤선화 박진형

출판사 등록번호  제2014-000030호
출판사 주소  전주시 덕진구 무삼지2길 10- 3
Tel 063-225-6949 | 010-7376-8430
E-mail  nnghong@naver.com
ISBN 979-11-88740-12-3

값  15,000원

* 이 도서의 국립중앙도서관 출판시도서목록(CIP)은 서지정보유통지원시스템 홈페이지
  (https://seoji.nl.go.kr)와 국가자료공동목록시스템(www.nl.go.kr/kolisnet)에서 이용하실
  수 있습니다. (CIP제어번호 : 2018027623)
* 한국출판문화산업진흥원의 출판콘텐츠 창작 자금 지원 사업의 일환으로 국민체육진흥기금을
  지원받아 제작되었습니다.

# 한옥마을
# 남쪽 사람들

# 지은이의 말

소설이 비록 꾸며낸 이야기지만 그럴듯하지 않으면 무용지물이다. 남이 듣기에도 그럴듯하려면 내가 가장 잘 아는 걸 건드릴 수밖에 없었다. 결국 고향이야기를 쓰기로 했다.

나는 전주천 남쪽마을에서 국민학교를 다녔다. 그곳을 다시 찾은 것은 서학동을 떠난 지 사십 년도 더 지나서였다. 낯익은 운동장에 들어서자 세월의 틈새가 접는 부채마냥 빠르게 줄어들었고 나는 과거로 돌아가 있었다. 어지간한 짐은 우마차로 나르던 시절이었다. 대로를 벗어나 조금만 동네 안으로 꺾어들면 먼지 폴폴 날리는 자갈길 위에 말똥이 굴러다녔다. 학교 앞도 예외는 아니어서 나는 교문에 기대서서 반백의 머리칼을 쓰다듬으며 뜬금없이 말똥냄새를 그리워했다. 그 뒤로도 계절이 바뀔 때마다 서울을 뒤로하고 서학동을 찾았다. 그 때마다 내 추억이 묻은 옛 모습들은 노인의 이가 빠지듯 차례로 자취를 감췄다. 이끼 낀 마당가에 풀꽃이 자라던 골목집이 사라졌고 토박이들이 옥수수를 심던 공터에도 경찰서 지구대가 들어섰다. 그 때마다 나는 실연을 당한 것만큼이나 아팠다. 고향이야기를 소설로 써보기로 결심한 것은 관광지가 된 한옥마을에서 전주천을 건너오는 자본의 힘에 두려움을 느낀 때문이었다.

소설은 어차피 작가의 일기 같은 것이다. 주변의 일상을 작가가 자신의 체험으로 느낄 때 소설은 진실에 다가간다고 믿으며 열 개의 이야기를 한 줄에 꿰었다. 나는 변화를 원하는 동네사람들에게 고개를 끄덕이곤 했는데, 아이러니하게도 내 속에서는 현실에서 밀려나는 전통을 붙잡고 싶은 욕구가 함께 자라났다.

소설이 나의 내적 갈등을 담기에 적당한 그릇이라는 게 참으로 다행스럽다. 날이 갈수록 밥벌이와 멀어지는 문학이 제 몫을 한번 해주기를 기대하며 나는 화자로 변신한다.

# 한옥마을
# 남쪽 사람들

## 목차

제1장

착근

# 제1장

# 착근

    15년 만이었다. 쑥스러운 귀향길에 봄볕이 부서져 내렸다. 덕진동 고속버스터미널에서 탄 택시는 가다서기를 반복하더니 남부시장 앞에서 아스팔트에 붙어버렸다. 시장골목으로 눈을 돌리자 사람들의 머리 위로 누각이 보였다. 풍남문이었다. 밑으로 터진 구멍을 깔고 앉은 전주성의 남문은 더 이상 성문일 수 없었다. 성벽 대신 오래된 점포들을 양 날개로 거느린 탓이었다. 점심시간이 막 지난 토요일의 팔달로는 관광객들로 북적거렸다. 전동성당 앞에서 신호등을 무시하고 시장 쪽으로 건너오는 사람들이 많았다. 오는 길에 한옥마을을 둘러보라던 수경의 말이 생각났다. 택시에서 내려 성당 앞길로 걸음을 옮겼다. 서울의 인사동을 연상시키는 풍경이 펼쳐졌다.

    – 이 동네 아주 난리도 아냐.

    두 달쯤 전이었다. 전화기 속 목소리가 달떠있었다. 수경이 내게 뜬금없는 제안을 했다.

― 민관합동 프로젝트로 이야기가 있는 마을을 조성하고 있어. 관광자원 확보가 목푠데, 자료는 구해 줄 테니까 오빠가 내려와서 그걸로 구슬을 꿰어봐. 시나리오 한번 써보시라고….

이번 문화제의 영화파트를 맡아달라는 거였다. 솔깃했다. 담당자와 두 차례 통화한 뒤 메일로 계획서를 보냈다. 낯 간지러운 포부도 잊지 않았다. '목표1 : 지역에서 발견된 사료나 설화를 재해석하여 싱싱한 이야기로 되살려내겠음. 목표2 : 관광객의 발길 닿을 곳으로 영화의 공간배경을 맞추겠음.' 사극이 대세임을 강조했다. 이성계의 쿠데타에 얽힌 뒷이야기를 본보기로 제시했다. 색다른 관점으로 전통을 재가공하면 대중의 관심이 전주이씨의 본향으로 몰릴 것이었다.

곧바로 내 통장에 착수금이 찍혔다. 중간에서 수경이 공을 들인 게 틀림없었다. '빈둥거리는 네 오빠 좀 어떻게 해보라'는 어머니의 간곡한 부탁이 있었지 싶었다. 전주출신 영화감독 겸 시나리오 작가가 흔치는 않았을 터, 빠듯한 예산에 저렴하게 일을 맡길 사람이 나밖에 없었는지도 몰랐다. 일거리 떨어진 지가 언제였더라. 숙식 해결도 벅찬 마흔여섯 노총각 형편에 밀고 당기기도 머쓱한 노릇이었다. 운이 좋으면 그럴듯한 얘깃거리를 하나 건질지도….

― 전주영화제도 있잖아?

쪼그라들었던 내 허파에 수경이 한 번 더 바람을 집어넣었다.

너도 내 꼴 날라. 재작년 봄, 수경이 잘된다던 학원을 때려치우고 게스트하우스를 열겠다고 했을 때 나는 말렸다. 걱정마셔, 몰려오고 있으니까. 더 이상 말렸다가는 너나 잘하세요, 라는 핀잔이 나올 태세였다. 하긴, 수경은 나와는 다른 데가 있었다.

수경도 내 뒤를 따라 서울로 올라왔었다. 내가 전주에서 고등학교를 마치고 유학길에 오른 3년 후였다. 딸을 데리고 상경한 부모님은 전주식당이라는 간판을 걸고 강북의 구석진 동네에서 콩나물국밥집을 열었다. 아버지의 부지런함과 어머니의 맛깔스런 솜씨 덕에 우리 남매는 무사히 대학을 마쳤다. 나는 제대 후 영화판에 빠져들었다. 연극동아리의 미련을 버리지 못한 탓이었다. 충무로 바닥을 헤매다 기어이 아버지가 전주에 남겨둔 집까지 팔게 했다. 제법 터가 넓은 한옥이었다.

수경은 대학시절의 과외실력을 밑천삼아 입시학원에 취직했다. 성격이 무던하고 온순한 구 서방은 거기서 만난 사람이었고 결혼 후 함께 전주로 내려가 학원을 차렸다. 매사에 야무진 수경이 구 서방을 어떻게 설득했는지는 내가 짐작만 할 뿐이었다. 제법 돈을 벌었다는 소문은 들었지만 집을 사서 게스트하우스를 만들었다는 소식에 나는 얼굴이 화끈거렸다. 내가 팔아먹은 집을 수경이 되찾아준 기분이었다.

한옥마을 중심부가 왁자했다. 어깨들이 부딪혀 왔다. 드문드문 얼굴색이 다른 외국인들도 서성거렸다. 중심거리엔 기념품 가게와 패스트푸드점이 늘어서 있었고 아이들이 세그웨이 바퀴를 돌리며 인파를 비집고 다녔다. 한복 대여점에서 입고 나온 화려한 치장을 뽐내며 셀카를 찍어대는 젊은 커플들이 없으면 명동거리와 구별이 힘들 것 같았다. 길거리 음식을 파는 손수레 아래 앞치마처럼 걸린 플래카드가 눈을 찔렀다. 꼬치구이는 전통음식이다. 누가 만든 상권인데 내쫓느냐. 생존권 보장하라. 꺾어진 골목마다 비슷한 문구들이 시의 행정에 저항하고 있었다.

먹자골목 중심부에 자리한 동학혁명기념관이 시야에 들어왔다. 건물 외벽에는 전봉준의 얼굴이 새겨져 있었다. 부릅뜬 두 눈이 아이스크림을 핥는 젊은이들을 바라보았다. 혼란스러웠다.

발을 재게 놀려 들어오던 길로 되돌아 나왔다. 전동성당 맞은편 경기전 입구의 화단에 철쭉이 화려했다. 신혼부부로 보이는 한 쌍이 긴 막대 끝에 끼운 휴대폰으로 그 앞에서 사진을 찍었다. 경기전은 초등학교 시절의 단골 소풍지였다. 키 큰 소나무들이 듬성듬성 그늘을 만든 넓은 마당에서 코흘리개들이 노래를 부르고 도시락을 까 먹었다. 그땐 그곳에 이성계의 영정을 모셨다거나, 조선왕조실록이 보관되어 있었다는 사실에 관심이 없었다. 그런 곳이 놀이터처럼 사용되던 시절이었다.

전주천은 여전히 풀숲 사이로 흐르고 있었다. 어른 팔뚝만 한 잉어 떼가 허리를 휘어 돌 틈을 돌았다. 먼발치에서 잿빛 왜가리 한 마리가 유유히 내려앉았다. 싸전다리를 밟았다. 전주성을 남으로 연결하는 다리의 밑은 쌀시장이 서던 곳. 남부시장을 에둘러 길게 펼쳐진 모래밭에서 장사꾼들의 시끌벅적한 외침이 들리는 듯 했다. 다리를 건너자 어린 날의 흔적이 다가왔다. 몇 걸음 사이로 한가해진 느낌이었다.


수경의 게스트하우스는 초등학교 운동장을 끼고 돌아온 뒷담에 붙어있었다. 소원이라는 동그란 아크릴 간판이 먼저 눈에 들어왔다. 마당이 제법 넓었다. 관리실로 보이는 건물까지 네 개의 아담한 기와집들이 마당을 감싸고 오종종 들어선 모양새였다. 민박이라고 부르기엔 규모가 제법 컸다. 안채와 사랑채, 별채 등, 제법 힘깨나 쓰던 사람이 살던 오래된 한옥을 사서 리모델링한 듯했다. 키 낮은 대문 앞엔 허리 굵은 버드나무가 머리채를 풀고 있었다. 전주천으로 들어가는 실개천이 흐르던 자리였다. 개울을 덮은 마을 진입로는 차가 들어오는 길이 되었다.

앞치마를 두른 여자가 안채의 객실 문을 열고 얼굴을 드러냈다. 인기척을 느꼈나 보았다. 짧고 낮은 콧날과 가무잡잡한 피부색, 그녀가 먼 곳 출신임을 단박에 알 수 있었다.

"예약하셨어요? 사장님 곧 오실 거예요."

자연스러운 한국어였다. 짙은 쌍꺼풀눈에 웃음기가 배어 있었다. 윤기 흐르는 검은 머리와 잘록한 허리에서 삼십대 여자의 탄력이 묻어나왔다. 쭈뼛거리는 내게 고개를 까딱하더니 그녀가 청소기 스위치를 켰다.

수경이 뒤꼍 별채로 나를 밀었다.

"오빠, 이 방 괜찮지? 조용하고. 신경 쓰지 말고 죽치셔, 빈방은 많으니까. 밥은 우리하고 먹으면 되고. 대폿집 예약해뒀어. 저녁에 구 서방이 환영식 해준디야."

그리고는 분홍색의 묵직한 보따리를 불쑥 내밀었다.

"옷 갈아입고 이거나 훑어보셔. 구 서방이 돌아다니면서 힘들게 모은 거야. 요즘엔 이런 게 먹힌다며?"

"지지배 급하긴."

수경이 나간 뒤에 나는 궁금증부터 풀었다. 보따리 안에는 A4용지로 족히 천 장이 넘을 만큼의 자료들이 소책자와 섞여있었다. 삐죽이 끼어있는 몇 장의 지도는 지자체에서 홍보용으로 만든 것이었다. 나는 메고 온 배낭에서 스카치테이프를 꺼내 지도부터 벽에 붙였다. 방바닥에 자료를 쪽 펼쳤다. 전라도 땅에서 구전되는 자질구레한 설화와 동학혁명에 얽힌 비화(秘話) 등이 섞여있었다. 호치키스로 찍어둔 종이뭉치를 흔들어 털었다. 그틈에서 빠져나온 사진 몇 장이 바닥에 떨어졌다. 서로 연결된 점련(粘連)문서를 찍어놓은 거였는데 누렇게 변색된 한지 위에 쥐 오줌 같은 얼룩이 번져있었다. 노비문서인 듯했다.

구 서방과 택시를 잡아타고 반시간을 달려간 막걸리집은 사극에서 보던 주막을 연상시켰다.

"주말엔 예약 안 하면 밖에서 두 시간은 기다려야 돼요. 이런 게 없으면 전주는 고무줄 없는 빤스 아니겠소, 성님?"

구닥다리 유머며 느린 말투며 구 서방은 십여 년 만에 전주 사람이 다 되어있었다. 모서리마다 쇠젓가락 두드린 상처투성이 탁자 위로 그득히 안주가 차려졌다. 벌교 갯벌에서 잡아 올렸을 꼬막이 와락 반가웠다. 한옥지붕 같은 껍데기에 거뭇한 간장양념이 골마다 흐르며 군침을 흘렸다. 고추장을 발라 그슬린 족발이 막걸리 한 주전자를 뚝딱 잡아먹었다.

"건 그렇고, 그 여자는 누구여?"

취기를 빌어 내가 먼저 꺼낸 화제였다.

"미야 말이요? 왜요, 성님도 줄 한번 서보시게? 흐흐."

소원에서 일을 거든다는 미야는 9년 전에 한국으로 시집온 필리핀 여자였다.

"개망나니 같은 고창촌놈 만나서 고생하다가… 딸들 데리고 야반도주해서 이 동네까지 흘러오긴 왔는데…."

뭔가를 감추듯 구 서방이 묘한 웃음을 흘렸다.

"차차 알게 될 거요. 궁금하면 아침마다 그 여자를 지켜보시든가, 흐흐."

꼬박 닷새간 자료더미에 코를 박았다. 마구 뒤섞인 종이뭉치 속에서 그럴듯한 이야기를 가려내기가 쉽지 않았다. 겨우 건진 몇 가지도 가닥이 엉키곤 했다. 콩쥐팥쥐의 이야기가 콩조시와 팥조시라는 이름으로 남원 송동면의 지리산 골짜기에서 유래했다든지, 선녀와 나무꾼 이야기가 완

주군 운주면의 삼거리마을에 전해진다는 조사결과는 주목할 만했다. 하지만 나는 설화를 현대적 의미로 되살려낼 자신이 없었다. 마을 입구에서 보이는 봉우리가 선녀봉이고 근처에 선녀탕이라 불리는 소(沼)가 있다는 상세한 주석도 나를 설레게 하진 못했다. 선녀가 두레박을 타고 내려오는 장면 정도로는 삼류영화감독의 실패 이력만 한 줄 늘어날 게 빤했다.

빠르게 도망치는 날짜들을 세며 초조해지기 시작했다. 그럴듯한 영감이 덥석 물리기를 기다리는 목구멍에 반쯤 써버린 착수금이 가시처럼 걸렸다. 아침마다 청소기를 돌리며 창문을 열어주는 미야라도 없으면 온종일 이불속에서 몸을 말고 있을 터였다.

"술만 마시고 들어오면 두들겨 팼다는데. 나중엔 자기 딸이 아니라고 우기더래. 농사일도 팍팍했겠지 뭐."

수경은 미야의 개인사에 대해 제법 소상히 알고 있었다. 소원을 오픈할 때부터 미야가 일을 도왔단다. 집안의 장녀인 미야는 세부에서 고등학교를 졸업하고 은행원이 되었다. 위암에 걸린 어머니의 수술비를 마련하기 위해 한국으로 시집을 온 것이었다. 국제결혼 중개회사의 인터넷사이트에 접속을 한 게 시작이었다. 친구 중 하나가 먼저 한국으로 시집가 잘 산다는 소문을 듣던 참이었다. 첫 결혼으로 얻은 딸을 친정어머니에게 맡겨두고 온 한국행이었다. 이혼경력은, 도시여자가 자신보다 열일곱 살이나 많은 농촌남자를 선택하게 했다.

"엄마가 이듬해 세상 떴디야. 쯧쯧, 수술 받은 보람도 없이. 한국인 남편하고 딸 하나를 더 낳았고…."

덜 깬 잠이 확 달아났다. 수경의 말허리를 자르며 나는 자리에서 벌떡 일어났다. 탁자 위 종이컵을 무릎으로 차는 바람에 커피가 엎질러졌다.

홍건해진 관리실 바닥을 뒤로하고 내 방으로 달려왔다. 나는 첫날 방바닥에 떨어뜨린 사진들을 찾아 시간대별로 나열했다.

노비로 팔린 고읍덕(古邑德)에 관한 명문(明文), 일종의 매매계약서였다. 여기서 邑은 비읍 받침의 한자식표기이므로 나는 그녀를 곱덕으로 부르기로 했다. 1784년 전라도 흥덕현(지금의 고창군 흥덕면)에서 오생원댁으로 팔려간 열세 살 소녀, 그녀의 사연이 나를 사로잡았다. 곱덕의 명문 위로, 고창으로 시집왔다는 이방인 여자, 미야의 얼굴이 자꾸만 겹쳐졌다.

세월을 뚝 부러뜨려 두 여자를 이어준 사연이 또 있었다. 당시 양민(良民)이 신분을 하향하여 노비가 되기 위해서는 관청의 허가가 필요했는데, 곱덕의 아비 최봉(崔峯)이 관청에 올린 자매(自賣)청원서에는 셋째 딸을 노비로 팔 수밖에 없는 절박한 사연이 적혀있었다. 식구가 굶어죽게 되었다는···. 그는 딸을 팔아 자신의 병든 아버지도 구하겠다고 했다. 호구지책과 효도를 동시에 꾀하겠다는 뜻이었다. 조선왕조실록은 정조 7년(1783년)에 경기 호서 호남 영남 관동 관북에 흉년이 들었다고 기록한다. 긴 가뭄 끝에 들이닥친 홍수가 원인이었다. 최봉이 관아에 자매소지(自賣所旨)를 올려 허락을 구한 것은 바로 그 이듬해 3월이었다. 보리 수확 전의 춘궁기, 부황 든 백성들이 죽음을 기다리던 나날이었다. 한 달 후, 관아에서는 입지(立旨)를 내린다. 양민의 소지를 받아들여 스스로 노비가 되도록 허가해준 것이었다.


미야는 수경을 언니로 부르며 살갑게 속을 트고 있었다.

"갸가 그래도 촌구석에서 오 년이나 버텼다는데···. 필리핀에서 나중에 데려온 큰 딸한테 그 인간이 집적거렸나벼. 열두 살밖에 안 된 애한테 그러는디 어느 에미가 가만 있었냐고."

내 머릿속에서 문득 콩조시팥조시 설화의 구조가 현대판 버전으로 바꿰고 있었다. 의붓아비한테 핍박받는 계모의 딸이 눈에 밟혔다.

"미야가 칼을 들고 대들었디야."

이튿날 새벽, 그녀가 두 딸을 데리고 무작정 도망을 쳤고 전주는 그렇게 도착한 곳이었다. 한옥마을이 관광단지로 주목받던 초창기였다. 일자리가 많았고 세 모녀가 스며들기도 쉬웠을 것이다.

"남편이 찾으러 안 왔대?"

웬 관심이냐는 듯 수경이 눈을 흘겼다.

"두어 번 왔었다는디. 미야는 그때마다 일터를 옮겼고. 요즘엔 좀 뜸하다네. 그래도 늘 불안하것지 뭐."

내가 미야남편의 추적에 대해 수경에게 물은 이유가 있었다. 바로 곱덕이 노비로 팔린 지 5년 후 열여덟 살이 되던 1789년에 오생원에게서 도망을 친 흔적을 발견했기 때문이었다. 그녀는 붙잡혔을까. 아니면 추노(推奴)의 손아귀를 피했을까. 도주에 성공했다면 어디로 숨었을까. 나는 고문서를 파고들었다. 다행히 자료들 틈에서 해독이 어려웠던 초서체의 해석본을 발견했다. 그녀를 매수한 오생원 즉, 오응규라는 자가 관청으로부터 발급받은 입안(立案)이었다. 입안이란 부동산등기부등본 같은 소유권증명서다. 오응규는 호구단자를 입안과 함께 보관했다.

나는 두 문서를 좌우로 나란히 놓고 고개를 돌려가며 한 자씩 살폈다. 오응규는 3년마다 관청에 호구단자를 제출했다. 인구조사에 응하는 동시에 소유재산에 대한 권리보존차원이었다. 곱덕을 매수하고 11년이 지난 1795년, 그러니까 곱덕이 사라진 지 6년 후 오응규가 다시 작성한 호구단자에 도주노비의 명단이 들어있었다. 낯익은 이름이 보였다. 곱덕이 아직 붙잡히지 않은 것이었다.

곱덕에 대한 궁금증은 내게 아련한 불면의 밤을 선사했다. 꿈에서도 그녀가 되살아났다. 미아(迷兒)가 되어 전주로 흘러들어온 미야가 불현듯 곱덕이 되었고, 곱덕이 다시 미야가 되어 게스트하우스 마당에 나타났다. 이백 수십 년이라는 세월의 다리가 전주천 위로 놓였다. 다리는 길지도 않았다. 허위허위 그 위를 밟던 두 여자가 중간쯤에서 홀연히 하나가 되어 내쪽을 바라보았다. 까무잡잡한 미야와 볕에 그을린 곱덕, 별반 다르지 않은 두 얼굴이 휘저은 물감처럼 흐려지다 이내 데칼코마니로 겹쳐지곤 했다. 고전(古傳)을 현대적 영상으로. 퍼뜩 떠오른 구호 하나가 그럴듯했다. 나는 어깨를 뒤로 젖혀 허파를 부풀렸다.

일찍 눈을 떴다. 밖에서 딸그락거리는 소리가 들렸다. 내가 잠자는 별채의 아래였다. 미야가 출근한 모양이었다. 구 서방의 말이 귓바퀴를 맴돌았다. 나는 파자마 바람으로 슬그머니 계단을 내려갔다. 새벽공기가 서늘했다. 일주일이 지났지만 지하실은 낯설었다. 밖에서만 들어가게 되어 있는 지하실문이 열려있었다. 쌓아둔 물건으로 보아 창고로 사용하는 것 같았는데 으스스하고 끈적거리는 공기가 팔뚝에 들어붙었다. 나는 걸음을 멈추고 호흡을 다스렸다. 어둑한 구석으로 미야가 들어가고 있었다. 컴컴한 안쪽에서 실루엣이 어른거렸다. 그녀가 허리 높이의 커다란 통을 쓰다듬으며 내가 알아들을 수 없는 말로 중얼거렸다. 잠시 후 조그만 물체가 물속으로 떨어지는 공명이 들렸다. 그녀가 나간 뒤 안으로 깊이 들어가 보았다. 합판을 둥그렇게 잘라 만든 뚜껑이 빠끔히 열려있었다.

"웬 우물이여?"
수경에게 물었다.
"콩나물공장이 있던 자리야. 물이 많이 필요했었나봐. 나는 사용 안 해.

왠지 으스스해서 말이야. 그게 미야에겐 소원을 비는 우물이 된 거지."

듣고 보니 간판에서 본 소원이라는 이름과 우물이 어울리는 것 같기도 했다.

"결국 자기 땅값 오르게 해달라는 거 아니겠어?"

수경과 미야의 소원은 본질적으로 다르지 않을 것이었다.

"갸가 낮에는 여기서 청소랑 빨래를 하고 저녁엔 강북으로 넘어가서 한식당 주방 일을 하잖아."

수경은 전주천 북쪽의 한옥마을을 강북으로 불렀다. 미야는 억척이었다. 그렇게 강남북을 오가며 돈을 모았단다.

"강남에 땅을 샀다니깐. 무슨 똥배짱인지 대출을 잔뜩 끼고 말이지. 조만간 거기에다 식당을 차리겄디야."

"필리핀 사람이 한식당을?"

"오빠가 뭘 모르나본데 갸는 이미 전주사람이여. 갸가 만든 콩나물국밥이 아조 죽여준당게."

그건 나도 일가견이 있었다. 어머니가 서울에 차린 식당의 주메뉴였으니까. 전주식 콩나물 국밥은 얼큰한 국물에, 거친 고춧가루와, 참기름 발라 바삭하게 구운 햇김을 뿌려 넣고 수란을 두 알쯤 곁들여야 제 맛이다. 콩나물이 너무 익지 않도록 불 조절을 잘해야 한다.

"그 노하우를 미야가 터득했다고?"

"참나 그렇다니까."


무슨 소리를 들은 것 같았다. 손님 드문 주중이라 수경부부는 일찍 귀가를 했고 나 혼자서 잠을 청하고 있었다. 자정 가까운 시각. 미등이 켜져있는 관리실에서 고양이 소리 같은 게 들렸다. 귀를 세웠다. 귀에 익은 음색이었다. 나는 그쪽으로 발을 옮기다 멈췄다. 여자의 신음 사이로 남자목소리가 납작하게 흘러나왔다. 나는 이내 상황을 알아차리고 돌아섰다. 구서방이 흘리던 웃음의 의미를 그제야 깨달았다. 잠들긴 틀린 밤이었다. 괜스레 심란해진 나는 슬며시 대문을 열고 골목을 밟았다. 보름달이 밝았다.

큰길로 나섰다. 싸전다리 너머 북쪽이 환했다. 술집들이 아직 문을 열어놓았나 보았다. 다리 위로 올라섰다. 뒤돌아본 남쪽은 어둑했다. 달이 잘 보이는 난간에 허리를 기댔다. 다리 끝을 횡으로 지나는 도로 건너 절벽 아래로 안내판이 보였다. 가로등과 밝은 달빛에 큰 글씨는 읽을 만했다. 초록바위. 나는 그제야 생각이 났다. 수많은 사람들의 목을 벤 자리였다. 오뉴월에도 서리바람이 분다는 절벽. 천주교 박해 때는 바위틈을 모질게 뚫고 올라온 나무에 교인들이 묶였고, 동학혁명의 한파 끝엔 민초들의 머리가 다시 그 나뭇가지에 걸렸다.

근처를 배회하던 중, 문득 먼발치에서 익숙한 그림자가 다가왔다. 미야였다. 나는 걸음을 옮겨 몸을 숨겼다. 그녀가 으스스한 바위 밑을 지나 측면을 스무 발쯤 오르더니 계단참인 듯 평평한 곳으로 올라섰다. 달이 환하게 보이는 자리였다. 그녀가 두 손을 모아 천천히 머리 위로 올렸다 내리기를 반복했다. 내가 어릴 때 보았던 흡월(吸月)의식이었다. 초록바위는 목숨을 매단 곳임과 동시에 생명을 잉태하는 곳이었다. 여자들은 바로 그 자리에서 보름달을 향해 큰 숨을 들이쉬고 온몸에 음기를 끌어들였다. 아들을 원하는 전주사람들의 믿음이었다. 수경의 말이 맞았다. 갸는 이미 전주사람이여….

다음날 점심을 함께 먹는 자리에서 구 서방한테 자세한 내막을 들었다.

"양 사장일 거여. 영감이 주책이지 칠순잔치가 코앞인데. 미야가 욕심을부리는 건지도… 흐흐. 박가가 웃기는 사람이지 뭐."

그러니까 복덕방 박씨가 땅부자인 양 사장에게 잘 보이려고 꾸민 짓이라는 거였다. 딸만 셋인 양 사장에게 아들 하나만 낳아주면 그 땅은 모두 미야의 것이 될 거라고. 박씨가 소원에 들러 미야를 꼬드기는 말을 구 서방이 엿들은 것이었다.

"이 동네 어지간한 논밭은 왜놈 마름질하던 양 사장의 아버지 땅이었다네요. 그걸 물려받은 아들이 기회만 되면 야금야금 팔아먹는 거죠."

미야가 샀다는 땅도 양 사장 물건이었다.

"우리집도 왕년엔 그 영감 소유였다더라고요."

구 서방은 미야와 양 사장 사이엔 끼어들기 싫은 눈치였다.

"어린애도 아니고, 그게 사생활이라…."

땅은 남녀 사이에서도 제 힘을 쓰고 있었다.

밀려난 사람들이 터를 옮겨 잡았다. 한옥마을의 치솟는 임대료가 문제였다. 그들이 다시 뿌리내린 곳이 강남으로 불리는 서학동이었다. 좁은 도로를 중간에 두고 오래 전 동서학동과 서서학동으로 나뉜 동네는 한옥마을에서 남쪽으로 전주천만 건너면 바로였다. 행정구역과 무관하게 땅값은 헐했다. 동네로 들어온 몇몇은 강북에서 조그만 화실이나 공예품공방을 열던 자들이었다. 서학동이 예술인마을로 불리게 된 연유였다. 민박으로 생계를 꾸리던 이들도 예외일 수 없었다. 자신의 건물이 아닌 이상 월세를 감당할 수 없었고 그들은 하나 둘씩 서학동으로 밀려나왔다. 다행히 한옥마을의 훈풍이 남쪽까지 날아왔다. 강북에 방을 구하지 못한 숙박객들이 주말마다 강남으로 넘어왔다. 강남타운이 조성되는가 싶었단다. 강남땅을 산 미야에게도 그건 소망이었다. 하지만 관광객이 빠르게 줄어들었다. 느닷없는 호흡기증후군이 전국토를 덮친 뒤였다. 겨우 명맥을 이어가던 숙박업소들이 된서리를 맞았다. 한옥마을 중심부인 강북에서조차 방이 남아돌았다. 주중에는 더욱 썰렁하여 전주천 남쪽은 사람 사는 동네 같지 않았다. 예술인마을로 관광단지를 넓혀 수요를 증대시키려던 지방정부도 무르춤해졌다.

위기감을 느낀 강북사람들이 먼저 분위기 쇄신을 외쳤다. 전통음식으로 얻은 전주의 이미지에 패스트푸드가 먹칠을 한다는 것이었다. 밀어내기가 시작되었고 저항도 강해졌다. 대표적인 길거리음식으로 꼬치구이가 표적이 되었다. 논쟁이 달아올랐다. 석쇠 위에서 구워내는 음식이 과연 전통과 거리가 먼 것인지. 전주천이 가르마가 되어 남북으로 찬반이 나뉘어졌다. 달아오른 이슈가 텔레비전 화면을 채웠다. 지방정부가 나섰다. 뉴스가 반복될수록 전주의 전통이 사라지고 있음을 광고하는 꼴이 되었다. 역효과였다. 소원도 뾰족한 수는 없었다.

이쪽에 제대로 된 대폿집만 하나 있어도…. 수경이 자주 툴툴거렸다. 강남에 밤문화가 없는 것에 대한 아쉬움이었다. 겨우 붙잡은 객실손님들이 밤만 되면 소문난 막걸리집을 찾아 휩쓸리듯 시내로 빠져나간다는 거였다. 불빛 없는 동네에 객이 들지 않고, 객이 없으니 아무도 선뜻 나서서 전통 주점을 열지 못했다.

"수경이 네가 하나 차려보지 그러냐?"

"실없는 소리 마쇼. 내가 엄마를 닮지 못한 게 한이여."

하지만 수경이 엄마를 닮았어도 고양이 목에 방울 달 용기는 없어 보였다.


구 서방에게 미야가 샀다는 땅을 구경시켜달라고 졸랐다. 듣기에도 외진 곳이라 누군가의 안내가 필요했다. 소원이 자리한 강남 예술인마을을 빠져나와 큰 길을 건넜다. 오 분 남짓 더 걸었다. 완산칠봉으로 오르는 초입의 산비탈 아래로 비스듬히 기운 공터가 보였다. 양 사장 소유라는 빈 땅은 오백 평쯤 되는 듯했다.

"저 끝에 울타리 쳐진 뾰족한 삼각형 보이죠? 글쎄 미야가 저걸 샀다네요."

양 사장의 땅은 등산로로 잘려나갔고, 토막 난 맞은편에 오두막이나 한 채 들어앉힐 만한 자투리가 길게 누워있었다. 아무리 봐도 유동인구를 상대하는 요즘의 가게 자리는 아니었다. 그 옛날 먼 길을 재촉하는 과객이나 불러 세우던 주막터였다면 모를까.

"양 사장도 참, 그 많던 부동산을 다 팔아먹고 이젠 몇 군데 안 남았어요. 박가는 그마저 팔라며 쑤셔대고요."

구 서방의 늘어지는 입담을 내가 자르고 들어갔다.

"그래도 이번에 패스트푸드점들이 강남으로 쫓겨나오면 미야도 빛을 좀 보지 않을까? 남의 불행은 나의 행복이 되는 세상 아닌가베."

"여기에 먹거리촌이 생긴다고요? 하이고 어느 천년에요. 지나가는 개가 웃을 소리요. 미야에게 이런 말을 해주긴 좀 그렇더라고요, 이미 넘어갔는데…."

안타까운 듯 구 서방이 혀를 털었다.

"박가의 농간에 미야도 속은 거죠. 이삼천 짜리도 못 되는 밭을 오천에 샀으니…."

나는 곱덕의 명문을 떠올렸다. 희한하게도 매매계약서에 해당되는 그것이 두 가지였다. 입안을 받기 위해 관청에 제출한 명문에는 여덟 냥이라는 곱덕의 몸값이 적혀있었다. 공정한 매매의 형식을 갖추기 위해 필요한 절차였다. 명문에 적힌 입회인 겸 증인으로 오재삼의 수결(手決)이 보였다.

나는 오재삼이 바로 노비중개상이라는 심증을 굳혔다. 오재삼은 실제로 매수인 오응규로부터 그 돈을 받았을 가능성이 높았다. 그가 이중계약서를 만들어 곱덕의 몸값을 가로챈 것이었다. 한 달 후에 작성된 또 다른 명문이 유력한 증거였다. 거기에도 오재삼의 증인서명은 나와 있으나 몸값에 대한 언급이 빠져 있었다. 어리숙한 곱덕의 아버지 최봉을 속인 거였다.

글씨라기보다는 어린애 낙서 같은 최봉의 수결을 보면 그가 글을 모르거나 세상물정에 어두운 자라는 추정이 가능했다. 말하자면 오재삼은 우선 형식적인 계약서를 만들어 관청에 제출하고 돈을 챙긴 뒤, 최봉과 직접 만나 별도의 명문을 작성할 때는 돈을 건네는 과정을 생략해버렸다. 나중에 몸값을 요구하지 못하도록 거기에 최봉의 진짜 서명을 받았다. 야비하게 박아놓은 쐐기였다.

부잣집에 딸을 판 행위는 비록 평민의 신분을 포기하더라도 자식에게 밥을 먹일 최선의 선택일 수 있었다. 온 가족이 굶어죽는 상황이라는 최봉의 진술로 보아 곱덕 할아버지의 병환도 영양실조와 무관치 않아 보인다. 오재삼의 태도는 부잣집을 소개시켜준 것만으로도 고마운 줄 알라는 의미였는지도 모른다.

한편, 오재삼이 오응규에게 보낸 추노각서가 오씨 문중의 접련문서에서 함께 발견되었다. 한 달 내로 곱덕을 잡아오겠노라 다짐이었다. 매수인 오응규는 오재삼의 농간을 알고도 묵인해줬을 터, 거래가 이뤄지고 5년이 지난 후에도 오재삼은 도주노비에 대한 책임추궁을 당한 모양이었다. 각서를 쓰고 서명한 자가 매매 당사자인 최봉이 아니라 오재삼인 점, 그게 바로 농간의 정황증거가 아닌가.

농간 앞에서 세월의 다리는 짧고 무색했다. 곱덕을 잡으러 다니는 오재삼과 미야를 좇는 사내가 종종 내 새벽꿈 속으로 틈입했다. 개기름 번지르르한 오재삼과 충혈 된 눈으로 씩씩대는 미야의 남편, 둘은 일인이역 배우마냥 같은 얼굴이었다. 여자들도 마찬가지. 두려움에 어깨를 떨던 곱덕이 미야로 변했다. 미야가 소원 마당으로 뛰어든 사내와 맞서기 시작했다. 휘두르던 낫을 여자에게 빼앗긴 사내가 꽁지 빠지게 대문 밖으로 쫓겨났다.

잠을 털어낸 나는 휘발될세라 마지막 영상을 수첩에 담았다.


아침 공기가 살벌했다. 새된 목소리들이 허공을 가로질렀다. 손님들이 퇴실도 하기 전이었다. 마당으로 나가보았다. 미야가 큰딸 캐롤리나의 머리채를 붙들고 주먹으로 어깨를 거푸 때렸다. 캐롤리나는 내가 알아들을 수 없는 언어로 대들었다. 제 어미를 꼭 닮은 깊고 검은 눈에 불만이 가득했다.

"시끄러 나가서 싸워."

수경이 두 여자의 등을 밀어 대문 밖으로 내보냈다.

"산부인과를 안 가겠다고 버티는 거야. 동네 건달 놈들과 어울릴 때부터 내가 알아봤어."

수경이 손바닥을 털며 투덜거렸다.

"그런데 쟤 눈빛이 왜 저래? 너무 당당하잖아."

"딸한테 들켰지 뭐. 모전녀전이 된 건가? 흐흐."

내 질문에 구 서방이 눈을 찡긋하며 대꾸했다.


"전화를 안 받네."

수경이 미간을 바짝 좁혔다. 미야가 사라진 지 사흘째 되는 아침이었다.

"무슨 쓸데없는 얘길 한 거야. 모르는 척 하랬잖아."

구 서방이 수경을 몰아세웠다.

"미야가 남이야? 헛물켜게 놔둘 순 없잖아. 아무튼 수컷들이란…."

수경이 양 사장에 대해 미야에게 알려준 것 같았다. 구 서방이 동네 사내들끼리 뭉친 술자리에서 복덕방 박씨한테 들은 말이 있었다. 취중에 우쭐해진 박씨가 양 사장 흉을 보더란다. 씨 없는 수박이 어지간히 밝히더라고. 양 사장이 오래전 정관수술을 받았다는 거였다.

미야가 복덕방 박씨를 찾아갔나 보았다. 멱살을 잡혔다던 박씨도 며칠째 보이지 않았다. 소원을 피해 에둘러 다니는 모양이었다.

"갸가 충격 좀 받았겠지요, 남세스럽기도 할 것이고."

구 서방은 미야가 아주 떠난 건 아닌지 걱정하는 눈치였다. 나는 우물로 달려갔다. 한 뼘쯤 빠끔히 열린 뚜껑은 그대로였다. 혹시와 설마를 넘나들던 나는 새가슴을 눌렀다.

열흘 만에 나타난 미야는 눈이 퀭했다. 동공이 더 깊어보였다.

"정말 떠나려고 했던 거야?"

수경이 떠보았고 미야는 말없이 고개를 가슴에 묻었다. 그녀의 큰 눈에 물기가 대롱거리다 이내 뺨으로 흘렀다. 미야가 겨우 입을 열었다. 그동안 집나간 캐롤리나를 잡으러 다니다 못 찾고 되돌아온 모양이었다. 캐롤리나는 어디로 숨었을까. 나의 궁금증이 곱덕의 도주와 관련된 문서로 튀었다.

추노를 다짐했던 오재삼이 곱덕을 끝내 붙잡지 못한 사실을 확인했다. 그가 팔아넘긴 열세 살 소녀는 하루가 다르게 성장했을 것이었다. 그가 도주 전의 곱덕을 자주 보아두지 않았다면 성년이 된 모습을 알아보긴 쉽지 않았을 터였다.

나는 곱덕이 어디로 도망쳤는지 확인할 수 없었다. 붙잡힌 기록이 없다는 것은 추노의 실패를 의미한다. 어디로 갔을까. 모아둔 자료들을 근거로 나의 후각이 날을 세웠다. 교통수단이 변변찮던 시절에 여자가 멀리 이동하면 사람들의 눈을 피하기 어려웠을 터, 전주는 고창에서 가깝고 인구가 많아 몸을 숨기기 좋은 도시였다. 나는 추리의 초점을 풍남문 근처의 장바닥으로 좁혔다. 뜨내기들이 바글거리는 곳이라면 주위의 의심을 피하기도 수월했으리라. 여자의 몸으로 생계를 이어가자면 시장에서 장사를 하는 게 산속에 들어가 화전민이 되는 것보다 나았을 것이고. 성년이 된 그녀가 주막을 차렸을까. 그랬다면 그녀는 주방에서 일하고 객을 대하는 일은 다른사람에게 맡겼겠지.

곱덕이 자식을 낳으면 신분세습을 통해 그 자손도 매수인의 소유가 된다. 명문에 적어 넣은 조건이었다. 하여, 곱덕의 도주는 미래지향적 결단이었는지도 모른다. 평민의 피 속에 숨어있던 자유에 대한 갈망이 작용했을지도.

오응규의 호구단자는 3년마다 업그레이드가 된다. 그는 관청에 식솔 겸 재산을 그렇게 보고했다. 그런데 3년씩 해를 달리한 도주노비명단에도 어김없이 古邑德이 나온다. 나는 자료를 뒤져 그로부터 90년 후에 작성된 오씨 문중의 호구단자를 찾아냈다. 여전히 도주노비들의 이름이 있었다. 거기에도 같은 이름이 보인다. 곱덕은 끝내 붙잡히지 않은 것이다. 하지만 그때까지 살아있을 리 없는 곱덕과, 이름 모를 그녀의 자손을 두고 오씨 문중은 끈질기게 소유권을 주장하고 있었다.


예술인마을 사람들의 긴급회의에 다녀온 구 서방이 긴 숨을 뱉었다.

"김샜어. 강남상권이 꽝 되야부렀당게."

소원에서 소식을 기다리던 나와 수경은 구 서방의 표정을 번갈아 살폈다.

"꼬치구이 남하계획이 취소됐디야…."

"그래서?"

수경이 눈썹을 올렸다.

"무신 대책이 있것어. 역에 나가서 손님들을 모셔오든지 광고를 내든지해야지 뭐."

미야는 수경보다 더 실망하는 눈치였다. 한참을 멍하니 앉아 천정에 시선을 붙이고 있던 미야가 결심한 듯 일어섰다. 소원의 약도와 전화번호가 앞뒤로 새겨진 명함을 한 움큼 집어 들고 그녀가 밖으로 나갔다.

서너 시간쯤 지났을까. 버드나무의 그림자가 대문 옆으로 길게 드러눕고 있었다. 미야가 다섯 명의 젊은이들을 데리고 나타났다. 배낭을 멘 백인들이었다. 미야가 쑥스러운 듯 가지런한 이를 드러냈다. 그녀가 능숙한 영어로 그들을 안내하여 방을 배정해주고 나오더니 다시 사라졌다. 수경이 멋쩍게 웃었고 구 서방이 뒷머리를 긁어댔다.

미야가 바쁘게 움직였다. 오전 일을 마치면 전주역과 고속터미널로 나가서 주로 외국인들을 데려왔다. 투잡에서 쓰리잡으로 일거리가 늘어난 셈이었다. 며칠 후 그녀는 강남에 있는 다른 게스트하우스들의 전단지도 들고 있었다. 다들 그녀의 권유로 만든 모양이었다. 미야는 구원투수가 되어있었다. 나는 그녀에게 자원봉사를 하는 이유를 물었다.

"바빠야 캐롤리나 생각이 덜 나요."

그녀는 전단지를 돌리고 나면 다시 강북으로 올라가 식당일을 시작하고 자정이 넘어 귀가하는 생활을 계속했다. 그녀의 기여도를 저울에 달아볼 순 없었지만, 여하튼 강남의 객실들이 서서히 채워지고 있었다. 동네 여자들의 수다 속에 미야에 대한 칭찬이 섞여들었다. 미야에게 눈을 희게 돌리며 남편들을 단속하던 뒷담화가 사라지고 있었다.

미야가 일주일의 휴가를 요구했다. 수경은 고개를 갸웃거리다 이내 위아래로 깊게 끄덕였다. 미야가 없는 동안 나는 청소기와 세탁기를 돌리며 그녀의 공백을 메웠다.

"밥값이라도 헐라네."

"으따, 성님이 왜."

구 서방이 말렸지만 나는 미야의 일을 대신하는 게 싫지 않았다. 아침마다 그녀처럼 우물 앞에 섰다. 미야가 잘되길 빌었다.

정확히 일주일 후 그녀가 나타났다. 개업식을 한다는 거였다. 그녀가 내 앞에 사극에나 나올 법한 전통주막 그림을 내밀었다. 광고지였다. 그림사이에서 전주식막걸리, 콩나물국밥, 그런 글자들이 튀어나왔다. 뒷면에는 그 내용이 영어로 적혀있었다.

"오늘 밤이에요. 잊지 마세요."

그녀가 나간 뒤에 전단에 새겨진 약도를 보고 나는 다시 한 번 놀랐다. 얼마 전 구 서방과 찾아간 그녀의 소유지. 그건 미야 자신의 사업이었다.

예약 손님 체크인을 마친 수경 부부를 따라나섰다. 별이 총총했다. 미야가 정해준 시간에 맞춰 그곳에 도착했다. 초입에서부터 긴 줄을 타고 나부끼는 만국기가 우리를 안내했다. 전깃줄 걸린 긴 막대 끝에서 백열등이 빛을 쏟았다. 사방에 말뚝을 박고 포장을 친 잔칫집 분위기. 천막을 빙

둘러 촘촘히 달아놓은 꼬마전구들이 색색으로 반짝였다. 모서리를 맞댄 평상들 위엔 개다리술상이 차려져 있었다. 곱덕이 추적을 피해 강남으로 주막을 옮겼다면 이런 곳이 아니었을까 생각했다. 아직은 쌀쌀한 밤, 앞 마당에 피운 장작불도 흥을 돋우었다. 서른 명이 넘는 사람들 사이로 수 다가 날아다녔다. 수경이 그들을 내게 소개했다. 거개가 강남에서 게스 트하우스를 운영하는 사람들이었다.

몇은 내게도 구면이었다. 오리고기전문 양순회관의 양순씨가 미야를 도와 고기를 굽는 중이었다. 자신의 식당을 비우고 나오기가 쉽지 않았 을 텐데….

"아이고 이게 누구신가?"

술상 위의 부침개를 찢던 김성기화백이 내게 잔을 권했다. 내가 종종 시간을 죽이는 동네 감나무카페에서 안면을 튼 사이였다. 그는 '내가 말 이야'로 말문을 열었는데, '장로라는 직분이 쉽지 않아요.'에서 슬그머니 잔을 내려놓았다. 뻘쭘한 대화에서 빼내주려는 듯 수경이 내 팔을 잡아 끌었다.

"오빠! 성자언니 알지?"

감나무카페 주인이었다.

"으응."

무심한 척 대답은 했으나 기실 나는 그녀의 첫인상을 좀처럼 지우지 못 하고 있었다. 딱히 집히는 기억은 없지만 예전에 알고 지낸 듯한 얼굴이 었다. 천박함과는 거리가 멀었다. 카페 벽마다 걸린 동네화가들의 작품 도 그녀의 우아함에 한몫을 보탰다. 여자의 눈빛이 비밀을 품은 듯 깊었 다. 그녀가 미소를 보내기 전에 먼저 말을 붙이기가 계면쩍었다. 한마디 로 접근이 쉽지 않은 여자였다.

편한 웃음으로 분위기를 띄우던 성자씨가 입구 쪽으로 손을 흔들었다. 어정쩡한 걸음으로 늙수그레한 사내가 다가왔다. 일흔쯤 되었을까, 둘레로 반쯤 남은 머리털이 잿빛이었다. 마른 몸을 감싼 낡은 회색점퍼가 얇아보였다. 얼결에 노인과 겸상을 했다. 마주보는 눈이 깊었다. 어릴 적에 본 듯도 했지만 알은체는 목례로 대신했다.

"제가 아버지처럼 모시는 분이에요, 월남전 참전용사죠."

성자씨가 막걸리를 따르며 그를 소개했다.

"용사는 무슨. 그저 노가다로 잠시…."

그의 이마에 굵은 주름이 잡혔다. 앞치마를 두른 미야가 사람들 틈을 비집고 다니며 안주를 채웠다. 모두가 그녀를 스스럼없이 대했다.

"여기 잠깐만요."

미야가 건배사를 하겠다며 일어났다. 소음들이 오그라들었다. 사람들의 얼굴에서 호기심이 반짝였다. 미야가 목청을 가다듬었다.

"나는 전주사람입니다. 진짜 전주음식을 만들겠습니다. 예약 받습니다. 손님 많이 보내주세요. 광고지 주시면 낮에 시간 내서 돌리겠습니다. 서로 도와야합니다."

그리고는 구석으로 돌아앉아 전을 부치던 여자를 돌려세웠다. 캐롤리나였다. 사람들의 눈과 입이 동시에 열렸다. 들기름 타는 연기 속에 불현듯, 곱덕이 홀로그램처럼 어른거렸다. 캐롤리나가 막내의 손목을 당겨 일으켰다. 세 모녀가 고개를 깊이 숙여 인사를 했다.

"미야가 고양이 목에 방울을 달아줬네."

수경이 한마디 했다.

"진짜 전주여자는 따로 있었네 그랴. 구 서방이 거들었다."

미야가 인사를 마치고 환하게 웃었다. 곱덕이 웃고 있었다. 나는 시나리오 한 편을 다 쓴 느낌이었다.

(곱덕에 관한 자료 출처:전북대학교 박물관)

제2장

# 사진 한 장

# 제2장

# 사진 한 장

지루한 장마에 모처럼 틈이 생겼다. 사자견 두 마리를 앞세워 싸전다리 밑 좁은 계단을 밟아 천변산책로로 들어섰다. 올려다본 둑 너머로 한옥마을의 늘어선 지붕들이 북쪽 하늘을 이고 있었다. 먹구름 사이로 빠져나온 황토 빛이 포근했다. 몸피를 부풀린 전주천이 시멘트로 포장된 산책로까지 바투 다가와 넘실거렸다. 길게 자란 풀이파리들은 물길에 휩쓸려 누워버렸다. 동네여자들이 쌈지공원의 젖은 운동기구를 붙잡고 몸을 흔들었다. 나는 저녁 무렵의 천변 산책이 주는 만족감을 뱃속으로 들이마셨다. 수캐들의 씩씩거리는 숨소리에 목줄 쥔 손아귀를 조였다. 두 돌도 안 된 녀석들치곤 힘이 제법이었다. 언젠가부터 녀석들이 나의 산책에 동반자가 되었다. 수사자처럼 큰 머리통에 갈색으로 뻗은 갈기가 언제 봐도 그럴듯했다.

나는 구 서방을 도와 수시로 사자견의 사진을 블로그에 올렸다. 잘 가꾼 마당과 적당히 늘어진 한옥의 처마가 커나가는 녀석들의 배경으로 그만이었다. 독특한 광고모델 덕분인지 구 서방의 게스트하우스는 손님이 꾸준했다. 관광객을 맞이하는 업소들은 제 나름의 광고 전략을 구사했다. 적당한 모델을 구해 사진을 전시하며 업소와의 인연을 과시하는 노하우는 여전히 유효했다.

하늘이 잿빛으로 닫혔다. 무대조명처럼 내려와 이슬을 말리던 노란 빛이 풀밭에서 불현듯 사라졌다. 느닷없는 바람이 천변에 늘어선 플라타너스 들을 한쪽으로 밀었다. 이파리들이 후드득 떨어졌다. 동그란 열매들도 물속으로 빨려들었다. 물오리 가족이 부리나케 흩어졌다. 나는 막연한 걱정으로 미간을 좁혔다. 구 서방의 불안한 넋두리가 들리는 듯했다.

작년 봄의 일이었다. 뜬금없는 낙타바이러스가 뉴스화면을 덮었다. 내국인들이 먼저 무르춤해졌고 심심찮게 나타나던 서양인들이나 일본 관광객들도 자취를 감췄다. 숙박업소들이 한꺼번에 매물로 나왔다. 지자체에서 광고에 열을 올렸지만 효과는 드러나지 않았다. 게스트하우스 오픈 때 얻은 대출이자가 구 서방의 명치끝에 매달렸다. 다행히 보건당국의 종결선언에 맞춰 중국인들이 먼저 몰려들었다. 단비였다. 전주천 북쪽 한옥마을을 채우고 넘친 숙박수요가 강남의 서학동까지 시나브로 떠내려 왔다. 내국인이 넘칠 땐 중국인들이 달갑지 않았었다. 시끄럽게 몰려다니며 아무데나 담배꽁초를 던지는 그들의 방문이 걱정스러웠다. 뽀얗게 빨아 말린 이부자리에 발자국이 찍히거나 꼬부라진 털이 굴러다니면 그들이 자고나간 자리였다.

하지만 그것도 이젠 철없는 투정이 되었다. 또다시 먼발치에서 먹구름이 어른거렸다. 중국정부의 경제보복 위협이 전주천의 탁류처럼 불어나고 있었다. 관광객 송출부터 끊어버릴 태세였다. 미국이 이 땅에 배치한다는 대폰지 레이던지 하는, 그놈의 정체모를 물건 때문이었다.

　굵은 목통으로 그르렁대는 녀석들이 목줄을 당기며 백일몽을 깨웠다. 막 태어나서 데려올 때는 심란했단다. 양순회관 주인 양순씨가 구 서방에게 강아지 좀 키워볼 생각 없냐고 물었다. 한 배에서 나온 새끼가 너무 많았던 거였다. 마침 식당을 이전 개업한 직후라 기르던 암컷이 주는 축하 선물로 여기려했지만 그녀 혼자 기르기엔 부담스러웠던 모양이었다.

　- 그 집은 마당도 넓은디 두 마리 데꼬가라고 했당게요. 하나는 외롭자녀요. 글고 머시냐, 잡종이라고 무시허덜 말어요. 야덜 애비가 이름 있는 종자랑게, 차우차우라고.

　양순씨가 내게도 생색을 냈다. 녀석들의 쳐진 눈꼬리들이 양순씨를 닮아있었다. 산책을 마칠 때면 녀석들이 양순씨의 식당 앞으로 어김없이 나를 이끈다. 덕분에 나는 그녀와 자주 이야기를 나눌 기회가 생겼고 그녀의 사정도 알게 되었다. 그녀는 오리고기 장사로 아들 둘, 딸 하나를 길러냈다. 양순씨가 한옥마을 안에서 지금의 서학동으로 가게를 옮긴 건 이태 전이었다. 솟아오르는 임대료를 감당할 수 없었다. 20년 넘게 불판에 오리를 구워댔지만 '내 점포의 꿈'은 그녀의 손아귀에서 잡힐 듯 미끄러지곤 했다. 모아놓은 건 암투병 하던 남편이 없애버렸고 자투리마저도 큰아들의 사업자금으로 빠져나갔다. 사업이라야 기껏 프랜차이즈 빵집과 돈가스 가게, 커피전문점 등을 넘나드는 정도였다. 돈이 고이지 않기는 남편이 죽은 뒤에도 마찬가지였다. 큰아들은 폐업과 개업을 반복했다. 퀭한 몰골에 처자식을 데려와 무릎을 꿇고 '딱 한 번만 더'를 읊조리는 자식놈을 어미가 차마 내칠 수 없었다. 전주천 이남으로 밀려난 뒤로는 단골 모으기가 여간 힘들지 않았다. 관광단지 밖이라 유동인구에 확연한 차이가 있었고 좀 된다 싶으면 주변에 비슷한 가게들이 들어섰다.

 오늘도 고기냄새를 맡은 게로군. 목줄이 팽팽해졌다. 싸전다리를 건너와 초등학교 정문을 지나 예술인마을로 접어들었다. 드문드문 세워둔 자동차들 뒤로 양순회관 돌출간판이 보였다. 녀석들이 갑자기 짖어대며 내 몸을 잡아끌었다. 익숙한 목소리가 날아왔다.

 "그렇게 다 끌어가면 나는 뭘 먹고 산대요. 해도 너무 허네요. 한두 번도 아니고."

 양순씨는 물러나지 않을 기세였다. 어지간해서는 얼굴 붉히지 않는 양순씨에게 뭔가 단단히 틀어진 모양이었다. 환갑에 들어선 이마가 주름으로 십 년은 더 늙어보였다. 맞은편 싸전식당 소씨가 주변을 흘끗거리며 대거리를 질렀다.

 "제 발로 들어오는 손님을 날더러 어쩌란 말이여. 거그서도 조께 집어주든지…."

 'GBS 출연 맛집'이라는 선팅글씨가 돋보였다. 며칠 전부터 소씨의 식당 출입문 위에 현수막이 가로로 걸려있었다. 주방장 모자를 높여 쓴 소씨가 웃고 있었다. 젊은 여자 리포터가 들이댄 마이크가 소씨의 두툼한 입술에 닿을 듯했다. 바람이 불 때마다 네 귀퉁이를 잡아맨 현수막이 활개를 치며 눈길을 끌었다. 나는 소씨의 식당 안을 흘끗 들여다보았다. 열 댓 명쯤이 자리를 잡고 있었다. 울긋불긋한 옷차림, 한눈에도 중국인 관광객들이었다. 테이블 위 불판에서 삼겹살이 지글거렸다. 양순씨가 소씨의 턱밑으로 바짝 붙었다. 그녀의 작은 키가 더욱 낮아보였다. 불룩 튀어나온 사내의 배에 여자의 조그만 얼굴이 묻히는 듯했다.

 "아니, 근다고, 기왕 앉은 손님들을 빼내가는 수가 시상천지에 어딨다요."

"아 내가 빼냈소? 즈그덜이 삼겹살로 맘을 바꾼 거 아니겄냐고."

얼결에 오리고기집으로 몰려 들어간 손님들을 가이드가 삼겹살집으로 옮겨 앉힌 게 화근이었다. 약삭빠른 가이드가 구전을 찔러주는 소씨에게 손님을 몰아준 것이었다. 외국인들이야 그런 사정에 무신경할 것이고. 개 두 마리가 거칠게 짖어대는 틈에 소씨가 슬그머니 자신의 식당 안으로 들어갔다. 양순씨가 다가온 나를 일별했다.

"아, 나 좀 보씨요잉."

그녀는 볼멘소리를 한참 늘어놓다가 불현듯 내게 사진 이야기를 꺼냈다.

"생각히봉게… 나도 이러고 있을 때가 아닝게비네요."

그녀가 한숨을 내쉬며 버캐 낀 입술을 핥았다.


내가 취중에 양순씨로부터 사진 한 장을 건네받은 건 보름 전쯤이었다. 촌장선거에 나선 후보자들 틈에 어쩌다 내가 끼게 되었다. 게스트하우스 체크인 시간에 자리를 비우기 힘든 구 서방의 부탁이 있었고 나는 기꺼이 대리인이 되었다. 양순회관에 뻘쭘하게 들어서는 나를 중년의 두 사내가 반겼다. 김 화백과 홍 화백이었다. 나는 홍의 오른쪽에 엉덩이를 붙였다. 앉은뱅이 식탁 맞은편에 앉은 김의 얼굴이 바짝 다가왔다. 모처럼의 선거에 품위를 지켜가며 예술인답게 잘해보자는 자리였다.

― 이 나이에 서로 헐뜯어봤자 모냥만 빠징게로.

이구동성이었다. 취기가 오르자 경쟁자 사이에 얼어있던 분위기가 녹아 내렸다. 두 사내는 이윽고 후보단일화를 약속했다. 화가들이 예술인 마을의 주도권을 놓칠지 모른다는 위기감이 두 약체 후보를 손잡게 한 것이었다. 제 삼의 후보는 재즈피아니스트였다. 줄곧 화가들이 해온 촌장을 이젠 음악가로 교체하자는 주장이 먹혀들고 있었다. 그가 유치할 음악행사는 그림전시보다 홍보효과가 더 크다는 호소도 그럴듯했다.

그간 서학동에 스무 개가 넘는 게스트하우스가 생겨났고 화가나 음악가, 도예가들이 작업실을 겸하고 있는 곳이 꽤 있었다. 구 서방과 그의 아내 수경이 이끄는 강남게스트하우스 모임의 상당수 회원이 촌장선거의 유권자였다. 나는 두 입후보자가 굳이 구 서방을 불러내려던 이유를 금세 눈치 챘다. 화가 후보를 도와달라는 뜻이고 단일화가 성사되면 단일후보에게 표를 모아달라는 거겠지. 나는 그 자리에서 단일화의 입회인 겸 증인이 된 셈이었다. 선거운동을 시키기엔 구 서방보다 백수로 보이는 내가 편할 것이었다. 더구나 홍 화백에게 나는 만만한 고등학교 후배였다.

음악가 후보는 게스트하우스와는 무관했다. 다행이었다. 그가 수경의 회원이었다면 모임 안에서 형평성 시비가 불거질 뻔했다. 화기애애한 분위기에서 예술인마을 발전방안도 중구난방으로 튀어나왔다. 우리가 이제부터라도 광고에 힘 좀 써보자며 열을 올렸다. 이 지역출신 연예인들을 활용해보자는 아이디어도 안주로 올랐다. 예술인이라는 신분이 생계에 별 도움이 안 된다는 걸 새삼 말해 뭐하나. 연예인이 예술인에 속하는지도 자문(自問) 할 필요가 없었다. 둘은 접붙일 수도 없는 종자라는 건 두말하면 잔소리였다.

서학동 예술인 중에는 차라리 게스트하우스에 수입을 기대는 이가 많았다. 언제 팔릴지 모르는 도자기나 그림만 믿고 있기도 뭣하므로. 그들은 집수리에 열을 올렸다. 주로 작업실 겸 전시관을 아래층에, 위층엔 객실을 배치했다. 김 화백의 집도 비슷한 구조였다. 초록그림으로 이름붙인 홍 화백의 게스트하우스도 마찬가지. 초록그림에는 위 아래로 방이 다섯 개였다. 아래층 두 개 중 하나는 홍 화백의 작업실이었다. 히어 그는 아래층 하나와 위층 세 개를 손님들에게 내주고 있었다. 화가의 집이라는 걸 눈치 챌 만한 택호였지만 관광객들이 찾아가기엔 쉽지 않았다. 그의 집은 한옥마을에서 멀었다. 방문객들은 예술인마을의 남쪽 꼬리쯤에 붙은 좁은 골목을 찾아내야했다. 시멘트 길을 따라 한참을 걷다가 꼬부라지는 위치를 말로 설명하기도 까다로웠다.

촌장후보마다 시(市)의 지원사업 대상에 서학동 예술인마을을 기필코 포함시키겠다는 포부를 밝혔다. 숙박객을 끌어들일 묘안은 홍 화백에게도 다급해 보였다. 그것이 그의 최우선 역점사업이 될 것이었다.

추가로 올린 오리고기가 익기도 전에 다시 몇 순배가 돌았다. 사내들의 얼굴이 불콰해졌다. 양순씨가 끼어들었다. 대충 엿들었나 보았다. 연예인 광고가 누구 아이디어였는지 우리도 헷갈릴 때쯤이었다.

― 요번에 사장님덜이 힘을 조께 써줘야 되지 않겠소잉, 우리 같은 밥장사도 잘되는 방향으로다가….

이런 말을 들은 것 같았는데 양순씨가 문득 화장실 쪽으로 걸음을 옮겼다. 맥주박스를 층층이 쌓아올려 겨우 사람 하나가 몸을 비틀어 들어갈 좁은 틈에 거울이 걸려있었다. 박스에 가려진 거울의 오른쪽 모서리가 조금 빠져나와 있었다. 그녀는 바로 거기에 끼워두었던 사진을 뽑아들고 사내들의 술자리로 돌아왔다. 어른 손바닥 두 배쯤 되는 크기였다. 표면에 파리똥 같은 찌꺼기가 깔려있었다. 불판에서 튕겨진 기름때 같았다. 가장자리에는 지문 같은 얼룩도 찍혀있었는데 그건 김칫국물 묻은 손가락 자국이었다. 이십대 초반의 앳된 사내들이 그 속에서 서로 어깨를 끼운 채 활짝 웃고 있었다. 소속사에서 홍보용으로 배포하는 흔한 장면이 아니어서 오히려 자연스러웠다. 어느 극성팬이 찍은 것이려니. 각자의 얼굴 밑에 검정 매직펜으로 휘갈긴 싸인들이 날렵했다. 사진에 직접 쓴 글씨들로 보아 복사본은 아닌 셈이었다. 요즘 잘 나가는 사인조 아이돌그룹 S4U멤버들임을 나는 한눈에 알아보았다.

김 화백이 흥얼거렸다. 그들의 히트곡 트라이앵글송. 발라드로 애절하게 시작되는 멜로디가 후렴에서 반복되며 랩처럼 빨라졌다. 삼각관계를 비꼬듯 풀어나가는 자조적인 가사.

– 난 끼었어~ 끼었어~ 걸려들었어~.

홍 화백이 턱짓으로 박자를 맞추며 끼어들었다. 나도 후렴구에 흥을 얹었다. 어린 가수들을 흉내 내는 늙다리들의 어깨가 앉은 채로 들썩거렸다.

– 야가, 갸요.

양순씨의 검지가 한 아이의 얼굴위에서 멈췄다. 영빈이었다.

– 갸가, 맞지?

– 맞네 맞어, 갸여.

TV 앞에 모인 서학동 사람들이 떠들썩했었다. 서학동에서 스타가 나왔다며. 양순씨도 그 아이가 서울로 올라간 뒤로 더 이상 볼 수 없었단다. 양순씨가 속삭이듯 말을 이었다. 말허리가 잘릴 때마다 그녀의 눈동자가 양 옆으로 빠르게 굴렀다.

오래전 전주지청에 파견 근무하던 사내가 있었다. 그가 술집에서 만난 어린 여자와 살림을 차렸다. 그녀가 아들 하나를 낳아 서학동에서 길렀다. 아들 영빈은 이태 전까지 전주 효자동에서 고등학교를 다녔다. 그 아이의 본명은 구석(龜錫)이었다. 제 어미는 주변 사람들에게 귀석으로 불러달라고 했지만 효과는 없었다. 그녀는 '애 아버지가 누군 줄 아느냐'는 식으로 은근히 배경을 과시하곤 했다. 아이들은 그를 여전히 구석이라 불렀고 재수없는 놈으로 따돌렸다. 구석으로 몰릴수록 그는 엇나갔다. 교사가 보는 앞에서 버젓이 담배를 꺼내 물었고 걸핏하면 술에 취해 주먹질을 했다. 경찰서를 수시로 드나들었으나 그때마다 쉽사리 훈방되었다. 제 아비가 검찰청 고위간부라는 소문을 무시하기도 애매한 구석이었다. 근신과 정학을 반복하던 아이는 결국 학교에서 쫓겨났다. 제 엄마가 교장에게 빌어 퇴학을 겨우 면하고 서울로 전학을 시켰다. 그게 3년 전인가 그랬다. 그러던 아이가 갑자기 TV화면에 나타나 부러움과 질시의 대상이 되었다.

지난겨울, 구석엄마가 양순회관에 불쑥 들어왔다. 부동산 박씨가 다녀가긴 했지만 새 건물주가 그녀라고는 상상도 못했었다. 아들 못지않게 동네에서 따돌림 당하던 여자가 느닷없이 양순회관의 건물주로 나타난 것이었다. 양순씨도 하마터면 알아보지 못할 뻔했다. 얼굴이 잔뜩 치켜 올라가 있었다. 귀 옆을 째고 바짝 당긴 성형수술 효과였다. 눈가의 잔주름이 지워진 건 말할 것도 없고 평평하던 이마가 도도록했다. 보톡스를 맞았는지 표정이 어색했다. 코밑에서 입가로 갈라져 강팍한 턱선으로 이어지던 주름도 사라졌다. 차라리 구석이의 누나라고 해야 맞을 듯했다. 반복된 수술로 탄생한 도톰한 콧대와 쌍꺼풀의 부조화는 예전 그대로였다.

– 아따 뚫어지겠네. 아줌마! 얼굴에 돈 들인 거 첨 봐요? 촌스럽긴.

뇌꼴스런 말본새도 여전했다.

– 헐어내고 다시 올려야겠네, 너무 낡아서….

느닷없는 선언이 양순씨의 고막을 때렸다. 밑으로 띠동갑쯤 되는 여자의 꼬리 짧은 말버릇은 문제도 아니었다. 재건축이라…, 비워달라는 요구와 다를 게 없었다. 양순씨가 쌓인 불만을 안으로 삼키던 참이었다. 슬라브지붕에서 새어 들어온 빗물이 주방으로 떨어지고 수도관에서는 벌건 녹물이 나왔다. 사십 년 넘은 이층 건물이 애물단지였다. 볼멘소리 해봐야 고쳐주는 비용을 월세에 올려 받을 게 빤했다. 철거 시기를 못 박지 않은 게 그나마 다행이었다.

그로부터 두 달 뒤, 구석엄마가 양순회관에 다시 나타났다. 추위가 가시기도 전이었다. 들어온 그녀가 출입문 바로 안쪽에서 멈췄다. 따라 들어온 찬바람이 홀에 놓인 탁자 네 개와 신발 벗고 올라앉는 댓 평짜리 방바닥을 핥았다. 멋을 쥐어짠 사십대 초반 여자의 짧은 치마 밑으로 냉기가 고였다. 굽 높은 부츠, 짙게 바른 입술, 목 뒤로 돌려 넘긴 스카프, 모두 빨강이었다. 방금 서울의 방송국에 다녀왔음을 알리는 듯했다. 그녀가 낭창거리는 허리를 카운터에 붙여 팔꿈치를 괴었다.

─ 이리 와서 좀 앉아요.

양순씨의 손짓에 그녀가 고개를 비틀더니 선 채로 입만 달싹였다. 지나다 들렀다는데 서울손님들을 접대할 식당을 찾는다고 했다. 아들이 속한 그룹의 전주공연 준비 차 내려오는 사람들이란다. 매니지먼트회사 직원들이려니. 듣던 중 반가운 소리였다. 샤넬핸드백이 열렸다. 구석엄마가 가늘고 긴 손가락으로 속을 뒤적거려 사진 한 장을 꺼냈다. 뜬금없었다. 무대 위 왼쪽에서 첫 번째, 구석이 이를 드러내 웃고 있었다. 어딘가에서 공연을 마친 뒤 찍은 듯했다.

─ 걸어두세요, 잘 보이는 곳에.

그녀가 두리번거리며 벽을 훑었다.

─ 액자로 만들어야겠죠?

양순씨는 입으로만 웃었다. 시건방진 주문이었으나 거절하자니 뒷감당에 자신이 없었다. 아니꼽기로 치면 십 년 전에 삼킨 라면발이 기어 나오는 기분이었다. 어금니를 깨물었다. 양순씨는 여러 날 가슴앓이를 했다. 구석엄마가 식당을 나가며 등 뒤로 던진 한마디 때문이었다.

  – 이런 구닥다리 식당을 어떻게 소개하나, 서울사람들에게….

  여자가 문을 밀고 나갔다. 낡은 출입문이 바닥을 긁는 소리가 유난히 거슬렸다. 인테리어를 다시 꾸밀 형편도 못 되지만 언제 헐릴지 모르는 건물 아닌가. 구닥다리라…. 목구멍에서 모래 맛이 났다. 양순씨는 받아든 사진을 멍하니 바라보았다. 누굴 위한 건지는 깊이 생각해보지 않아도 되었다. 동네사람들이 잘 볼 수 있는 위치에… 제 자식자랑이려니…. 사진을 화장실 옆 거울 모서리에 찔렀다. 찢어버리고 싶은 충동을 겨우 참아낸 뒤였다. 온다던 손님들은 나타나지 않았다.


  바람이 골목을 쓸었다. 싸전식당 이마에서 현수막이 부풀었다. 소씨가 들어간 뒤에도 양순씨는 자신의 텅 빈 가게를 바라보며 길가에 한동안 멍하니 서 있었다. 그녀의 입에서 다시 긴 숨이 빠져나왔다. 나는 그녀를 두고 가기가 뭣해 엉거주춤 먼 산만 올려다보았다. 개들이 목줄을 당기며 킁킁거렸다. 사진이야기를 꺼내놓은 양순씨의 눈빛이 흔들렸다. 뭔가 망설이는 듯했다. 내 눈에도 그녀의 표정이 옹색했다. 이렇게라도 먹고살아야 되나 싶은…. 수경이 내게 전해준 뒷담화가 있었다. 역시나 대상은 구석이네였다.

  되먹지 못한 놈이라며 구석에게 손가락질들을 했었다. 뻔질나게 서울을 오르내리는 구석엄마의 뒤통수에 대고 동네여자들이 킥킥거렸다. 갸네 즈가부지가 서울로 이사를 못 오게 헌디야. 사내에겐 여전히 여자와 아들을 멀리 두고 지내야할 이유가 있는 모양이었다. 자식이 잘 된다면 밑인들 못 대주겠어? 닳는 것도 아닌디. 한 여자가 구석엄마 목소리를 그

럴듯하게 흉내 내면 둘러선 여자들의 허리 꺾는 웃음이 날아다녔다. 구석
엄마가 정말 그런 말을 했는지 누구도 관심을 두지 않았다. 상상이 골목
을 누볐다. 사흘이 멀다 하고 서울로 올라가는 그녀가 아들 뒷바라지를
어떻게 하는지는 아무도 몰랐다. 가수가 된 뒤로는 구석이 단 한 번도 고
향에 내려온 적이 없었다.

　나는 종종 사투리를 섞어가며 양순씨에게 생색을 냈다.

　– 내가 아조 양순회관 홍보부장이 되야부렀당게요잉.

　강아지를 얻은 대가이기도 하거니와 팔자가 쉬 펴지지 않는 그녀가 딱
하기도 했다. 일에 찌든 그녀를 볼 때마다 국밥집을 운영하는 내 어머니
의 얼굴이 어른거렸다. 철없는 아들놈이 못 미더워 쉬지 못하는 두 여인
은 닮아있었다.

　지난 주말에 인터넷으로 단체예약을 한 중국여자들이 소원에 묵었다.
가이드는 없었다. 리더격인 여자와는 영어가 제법 통했다. 그녀가 자신
을 초등학교 교사라고 소개했다. 나는 그녀를 구슬려 아홉 명의 젊은 여
자들에게 저녁식사 자리를 안내했다. 치켜 올린 엄지손가락에 헛웃음을
묻혀가며 데려다 준 곳이 양순회관이었다. 식사를 마치고 돌아온 여자들
이 다행히 양순씨의 오리구이 맛을 칭찬했다. 양순씨가 민박집들에게 밉
보일 수 없는 이유였다.


　양순씨가 이내 계면쩍은 얼굴이 되었다. 얼결에 사진 이야기를 꺼내놓
긴 했지만 그걸 이용하자니 마음이 편치 않은 듯했다. 하자니 치사하고
안 하자니 당장 손님이 빠져나가는 상황. 자칫 건물주에게 찍힐 수도 있
었다. 느닷없이 구석엄마가 찾아와 그 사진이 벽에 걸려있지 않은 이유
를 캐묻는다면 몹시 난처할 것이었다. 이미 윗동네에서 한차례 쓴 맛을

본 양순씨였다. 또다시 쫓겨날 처지가 된 그녀가 건물주의 위력 앞에 위태롭게 놓여있었다.

"그냥 돌려주시면⋯."

기어들어가는 목소리였다. 잘만 이용하면 광고효과는 있을 거라는 생각에 이른 것 같았다. 생계를 위해 자존심을 접었다는 뜻이고. 이웃 경쟁자들에게 오늘처럼 당하지 않을 전략무기가 될지도 몰랐다. 그렇더라도 나를 다그치긴 뭐한 처지였다. 상대가 심심찮게 손님을 보내주는 거래처인데⋯. 누구 손에 들어갔는지도 모르는 사진 한 장에 양순씨는 어깨가 더 좁아져 있었다. 나는 양순씨의 얼굴을 들여다보며 그날 밤으로 되돌아갔다. 홍 화백과 김 화백을 만나 떠들어대던 공간을 천천히 더듬었다. 젖은 기억들이 소주병에 갇혀 쉽사리 빠져나오지 않았다.

― 이런 사진이 있으면 적극적으로 써먹어야지 똥간 옆에 처박아 두면 똥밖에 더 되겠소?

― 이런 건 크게 확대해서 액자로 만들어 걸든지 실크프린팅을 해서 밖에다 플래카드로 걸어둬야 되는 거요.

― 야덜을 캐리커처로 그려놔도 폼나겠는디. 워찌 생각혀?

누가 먼저랄 것도 없었다. 두 화가는 그런 말들을 주고받으며 간간이 내 의견을 떠보았다. 유명 연예인이 다녀갔다는 입소문 효과를 노려보자는 분위기였다. 나는 '잘 먹고 갑니다.'처럼 시시한 문구를 다른 식당에서도 자주 보아온 터였다.

― 야덜이 다 먹고 나서 싸인을 했다는 요런 간판을 대문짝만 하게 걸어놔야 안 쓰겠소. 이집 괴기가 아조 맛나다는 증거로다가 말이지.

― 그나저나 야덜이 내려오긴 올 모양이제? 광고를 허벌나게 때려쌌더만.

S4U의 전주공연을 두고 하는 말이었다. 그때까지만 해도 양순씨는 연예인들이 무슨 요술을 부려줄 거라곤 기대하지 않는 눈치였다. 오히려 얼결에 보여준 사진 한 장으로 사내들이 웬 호들갑이냐는 표정이었다.

– 아, 글고 머시냐, 양 사장님! 그러면 내가 요걸 갖고 가서 큼지막하게 그려다 줄 팅게 지둘려보쇼잉.

어렴풋한 목소리들이 내 머릿속에 마구잡이로 떠올랐다. 액자를 만들어 오겠다고 한 쪽이 김 화백이었던가. 아니다. 인심 쓰는 척 호기를 부릴 만한 쪽은 단일후보가 된 홍 화백이었다. 그들은 내친 김에 그 자리에서 단일후보를 결정했고 결론은 홍 화백으로 기울었다. 김 화백은 약점이 있었다. 리모델링 사업으로 동네에서 수입을 따로 챙기는 그에게 부러움과 질투가 늘 따라다녔다. 부러움은 뒤로 숨고 질투는 쏘다니는 법. 예술가의 순수성에 의문을 품는 세력들이 그의 평판을 깎았다. 그의 아내는 강적이었다. 남편의 바람기를 통제할 수 없는 여자의 악다구니가 한몫을 했다.

후보들이 청렴성을 합창하고 나섰다. 행사 때마다 불거지는 구설수 때문이었다. 전임 촌장들의 독선과 예산의 용처도 안줏거리였다. 이번에도 김 화백은 아닌 듯했다. 제 멋에 사는 예술인들이 목소리 큰 후보를 밀어줄 것 같지도 않았다.

불그스름한 오리기름이 김 화백의 길게 기른 턱수염을 타고 낙하했다. 불콰해진 그의 얼굴에서 짙은 눈썹이 유난히 고집스러워 보였다. 튀어나온 배 위로 올려 입은 청바지를 그가 물휴지로 닦아냈다. 통 넓은 청바지는 그의 트레이드마크였다. 각지고 살집 없는 얼굴과 불어나는 배는 언밸런스였다. 그가 끅끅거리며 혁대를 풀었다. 나는 고개를 외로 꼬아 홍 화백의 둥근 얼굴에 눈길을 얹었다. 홍 화백은 성격도 둥글둥글했다. 주먹

코로 통하는 그는 평이 좋았다. 다섯 살 연상인 그의 아내도 남편의 적극적인 지지자였다. 그녀는 어린 남편의 기 살리기에 두 팔을 걷어붙였다. 전직 국어교사인 그녀가 지난 가을 시집을 냈다. 시인도 예술인마을의 당당한 회원이므로 그녀 역시 유권자였다.

― 최소한 두 표는 확실허자녀.

홍 화백이 손가락으로 V자를 그리며 느린 말투로 김 화백을 얼렀다. 올해의 촌장은 아무래도 홍 화백 차지가 될 것 같았다. 홍 화백이라면 맑은 리더십을 발휘해주겠지. 술값도 그가 냈다. 깨끗한 선거 운운하며 더치페이를 외치던 나만 머쓱해졌다.

그렇다면 사진을 챙긴 자는 홍 화백인지도. 선거가 한 달 앞이었다. 촌장자리에 반쯤은 걸터앉은 그였다. 양순씨에게 액자를 만들어주겠다는 인심을 공약처럼 던지며 자신의 서류가방에 그 사진을 넣었을 것이었다. 양순씨도 그 장면을 목격하진 못한 것 같았다. 기억을 짜냈다. 얼룩진 사진을 처음 건네받은 자는 내가 틀림없었다. '아, 나 좀 보씨요잉.' 식당 앞에서 마주친 양순씨의 표정에 의심 같은 건 없었다. 그녀도 거기까지는 기억에 자신이 있는 것이었다. 아무튼 누군가는 가지고 있겠지. 나는 살점 붙은 뼈다귀를 문 개들을 앞세워 집으로 향했다. 양순씨의 애처로운 눈빛이 자꾸만 따라왔다.


"혹시 집에서 S4U 사진 못 봤냐?"

"오빠도 케이팝에 홀렸능게비?"

수경이 동그랗게 눈을 떴다. 나는 자초지종을 설명했다. 사진 속에서 웃는 구석의 포즈와 휘갈긴 싸인의 위치까지. 소원에 없으면 두 화가 중한 사람이 갖고 있겠지. 그래도 혹시나 싶었다. 취중에 벌어진 일이니….

술 좀 작작 마셔라, 벌써 치매가 왔냐. 쓸데없이 선거에 끼어들지 마라. 잔소리만 각다귀처럼 날아들었다. 에잇, 괜히 말을 꺼냈나.

김 화백에게 전화를 걸었다.

"지난번에 양순회관에서 봤던 사진 기억나시죠?"

한참을 설명해야 했다.

"내가 머덜라고 아그덜 사진을 가져오겄능가. 고런 데다 신경 쓸 시간 있으면 한 표라도 더 모을 일이여. 요번에 엉뚱한 사람이 당선되면 그짝 책임인 줄만 알더라고잉."

내 어설픈 잡도리는 숙제로 되돌아왔다. 그의 말투가 부탁인지 압력인지 한참을 되짚어보았다. 아무거나 부담되긴 마찬가지. 맥 빠지는 핀잔은 덤이었다.

홍 화백은 아예 전화를 받지도 않았다. 작업 중인가. 그가 그림을 그릴 땐 일체 외부와의 접촉을 끊는다고 했다. 문자를 남겼다. 그 사진 좀 찾아 보시라고.

하루가 지나도록 홍 화백에게서 연락이 없었다. 금요일 오후의 골목이 분주했다. 업소용 스마트폰이 자주 몸을 떨었다. 전화기에 대고 고개를 주억거리며 미안합니다,를 연발하던 수경이 잠깐만요, 했다. 긴 설명이 이어졌다. 수경의 시선이 내게 얽혔다. 왼손으로 쥔 전화기에 위치를 설명하면서 수경이 눈을 깜박였다. 오른손 검지를 아래로 향하다 손바닥을 제 목까지 올렸다.

"우린 벌써 예약이 다 찼어."

수경이 전화기를 내려놓았다.

"초록그림에 소개해줄라고."

"갑자기 그 집 공실 걱정은 왜?"

"거긴 주말에도 빈방이 있응게."

정답은 아니었다. 수경이 홍 화백에게 보험을 들어두려는 것 같았다. 뭐 그렇다고 촌장이 대단한 일을 하거나 힘 가진 자리는 아니었다. 지역 방송에 얼굴 내밀고 제 그림 값이나 올릴 뿐 당장 동네사람들에게 도움 될 일도 없었다. 다들 재주껏 손님 끌어와 먹고사는 처지에. 광고도 각개 전투였다. 하지만 좁은 동네에서 구설수는 무조건 피하고 볼 일이었다. 악성댓글이라도 달려보라지. 그건 광고전략의 실패를 의미했다. 광고란 소문과 한몸, 나쁜 소문일수록 발이 빨랐다. 촌장은 심사가 뒤틀리면 재를 뿌릴 수 있는 자리였다. 지자체의 알량한 문화예산을 끌어와 동네행사를 자주 열겠다는 게 그들의 단골 공약이었고 밉보인 사람들을 소외시키는 정도는 충분히 상상할 수 있었다.

"홍쌤이 당선될 가능성이 높잖아?"

수경이 턱끝을 들어 올리며 말을 이었다.

"떨어지더라도 우리가 자기에게 호감을 가졌다는 건 알려줘야지. 뭐 이상할 것도 없잖아, 회장이 회원에게 손님 좀 밀어주겠다는데. 홍쌤하곤 둥글둥글 지내왔는데 계속 둥글게 굴러가면 좋지 않겠어?"

수경이 손바닥으로 파도모양을 만들며 멋쩍게 웃었다.

그렇잖아도 홍 화백의 동네 평판은 좋은 편이었다. 그는 언제나 개량한 복을 입고 온화하게 미소를 지었다. 점잖게 다려놓은 한복에서 제 사내에게 신경을 모으는 연상녀의 모성본능이 느껴지곤 했다. 그는 실내에서도 좀처럼 모자를 벗지 않았다. 정수리를 덮은 동그랗고 조그만 녹색모자는 그의 럭비공 몸매와도 잘 어울렸다. 모자의 중앙에 손잡이 같은 꼭지가 달려있었다. 애호박의 윗부분을 잘라놓은 모양이었다. 나는 대중목욕

탕에서 마주친 홍 화백의 뻥 뚫린 머리통을 보고 웃음을 참느라 혼났다. 키 작은 사내의 정수리가 그대로 드러났었다. 그 뒤로 홍 화백을 생각하면 애호박과 반짝이는 정수리가 먼저 떠올랐다. 홍 화백은 그 대신 주변 머리를 길러모아 가지런히 뒤로 묶었다. 백발 섞인 말총머리가 그의 뒤꼭지에 매달려 걸음걸이에 맞춰 찰랑거렸다. 그림쟁이라고 광고하는 듯했다. 나는 그의 코믹한 헤어스타일과 깔끔한 옷차림에서 청렴한 이미지를 떠올렸다.

"갔다 올게."

수경이 끈을 당겨 샌들을 고쳐 신었다.

"도저히 초록그림을 못 찾겄디야 엠병헐."

좀 전에 소개해준 손님들로부터 전화를 받은 것이었다.

"긍게 말이여, 해필이면 구석에 자리를 잡아가꼬."

나는 수경의 등에 대고 추임새를 넣어줬다. 인심 쓰러 가는 사람에 대한 격려 같은 거였다. 해가 짧아져 밖이 벌써 어둑했다. 주말이라 방도 다 찼고 이젠 체크인해줄 두 팀만 기다리면 되었다. 즐겨 보는 예능프로시간이었다. 나는 관리실 벽에 걸린 TV화면에 시선을 옮기며 리모컨을 들어 볼륨을 높였다. 난 끼었어~ 끼었어~ 걸려들었어~. S4U의 트라이앵글 송이 흘러나왔다. 가면을 쓴 출연자가 가수들의 목소리를 비슷하게 흉내 냈다. 춤동작만으로는 진짜와 구별이 어려웠다. 그렇잖아도 요 며칠 동안은 한바탕 잔치분위기였다. 그 노래로 동네가 떠들썩했다. 온다온다 하던 S4U가 마침내 전주공연을 터뜨려 표가 매진되었다. 지방에서 사흘연속 공연은 드문 일이라는데. 인기를 짐작할만했다. 특설무대를 세운 실내체육관이 작기 때문이라는 목소리는 조용히 묻혔다. 지역방송엔 관련 뉴스가 떴다. 몇 꼭지의 정치뉴스가 지나고 카메라가 도시의 넓은 대로변을 비추었다. 전주시내 중심부에 자리 잡은 K호텔 앞. 눈에 익은 길이었다. S4U가 투숙한 호텔은 입구부터 번쩍거렸다. 지나다닐 땐 몰랐는데 뭐든지 카메라를 통과하면 화려해지는 법이었다. 회전문을 돌리며 팬들이 로비로 몰려들었다. 짧은 뉴스였지만 기획광고나 다를 게 없었다.

지역방송사에서 S4U를 띄워주는 건 구석 때문이었다. 영빈이라는 예명이 자막으로 깔리는 인터뷰까지. 돌아가며 노래하는 팀에 리드싱어가 따로 없음에도 고향에 온 그는 이미 리더였다. 기자는 그에게 공연에 대한 각오를 물었다. '고향 팬들을 실망시켜드리지 않겠습니다.' 제법 어른스러웠다. 구석이 중국공연을 앞둔 포부도 밝혔다. 한류바람을 대륙으로 몰아넣겠노라고. 중국시장이라…. 동네가 후끈 달아올랐다. 금의환향이었다. 올림픽 메달리스트들도 S4U엔 견줄 수 없을 듯했다.

공연장에 가진 않았으나 은근히 기울어지는 관심까지야 나도 어쩔 수 없었다. 양순씨와 동네 여자들의 얼굴이 차례로 눈앞을 스쳤다. 물 오른 구석엄마가 어깨에 잔뜩 힘을 주며 날아오르고 있었다. 엊저녁이 마지막 회였으니 그들이 서울로 올라가지 않았으면 지금쯤 전주시내 어딘가에서 자축파티라도 하고 있을 것이었다. 구석이 팀에서 빠져나와 슬그머니 제가 살던 서학동을 둘러볼지도 모르고. 나는 불현듯 뱃살이 꼿꼿해지는 긴장을 느꼈다. 그가 경찰서를 드나들던 기억이 떠올랐다.

지난겨울에도 그가 사고 쳤다는 소문을 두고 동네에서 어지간히 수군댔었다. 다행히 잘 무마된 모양이었다. 폭행 피해자는 매니저가 붙여준 여자 분장사라고 했다. 내부에서 적당히 합의를 했겠지. 구석엄마가 바빴을 것이고…. TV에 나오는 그의 갸름한 얼굴이 시한폭탄으로 보인다는 사람도 있었다.

– 개버릇 남 주었어? 솔찮이 씨게 터질팅게 두고 보드라고잉.

구석엄마를 흉보던 여자들의 점괘는 대충 그런 식이었다. 그저 질투려니…. 실소가 나왔다. 하기야 서학동 사람들 아니면 그의 개인사까지야 알겠나. 아직 어린데 뭘. 사람은 환경에 따라 변하기도 하고….

감나무카페에서도 논쟁이 한창이었다. 이번엔 예술성이 화제였다.

– 그걸 어디 소리라고 할 수나 있는감? 요새 아그덜이 테레비 나와서 떠들어 쌓는디 수선스럽기만 허지, 안 긍가?

– 그런 소리 말드라고. 그래싸면 늙었다는 소리 밖에 더 듣것능가.

내게도 이 소리와 저 소리의 구별이 어렵지 않았다. 모과차를 마시던 두 노인은 어떤 소리가 더 중한지 따지고 있었다. 콧수염을 기른 노인은 S4U의 전주공연이 영 못마땅한 모양이었다. 옥신각신하던 노인들이 전주대사습놀이에서 뽑힌 명창들을 추켜세우며 언쟁을 끝냈다. 합의가 됐나보았다.

– 우리는 거그나 구경 가세.

혀를 차던 콧수염이 챙 짧은 모자를 들고 먼저 일어났다.

– 저분들이 지금 어디로 가시는지 아세요?

카운터에서 계산을 끝낸 성자씨가 내게 물었다.

– 아따 내가 왜 모르것슈. 나도 이 동네사람 다 되야부렀는디 흐흐.

나의 넉살에 성자씨가 묵혀둔 이야기 하나를 꺼내들었다.

토박이들은 여전히 노래를 소리라고 한다. 노인들이 구경 가자는 곳은 버섯코 같은 지붕선을 가진 청음당(聽音堂)이었다. 한옥마을 한가운데 금싸라기 땅에 올라앉은 대궐같은 집, 한일병탄 직전 전주갑부 송시윤이 대지 2천 평 위에 백미 5천 석을 들여 지은 전통가옥이었다. 그는 소리꾼들을 불러들여 숙식을 제공하며 마당이나 대청마루에서 공연을 시켰다. 국악인들이 몰려들자 일본인 관리들의 감시와 방해도 심해졌다. 그는 일부러 일본인 고위관료를 초대하여 잔치를 베풀었다. 그들이 국악의 흥취를 받아들여 더 이상 정치적 해석을 삼가길 기대하며. 그러던 중 일본인 경찰서장이 여학교에 다니던 송시윤의 딸에게 군침을 흘렸다. 마흔이 넘은 나이에 후처에게서 얻은 외동딸이었다. 서장의 요구에 시달리던 송시윤이 소리를 배우던 그의 여종을 선보였다. 타협책이었다. 재색을 겸비한 어린 여종은 송시윤의 첩이기도 했는데, 그녀가 고심 끝에 주인의 간청을 받아들였다. 본시 잡초는 바람의 세기와 방향에 민감한 법, 팔자를 고쳐보라는 권유에 그녀가 넘어갔을까. 꿩 대신 닭으로 서장을 겨우 달랜 송시윤은 곧바로 자신의 딸을 일본으로 유학 보냈다. 그렇게 지켜낸 소리들이 오늘날의 대사습놀이로 이어졌다. 요즘에도 청음당에서는 공연이 자주 열린다.

— 글쎄요, 요즘 애들이 국악에 얼마나 관심이 있겠어요. 특별한 날 한복입듯 하겠지요 뭐. 외국인 관광객들보다 더 무심한 것 같기도 하고요.

— 그래도 소리는 죽지 않아요. 전주의 자존심이거든요.

성자씨가 입술을 오므려 매듭을 지었다. 카페 마당을 빠져나간 노인들의 허정거리는 뒤태가 골목 끝에서 줄어들었다. 늙다리들이 굳이 청음당을 찾는 이유를 생각해보았다. 예술에 대한 애정인가. 사라져가는 것에 대한 집착인가. 음험하고도 끈적거리는 수컷들만의 미련인지도. 그 시절 방귀 꽤나 뀌는 사내치고 첩질 안 한 인간이 있었나. 나는 머리를 흔들어 껄쩍지근한 생각들을 털었다.

그 뒤로도 나는 성자씨의 입술에 자주 시선을 모았다. 그녀에게서 심심찮게 취재거리가 튀어나왔고 알토 톤의 차분한 음성 속엔 연륜과 소신이 씨앗처럼 박혀있었다. 수경은 그녀가 장기간 교단에 섰던 사실을 말해주며 '여태 몰랐어?' 했다. 성자씨의 표정이 진지해질 때마다 나는 수습기자처럼 긴장을 했다. 스마트폰의 녹음기능을 누르면 그녀가 부담스런 표정으로 뺨을 붉혔다. 나는 절충안을 내놓았다. 쑥스러운 미소로 그녀에게 양해를 구하며 랩톱 위에서 손가락을 부지런히 움직였다.

덜컥 대문이 열렸다. 수경이었다. 숨넘어가는 호들갑이 마당을 가로질러 내가 걸터앉은 툇마루로 건너왔다.

"오빠, 오빠, 나 황당했어."

"찬물이라도 마실래?"

눈을 희게 돌리는 수경을 손짓으로 앉혔다.

"아, 글쎄 거기 있더라고. 그 사진 말이여."

수경이 엉덩이를 바짝 붙이며 스마트폰을 열었다.

"이거 맞지? 내가 단박에 알아봤당게."

위 아래층을 오르내리며 다 찍어왔다는 것이었다.

"홍쌤은 출타중이더라고. 그 집 마누라 몰래 찍느라 힘들었어."

객실 문에 영빈의 캐리커처가 큼지막하게 붙어있었다. 초록그림의 출입문을 열자마자 오른쪽으로 보이는 아래층 객실이었다. 홍 화백의 작업실도 사진에 반쯤 잘려 나왔다. 다음 컷은 위층. 세 개의 방문에 나머지 아이돌가수 얼굴이 하나씩 붙어있었다. 모두 홍 화백의 작품일 터. 캐리커처의 아래엔 A4용지 크기로 비닐코팅이 된 가수들의 휘갈긴 싸인이 경우지게 붙어있었다. 희성, 예철, 강우…. 원본사진 위의 싸인들을 확대 복사한 게 틀림없었다. 수경의 스마트폰을 붙잡아 화면을 옆으로 밀었다. 마지막 사진. 아래층 거실이었다. 보라색 가죽소파에 둘러싸인 갈색의 타원형 원목테이블, 화가와 시인 부부의 품격이었다. 그 옆으로 앙증맞게 놓인 빨간 도자기엔 노란 프리지아가 꽂혀있고. 사각의 은빛 테두리가 테이블 위에서 은은한 조명을 반사했다.

"이건 나오면서 찍었는데, 손님들 모시고 이층으로 올라갈 땐 미처 못 봤어."

소파에 앉으면 바로 보이는 은빛 금속액자. 그 사진이었다. 파리똥 같던 얼룩이 말끔히 지워져있었다. 사진 속 인물들의 싸인은 그대로였다. 원본은 신뢰를 높여주는 법. 방문객들은 스타들이 초록그림에서 하룻밤을 지냈다고 여기겠지. '스타의 방'들이 조만간 입소문을 탈 것이었다.

"그래서?"

수경의 얼굴에 바짝 눈을 붙였다.

"그래서는 무슨 그래서, 그냥 나왔지 뭐. 이상하게 가슴이 떨리더라고, 내가 훔친 것도 아닌데."

사진도 겨우 찍어왔다는 거였다. 묘하게 떨리는 건 나도 마찬가지였다. 당장 찾아가 빼앗아오고 싶었다. 괘씸한 생각이 불쑥 솟았으나 사태가 만만해 보이지 않았다.

"그날 밤 가지 말았어야 했어."

수경의 잔소리가 시작됐다. 그 자리에 있던 홍 화백의 얼굴이 오리기름처럼 비릿하게 떠올랐다. 수경이 낮은 목소리로 물었다.

"그냥 모른 척할까?"

그럴 순 없었다. 양순씨의 볼멘소리가 귓전에서 앵앵거렸다. 이번 공연으로 S4U의 몸값만큼 그들을 내세운 광고효과도 덩달아 오를 터, 물기고이며 붉어지던 양순씨의 눈동자도 어른거렸다. 막상 불러 세워놓고 제대로 다그치지도 못하는 처지에 구차한 물건을 기어이 찾아내 걸어야 하나…. 그녀의 눈이 그런 말을 하고 있었다. 싸전식당 소씨의 두꺼운 입술과 바람에 불룩해지던 현수막이 내 머릿속에서 확대와 축소를 반복했다.

오늘밤 이대로는 잠들지 못할 것 같았다.

"그냥 부딪혀볼게."

골목을 느리게 걸었다. 부러 가다서기를 반복했다. 홍 화백의 말총머리가 눈앞에서 흔들렸다. 무작정 언성부터 높일 일은 아니지. 시 쓴다는 마누라가 사진에 욕심을 냈을까. 홍 화백이 참외서리를 하는 기분으로 챙겼을지도 모르고. 그가 문자를 받고도 연락을 못한 이유를 생각했다. 겨드랑이가 끈적거렸다. 땀방울이 등줄기를 타고 흘렀다. 후텁지근한 밤공기 탓이려니. 나는 그날 밤의 양순회관을 떠올리며 생각을 정리했다. 초등학교 뒷문을 꺾어 새로 들어온 경찰지구대 앞을 지났다. 밤늦게 들어온 투숙객들 한 무리가 왁자하게 골목을 빠져나갔다. 그들은 전주천 북쪽으로 올라가 이 밤을 흥청거릴 것이었다. 왼편엔 영업을 마친 서학이발소가 닫혀있었고 맞은편 버드나무 주변을 어슬렁거리던 영감들도 보이지 않았다.

감나무카페도 일찌감치 하루를 마친 시간, 쓰레기 뭉치들이 카페 계단 밑을 지키고 있었다. 수박껍질이 삐져나온 쓰레기봉투 위엔 빨대 꽂힌 플라스틱 컵들이 액체를 쏟은 채 엎혀있었다. 눈살을 찌푸려 고개를 꼬았다. 동네 꼬라지 하곤. 퀴퀴한 냄새가 장마의 꼬리바람에 실려 왔다. 카페 앞마당의 은은한 보랏빛 조명과는 어울릴 수 없는 공기였다. 시커먼 그림자가 원룸건물 주차장 뒤로 미끄러졌다. 쓰레기를 뒤지던 고양이였다. 녀석이 허리를 늘려 담장을 타고 올랐다. 노란 불빛이 담 너머로 새어나왔다. 다가구주택 창문, 봉수영감의 방이었다. 점심도 소화시킬 겸 개를 산책시키다 카페 앞에서 마주친 그의 얼굴은 온통 웃음이었다. 내일 베트남에 간댔지. 남의 일 같지 않아 괜스레 마음이 들떴다.

시멘트길 끝으로 백 보쯤 더 걸었을까. 가로등에 비친 초록색 나무간판이 다가왔다. 또다시 머리가 지끈거렸다.

바지 주머니가 부르르 떨렸다.

"오빠 가지마, 거기 찾아갈 필요 없다고."

수경이었다.

"궁금하면 뉴스검색부터 해보시든지…."

그녀가 새된 목소리를 눌렀다. 나는 전봇대 아래서 발을 멈췄다. 나무 간판이 눈앞으로 바투 섰다. 좁은 골목 모퉁이를 꺾어 열댓 걸음이면 홍화백의 집이었다.


스마트폰이 환하게 열렸다. 전봇대에 등을 기대고 뉴스를 찾았다. 미간을 바짝 세워 눈꺼풀을 몇 차례나 들었다 놓았다. 경찰이 공개한 사진들이 떴다. S4U가 현행범으로 한꺼번에 끌려가고 있었다. 그들이 머물던 전주 K호텔 로비. 맨 앞이 구석이었다. 모두들 고개가 가슴에 붙어있었다. 겁먹은 얼굴들. 나는 뉴스를 빠르게 훑어 내렸다. 사건 발생시각은 오늘 새벽 한 시경. 폭력사범이라니…. 공연을 끝낸 뒤 긴장을 푼 가수들이 술에 취해 주먹을 휘두른 모양이었다. 두 여자의 사진이 올라왔다. 눈을 가린 얼굴에 퍼렇게 부어오른 피멍이 보였다. 맞은 자국은 허벅지와 팔뚝에도 있었다. 이건 구석의 솜씨인지도…. 기어이 그 버릇이 고향에서 도진 건가. 여자들의 다급한 신고에 경찰이 호텔 안으로 들이닥쳤단다. 피해여성들은 가수들을 따라다니는 어린 팬들이었다. 이어서 경찰이 S4U 멤버들에게 성폭행혐의를 추가했다. 나는 숨을 멈췄다. 이번엔 앵커의 목소리.

"그 시각 그들은 호텔방 안에서 여고생들에게 술을 먹이고 번갈아…."

양순회관으로 발길을 돌렸다. 다행히 파장할 시간은 아니었다. 내게도 한잔이 필요한 밤이었다. 고고도에서 부서진 별들이 힘없이 추락하고 있었다.

제3장

마름

## 제3장

# 마름

초가을 비수기를 견디느라 소원의 앞뜰도 숨을 죽였다. 손님방 하나를 거저 차지한 나는 스스로 투명인간이 되었다. 수경이 후줄근해진 오빠를 위해 뭐라도 물어오려 애쓰는 눈치였지만 그게 어디 쉽나. 전주로 돌아와 시나리오 하나를 쓴 뒤로 나는 주눅 든 자라목을 하고 밖으로만 돌았다. 겨우 납품한 대본은 반응이 미지근했고 지자체 홍보용 필름에 묶여있는 동안 영화제는 내게서 멀어져갔다. 횅하게 가슴 뚫린 밤이 반복되었다.

목표와 전략을 수정했다. 실패가 포기와 동의어일 순 없었다. 마음을 추슬러 독하게 겨냥한 전주영화제는 다큐가 대세였다. 중심서사의 시대 배경을 현대로 과감히 이동시켜야 한다. 사극 같은 건 잠시 잊는 게 정신건강에 좋을 듯했다. 과거사는 현재진행형 갈등의 뿌리로 필요할 때만 끌어오면 되니까. 다큐에도 전통이 스며들면 웅숭깊은 맛이 우러날 것이고. 그리하여 꿈틀거리는 현장의 땀내를 풍겨야 한다. 긴 호흡으로 가려니 다양한 소재들이 필요했다. 그래, 우선 서학동 사람들의 사연을 긁어 모은 뒤 거기서 될 만한 물건을 고르자.

골목에서 마주치는 얼굴들이 거북했다. 삼류감독의 무기력을 질타하는 눈 밝은 관객들로 보였다. 나는 떨어뜨린 물건이라도 찾는 척 시선을 자주 깔았다. 태풍이 훑어낸 덜 여문 은행알을 발끝으로 차다보면 상대 쪽에서 먼저 고개를 돌리는 경우가 있었다. 숫기가 없거나 경계심을 품거나 그도 아니면 세상과 담을 쌓는 게 속편한 사람들이었다. 그 축에 베트남을 다녀온 봉수영감이 끼어 있었다. 그는 죄라도 지은 양 사람을 피했다. 여행 전날의 달떠있던 흔적은 찾을 수 없었다. 영화쟁이의 호기심이 발동했다. 그의 사연이야말로 기승전결이 딱 들어맞는 얘깃거리가 아니던가.

그의 외출은 감나무카페가 고작인 듯했다. 뜬하게 맞닥뜨린 그를 붙잡고 사정을 묻기도 뭣하여 나는 우회로를 택했다. 성자씨라면 그의 속내를 모를 리 없었다.

내가 졸라대자 성자씨가 봉수영감의 사연을 조금씩 조심스럽게 풀었다. 그녀를 붙들어놓기엔 손님 없는 오전이 맞춤이었다. 나는 출근하듯 카페에 들러 스토리를 다듬었다. 봉수영감이 서학동을 출발한 날부터 되돌아올 때까지의 여로형 플롯을 짰다. 다큐멘터리필름 감으로 손색이 없었다. 눈을 감았다. 그가 떠나고 있었다. 나는 롱테이크로 그를 좇았다.

\*

리무진버스의 좌석이 푹신했지만 좀처럼 잠이 오지 않았다. 옆자리는 비어있었다. 인천공항엔 세 시간쯤 여유를 두고 도착될 것이었다. 점심으로 먹은 게 얹혔는지 속이 더부룩했다. 아침나절의 불쾌감이 이어진 탓이려니. 따지고 보면 섭섭할 것도 없는 세상 아닌가. 큰 기대는 하지 않았었다. 양두식이 그런 인간이라는 걸 모르고 찾아간 것도 아니고. 봉수는 두식의 상가 건물을 올려다보았다. 한옥마을 중심에 우뚝 선 동학혁명기념관에서 서른 걸음이면 닿을 목 좋은 자리. 아침식사를 하고 나오는 해장국집 손님들이 그를 스치고 지나갔다. 어깨를 건너온 들큼한 콩나물 비린내가 그의 헛헛한 빈속을 자극했다. 건물 모퉁이를 돌자 막다른 골목 끝 대문기둥에 두식의 이름이 걸려있었다. 가슴을 지나치게 펴고 들어간 거실이 유난히 넓었다. 봉수는 자초지종을 털어놓았다. 두식에게도 소문은 이미 들어갔을 터.

"투자 좀 해보면 어떤가."

조심스레 눈꺼풀을 들어올렸다. 올라가나 싶던 두식의 입꼬리가 곧바로 쳐졌다. 웃는 듯 가늘게 깔아보는 그의 눈초리는 거절의 징표였다. 국민학교를 함께 다닐 때부터 익히 보아온…. 봉수는 안으로 깊게 눌러앉으며 제안을 바꿨다. 초조함은 숨기는 게 좋았다. 긴 가죽소파 끝에 엉덩이 한 쪽만을 걸치고 앉아있는 자신이 초라해 보이지 않도록.

"그럼 천만 원만 빌려줘. 양 사장 자네도 내게 빚이 있잖은가. 그 때 자네가 내 가게를 밀어내지만 않았더라도…."

일인용 소파에 반쯤 드러누운 두식이 입술을 비틀었다. 두툼한 볼에 잡히는 주름으로 보아 이번에도 거절이었다.

"그럼 칠백도 안 되겠능가?"

"이 사람아, 늘그막에 찾아온 피붙이는 애물단지라는 말도 못 들었나? 자네도 조심하는 게 좋을 거여."

두식이 기어이 봉수의 속을 뒤집어놓았다. 마름놈의 자식 주제에…. 봉수는 잇새로 빠져나오려는 말을 겨우 목구멍 아래로 쑤셔 넣었다.

"알았네. 우리 오늘 못 본 걸로 하세."


속도를 줄이는지 버스가 출렁거렸다. 옆자리에 올려둔 손가방이 바닥으로 떨어졌다. 가방을 잡아 올려 지퍼를 열고 손을 깊이 밀어 넣었다. 여권 밑으로 얇은 봉투가 잡혔다. 두식의 집을 나오다 은행에서 환전한 달러였다. 백 불짜리로 서른 장도 채우지 못한. 봉수는 쓴 입맛을 다셨다. 모아 둔 게 겨우…. 칠십 다 된 나이에. 어지간하면 천만 원은 만들어보려 했다. 어젯밤 자정쯤에 받은 아들의 전화목소리가 되살아나며 이명처럼 울렸다.

– 준비는 다 하셨지요? 아무 걱정 마시고 다녀가세요. 그냥 놀러온다 생각하시면 되요. 며느리감 얼굴도 한번 보셔야죠. 흐흐.

전화기 너머에서 베트남이 손에 잡힐 듯했다. 두 달 전 다녀간 얼굴이 자꾸만 눈에 밟혔다. 베트남소식은 언제나 봉수의 귀를 세웠다.

스물네 살에 제대를 하고 빈둥거리던 봉수는 파월 건설업체에 지원했다. 공병대에서 근무한 경력이 효과가 있었다. 미장일이 주특기였다. 손재주는 현지에서도 인정받았다. 담벼락이든 부뚜막이든 잔모래에 시멘트를 개어 바르는 손이 빨랐다. 어릴 때부터 아버지를 따라다니며 어깨너머로 배워둔 목수질도 한몫을 했다. 당시 미군의 용역을 맡은 봉수네 회사는 베트남 중부 해변도시에 있었다. 월맹군과 대치한 전선은 도로와 논밭을 가리지 않았다. 수시로 포탄이 떨어지는 땡볕 아래서 막사 짓는 일이 고달팠으나 그에겐 잇몸을 드러내 웃어주는 여자가 있었다. 미군이 철수할 때 봉수도 신변의 위험을 느꼈다. 함께 지낸 두 해, 여자는 아이를 가졌고 떠나는 남자들이 으레 그랬듯 그도 돌아올 것을 약속했다. 되돌아가서 여자를 한국으로 데려올 생각도 했었다. 상황은 녹록치 않았고 당장 돈이 없었다. 소식이 끊어지고 생사를 알 수 없는 시간들이 무덤덤하게 흘러갔다. 마흔이 다 되어서야 다른 여자와 결혼을 했다. 딸 하나는 그렇게 얻었고 아내는 암으로 고생하다 이태 전 먼저 떠났다.

홀로 지내는 시간에 길들여질 무렵이었다. 시청 앞에서 얼룩덜룩한 군복을 입고 구호를 외치는 늙은 사내들이 봉수의 시선을 붙잡았다. 그들의 주변을 맴도는 버릇이 생긴 건 아내가 죽은 후부터였다. 일부러 다가가거나 아는 척을 하려다가도 그들과 닮은 듯 다른 자신의 파월경력이 발목을 잡곤 했다. 공공장소에 늙다리들의 모임이 부쩍 잦아졌다. 선거철이 까까와진 모양이라고 생각하던 중 낯익은 얼굴과 맞닥뜨렸다.

– 여어, 이게 누구여.

걸쭉하게 쉰 목소리가 먼저 이쪽을 알아보았다. 고등학교 동창생인 그는 엄지손가락을 세우며 청룡부대를 치켜세웠다. 무심코 따라간 봉수를 '베트남 참전용사 자유연맹 전라북도지부'라는 긴 이름의 목간판이 맞이했다. 동창생은 그곳 부회장이었다. 거기에도 계급이 있었다. 나이든 사내들의 뒷목에 잔뜩 힘이 걸려 있었다. 봉수는 적응이 쉽지 않았다. 민간인 신분으로 품 팔러 갔던 노무자가 끼어들 분위기가 아닌 것 같았다. 그의 시선이 게시판에 머물렀다. 한국인 아버지를 둔 베트남 젊은이들의 성공담이었다.

함께 낮술을 마신 날, 부회장 친구가 잔주름 자글거리는 눈을 찡긋하며 봉수의 손을 잡아끌었다. 사무실에 들어가자 그가 안에서 문을 잠갔다. 그가 철제 캐비닛을 열쇠로 열어 두툼한 서류철을 꺼냈다.

– 아비 찾는다는 연락이 오면 곧바로 여기에 기록하고 생사부터 확인하지. 살아있으면 우리가 당사자를 만나 직접 물어보는디… 여그꺼정은

비공개여. 이거 잘못 건드리면 패가망신이잖어. 지 자식을 안 보겠다는 인간들이 많더랑게 흐흐.

딱딱하고 두꺼운 표지를 넘기자 40대쯤으로 보이는 남녀의 사진이 차례로 나왔다. 흑백사진도 있었는데 그들의 어린 시절 모습인 것 같았다. 한글로 서툴게 쓴 사연들이 사진 밑에 엽서처럼 붙어있었다. '아버지를 찾습니다. 꼭 만나고 싶습니다.' 봉수는 심호흡으로 가슴을 눌렀다. 심장이 빠르게 뛰었다.

ㅡ 거그 열어봐.

친구가 턱짓으로 재촉했다. 포스트잇이 노랗게 붙어있는 페이지를 열었다. 봉수의 시선이 젊은 남자의 얼굴에서 멈췄다. 동남아인들과 다른 좁고 긴 코 그리고 사연, 그 속에서 몇 글자가 날아와 눈을 찔렀다. '박봉수 전주.' 틀림없었다. 베트남에 두고 온 여자의 이름도 정확했다. 막연히 기다려온 소식, 그것이 성큼 품속으로 뛰어 들었다. 형태와 부피를 가늠할 수 없는 아릿하고 얼얼한 느낌이었다. 핏줄이라….

소작농으로 근근이 가족을 먹이던 아버지는 막내인 봉수가 중학교에 입학하기도 전에 죽었다. 아버지가 뿌려놓은 일곱 남매는 다행히 까막눈을 면했다. 봉수도 가까스로 농고를 졸업했다. 동네 대소사에 닥치는 대로 몸을 던진 어머니 덕이었다.

한옥마을 안에 마당 넓은 기와집이 있었다. 두식이네였다. 찬모노릇은 봉수의 어머니가 도맡았고 애경사는 자주 돌아올수록 좋았다. 어머니는 그 집 제삿날을 모조리 꿰었고 부르지 않아도 달려갔다. 부침개 하나라도 얻어와 자식들 입에 넣어줄 요량으로. 들기름 냄새는 그런 날이어야 맡을 수 있었다. 운이 좋으면 시래기국물에 돼지비계 몇 조각이 떠오르기도 했다. 어머니는 식구들이 그 집 흉을 볼까봐 여간 입단속을 하지 않았다.

그녀는 술기운에 불콰한 얼굴로 욕설을 내뱉는 남편 때문에 사주 곤욕을 치렀다. 거개는 그 집 가장에 관한 것이었고 아버지는 '왜놈들에게 붙어먹은 주제에…' 로 말문을 열곤 했다. 그의 자존심은 자신의 아버지가 전주천 남쪽에서 천 석을 수확하던 지주였다는 데서 정점을 찍었다. 서학동에서 용머리고개까지 우리 땅을 밟지 않고는 지나다닐 수 없었다는, 논깨나 가졌던 자라면 누구나 안주 삼는, 그래서 더 맥이 빠지는 이야기를 봉수는 고막이 닳도록 들으며 자랐다.

아버지는 그래봤자 술깨고 나면 샌님이었다. 별 수 없이 두식이네 잡일까지 봐주고 오는 것이었다. 호롱불 앞에서 삯바느질을 하던 어머니는 어린 봉수에게 소곤거리곤 했다. 시아버지가 아편을 했다고. 그녀는 피멍으로 부어오른 눈두덩을 벌려 자식들과 눈을 맞췄다. 어머니는 천석꾼 집안이라는 소문을 믿고 시집을 왔던가 보았다. 그녀의 기대가 실망으로 바뀌는 건 잠깐이었다고 했다.

할아버지는 아편에 젖어서도 기어이 술 좋아하는 유전자를 물려준 모양이었다. 몰락의 원인이 일본인의 농간만은 아닌 듯했다. 어린 봉수의 상상력으로는 천석꾼과 주정뱅이를 구별할 수 없었다. 아버지가 술기운에 제 처자식에게 주먹질하듯 그 천석꾼이 왜놈들을 상대로 거칠게 저항했는지도 확인할 도리가 없었다. 아버지의 말대로라면 할아버지는 왜놈의 농간에 속아 가진 땅을 몽땅 빼앗긴 것이었다. 그럼에도 아버지는 두식이네를 더 미워했다. 일본인 지주는 약삭빠른 두식의 아버지에게 경작과 소출관리를 맡겼고 소작인이 된 봉수의 아버지는 그의 발밑에 머리를 조아렸다. 춘궁기에 빌린 나락을 갚지 못해 야반도주하는 소작농이 속출했다. 차마 고향을 등질 수 없는 사람들이 두식아버지에게 뺨을 맞고 멍석말이를 당하는 일도 다반사였다. 일본인들이 자취를 감춘 뒤, 두식아버지는 자신이 관리해주던 논의 주인이 되었고 봉수는 중학생이 되어서도 여전히 점심을 맹물로 때워야하는 이유를 알 수 없었다.

버스가 호남고속도로를 벗어났다. 졸음이 왔다. 잠결에 아들을 본 것도 같았다. 직접 만나기 전까지 봉수는 아들의 모습을 자주 그려보았다. 얼굴사진과 뒤이은 전화목소리로는 전신의 윤곽을 짐작하기 어려웠다. 아들이 키가 크면 좋겠다고 생각했다. 곁에서 자식을 먹이지 못한 아비의 죄책감이었다. 인천공항에 도착했다는 아들의 전화를 받은 날, 전주역으로 나가겠다는 아비를 말리며 아들은 동서학동까지 제 발로 찾아왔다. 감나무카페 앞에 택시가 섰다. 창밖에 시선을 묶어두던 봉수는 벌떡 일어났다. 카페 문이 열리자 아들이 모습을 드러냈다. 말쑥하고 세련된 감색 정장차림이었다. 문 쪽으로 성큼 걸어 나가 아들의 상체를 보듬었다. 160센티미터를 겨우 넘긴 자신보다 손가락 길이만큼 더 컸다. 근육질의 어깨가 듬직했다. 차를 주문했다.
　– 어머머 똑같네요. 콧날 좀 봐. 어쩜 씨도둑은 못한다더니.
　주방 쪽에서 성자가 얼굴을 내밀었다. 친구의 사무실에서 아들을 발견한 날 그녀에게 먼저 털어놓았었다. 무겁고 진지한 표정으로 뛰는 가슴을 눌렀다. 골목마다 소문은 빠르게 퍼질 터, 오랜 이웃에게 먼저 자백하는 게 나을 듯싶었다. 얼마 전에 다 키운 자식을 잃은 성자의 마음을 짐작해보았다. 죄 짓는 기분이었다. 그녀가 진심을 담아 축하해주었다. 친딸보다 낫다는 생각이 들었다. 때때로 반찬을 나눠주고 고뿔이라도 들면 콩나물국을 끓여오기가 어디 쉬운가. 자다가 숨이 끊겨져도 그녀가 제일 먼저 알게될 것이었다. 주문한 모과차를 쟁반에 받쳐 들고 성자가 주방에서 나왔다.

그녀의 호들갑 덕분에 어색한 분위기가 누그러졌다. 아들은 화면에 지도가 나오는 스마트폰을 테이블 위에 올려놓으며 자리에 앉았다. 그간 몇 차례 통화를 하며 아들이 한국어에 능통하다는 것에 놀랐다.

－한국인 사장님을 모신 지 십 년이 넘었어요. 한국계 회사에 들어가려고 입사 전부터 한국어학원을 다녔거든요.

인사권자는 한국어가 통하는 자를 선호했을 것이었다. 아들이 검은 서류가방을 열었다. 손바닥만 한 앨범이 먼저 튀어나왔다. 테두리가 닳은 사진첩 안에 여자가 있었다.

－돌아가셨어요. 벌써 팔 년이 다 되어가네요.

봉수는 눈시울이 왈칵 뜨거워졌다. 아들이 몇 장의 사진을 더 펼쳐보였다.

－돌아가시기 몇 달 전이에요.

여자의 광대뼈가 더 튀어나와 보였다. 볕에 그을린 피부, 고생한 흔적이었다. 살이 빠져 볼이 움푹한 얼굴에 주름이 많았다.

－폐가 나빴어요.

영양이 부실했나 보았다. 아들을 똑바로 바라볼 수 없었다. 추를 달아놓은 듯 시선이 테이블 위를 맴돌았다. 마른 침을 삼킨 뒤 봉수는 등을 세워 자세를 고쳐 앉았다. 40년 묵혀둔 매를 피하고 싶지 않았다. 아들이 지갑에서 명함을 꺼냈다. 곁에서 눈을 떼지 못하는 성자에게도 한 장이 건너갔다. 언젠가 보았던 베트남식 알파벳이었다.

－화장품회사 지배인 겸 현지공장장 역할이에요.

일하느라 장가들 시간이 없었다는 말이 맞는 것 같았다.

－아버지 덕분에 승진이 빨랐지요. 한국계 회사라서.

봉수는 귀를 의심했다. 부계 혈통 덕분에 지금의 자리에 올랐다는 뜻인

가. 얼굴이 확 달아오르고 가슴이 먹먹해졌다. 아들이 명함을 뒤집었다. 박웅원이라는 한글이 도드라졌다. 응우웬이라는 이름을 그렇게 옮긴 모양이었다. 눈알이 뻐근해지며 물기가 괴는 아비 앞에서 아들이 미소를 보였다. 아들의 감정을 읽어내기가 쉽지 않았다.

－베트남에는 한류가 대단해요. 길거리에 나가면 한국가요들이 흘러넘치고요. 한국연예인들이 인기모델이죠. 우리 브이엔케이 화장품이 요즘 뜨고있어요.

아들이 일하는 화장품공장은 D시에 있었다. 밤거리가 화려했던 도시. 봉수가 한때 머물던 곳에서 자란 아들은 그 도시에 뿌리를 내렸다. 목숨들이 떼로 죽어간 그 지역이 관광지로 바뀐 지도 오래였다. 시장(市長)은 외자유치에 혈안이 되어있다고 했다. 작년에 한국의 P시와 자매결연도 맺었단다.

－투자해줄 한국기업을 찾는 중이지요. 정치생명이 걸려있거든요. 저도 투자자를 찾고 있어요.

아들의 짙은 눈썹이 꿈틀거렸다.

－조만간 독립해서 베트남 총판을 내려고요. 사장님이 도와주겠다고 했어요. 아버지가 투자해주시면 더 좋고요. 직접 가서 보시면 실감하실 겁니다. 그리고 이거.

아들이 내민 건 D시로 가는 직항노선 왕복티켓이었다. 창밖이 어느새 어두워져 있었다.


버스가 고속도로 휴게소에 멈췄다. 화장실로 달렸다. 조금만 긴장이 되어도 급해지는 건 오래된 습관이었다. 가늘어진 오줌줄기를 조심스레 털어내고 세면대 거울 앞에 섰다. 좀 젊어보이려나. 장롱을 열어두고 한참을 고른 게 빨간 넥타이였다. 목에 댕기를 매본 게 언제였더라. 사 년 전 시집보낸 딸 결혼식장에서였나 그랬다. 그 후론 동네 애경사에 좀처럼 얼굴을 내보이지 않았으니…. 그는 색 바랜 갈색양복 깃을 당겨 매무새를 고쳤다.

내렸던 버스에 다시 타면서 봉수는 가슴을 쓸어내렸다. 다행히 손가방이 옆자리에 그대로 있었다. 설핏 잠결에 두고 내린 걸 후회하며 가방 안을 더듬었다. 봉투도 그대로였다. 손가락 사이에 잡히는 지폐의 두께가 못내 아쉬웠다. 아들놈이 독립해서 가게를 차리겠다는데 겨우…. 봉수는 입맛을 떱게 다셨다.

그날 아들은 아비가 사는 모습을 보고 싶어 했다. 무르춤하던 봉수는 마른세수를 하고 일어섰다. 저녁부터 먹자. 감나무카페 근처의 식당으로 자리를 옮겼다. 불판에 삼겹살을 넉넉하게 올리고 마주 놓인 잔에 소주를 채웠다. 노릇하게 구워진 고깃점을 기름장에 찍어 아들의 숟가락에 자꾸만 얹어놓았다. 아들이 머쓱한 얼굴로 주위를 살폈으나 싫지 않은 눈치였다.

부자는 손을 잡고 식당 뒷골목 다가구주택을 향해 걸었다. 나오기 전에 쓰레기도 치우고 청소는 했지만 단칸방에 정부보조금을 받는 처지라 몹시 면구스러웠다. 이런 꼴을 보여줘야 하나. 하지만 엎질러진 물이었다. 살면서 크게 죄 진 적 없고 양심에 꺼릴 짓은 하지 않았다. 가까스로 고등학교까지 다녔지만 학창시절엔 상도 제법 받았다. 교내 백일장에서 시도 몇 줄 써봤다. 중학교 때 성적도 두식보다는 앞섰다. 운동회 때는 기어이 두식을 뒤로 제쳐 놓았다. 점심 굶은 뱃가죽을 움켜쥐고 운동장 열 바퀴를 달린 장거리경주에서는 하늘이 노랗게 휘청거렸다. 어금니를 악물었다. 따라붙는 두식을 운동장 반 바퀴 차이로 따돌릴 때 창자에서 녹슨 쇳내가 올라왔다. 두식이 폐기종을 핑계로 군 면제를 받았을 때도 봉수는 당당히 입대했다. 그 뒤로도 두식이 호흡곤란을 보인 적은 없었다. 폐기종이란 게 원래 증상 없는 병이려니. 두식이 전생에 나라를 구했는지도 모를 일이었다. 한옥마을 안에 버티고 선 그의 건물 앞을 지날 때마다 봉수는 생각을 그렇게 모았다. 세상의 불공평엔 그럴 만한 이유라도 있어야하는 것이었다.

가진 돈을 여자에게 털어주고 월남에서 돌아온 뒤로 봉수는 동네 집수리를 도맡아 했다. '배운 도둑질'이었다. 근처의 빈 가게가 하필 두식의 건물이었다. 단층짜리 허술한 한옥집의 옆구리를 터서 세 칸으로 나눈 점포였다. 봉수는 구석진 한 칸을 얻어 철물점을 겸한 건자재 가게를 열었다. 시절이 바뀌고 마을에 관광객이 찾아들었다. 사람들이 집을 고치기 시작했고 일거리가 점점 늘어나는가 싶었다. 수중에 돈 떨어질 걱정은 없었다. 딸은 고등학교까지 가르쳤다. 하나뿐인 자식이라 대학에도 보내보려 했지만 공부와 멀었다.

어느 날 두식이 찾아왔다.

─ 옛정을 생각해서 나도 봐주고 싶지만 낸들 어쩌겠능가. 건물이 낡아서 다시 지어야겠어. 석 달 말미를 줌세.

비워달라는 뜻이었다.

─ 새로 지으면 자네가 하던 철물점부터 들일 테니 걱정 말드라고잉.

봉수는 저항을 포기했다. 두식을 믿어서가 아니었다. 공사가 시작되면 설마 목수일이라도 맡겨주겠지. 은근한 기대는 역시나로 끝났다. 반년 후 그 자리에 더 큰 상가가 들어섰다. 관광특구가 된 한옥마을의 까다로운 규제에 맞춰 지붕을 기와로 올리고 원목기둥으로 멋을 낸 이층 건물이었다. 격자창문을 다는 공사가 한창이던 이층의 처마엔 고급 한식당 오픈을 알리는 플래카드가 세로로 걸렸다. 철물점이 있던 아래층은 점포가 다섯 개로 늘었다. 전기톱 도는 소리가 요란한 코너에 콩나물해장국집이 들어오는 모양이었다. 느긋하게 골라가며 새 점포에 입주하려던 봉수의 눈이 휘둥그레졌다. 월세가 세 배로 뛰어 있었다.

— 시세가 그런 걸 낸들 어쩌겠능가. 더 주고 들어오겠다고 시방 난리여….

봉수는 폐업신고를 했다. 월세를 감당할 자신이 없었다. 집수리 의뢰가 저절로 떨어져나갔고 디자인을 강조하는 젊은 인테리어업자들이 주문을 쓸어갔다.

화병인가 싶었던 아내는 간암이었다. 병원비가 끝도 없이 들어갔다. 딸을 시집보낼 때 줄였던 집을 마저 팔았다. 몇 푼 벌어보려다 비오는 날 지붕에서 떨어져 허리를 다쳤다. 지난여름 장마 때였다. 그 뒤로는 몸뚱이도 귀찮아졌다. 깨진 기왓장 바꿔달라는 주문은 더 이상 받지 않는다. 요즘엔 오래된 단골들이 반가울 뿐이다. 낡은 문짝이라도 고쳐달라니. 덕분에 끼니는 이어간다.

비행기가 가벼운 진동을 일으키며 밤공기를 남쪽으로 갈랐다. 여승무원에게 물을 얻어 마시고 제자리에서 고개와 팔꿈치를 돌려보았다. 좀처럼 긴장이 풀리지 않았다. 손가방 안에서 허리 잘린 비행기표를 꺼냈다. 아들이 다녀간 뒤로 하루에도 몇 번씩 들여다보며 남쪽 하늘을 날곤 했었다. 그날 선물 받는 손이 몹시도 부끄러웠다. 뭐 하나 보태준 것도 없는데. 단칸방에 들어온 아들은 천정에 시선을 꽂아두고 한동안 멍하니 서 있기만 했다. 방바닥에 자리를 펴주자 아들이 코를 곯았다. 아들의 얼굴을 물끄러미 내려다보았다. 잠이 오지 않았다. 새벽이 퍼렇게 창틀을 넘어왔다. 남부시장 골목에 데려가 함께 선지해장국을 먹었다. 몇 숟갈 뜨던 아들이 수저를 놓았다. 봉수는 목욕탕에 같이 가자고 권했다. 등이라도 밀어주고 싶었다. 아들은 스마트폰을 들여다보며 갈 시간이 되었다고 했다.

— 서울서 만나볼 사람들도 있고요.

— 으응 그래 바쁘겠지.

함께 택시를 타고 전주역으로 나갔다. 서울행 기차에 오를 때까지 투자에 대한 이야기는 더 이상 없었다.


컨베이어벨트에서 옷가방을 찾아 입국장으로 빠져나왔다. 베트남 시간이 자정을 지나고 있었다. 다섯 시간쯤 날아온 것 같았다. 큰 눈에 얼굴 갸름한 청년이 박봉수라고 적힌 한글 피켓을 턱 밑에 바짝 대고 서 있었다.

"또안이라고 불러주세요."

스물 대여섯쯤 먹었을까.

"우리 사장님이 특별히 잘 모시래요."

브이엔케이 박상무님 부탁이라면서. 능숙한 한국어였다. 하노이에서 사학과를 졸업했단다.

"부전공으로 한국어를 선택한 효과를 톡톡히 보고 있지요 헤헤."

미소가 깔끔했지만 무스를 잔뜩 발라 뾰족하게 세운 머리가 마음에 들진 않았다. 그의 작은 키를 상쇄하는 건 오히려 영리하게 생긴 눈매였다. 한국 사람들이 아들의 회사를 자주 방문하더라고 했다. 'V&K 뷰티'는 청년이 일하는 여행사의 큰 고객인 듯했다.

"호텔로 모실게요."

피로가 몰려왔다. 청년이 전화를 바꿔줬다. 아늘이었나.

"갑자기 회사에 일이 생겨서⋯. 내일 아침 모시러 갈게요."


문을 두드리는 소리에 잠을 깼다. 또안이었다.

"내려가서 아침식사 하시죠."

눈을 비비는 봉수의 귀에 또안이 전화기를 바짝 대줬다. 아들의 음성이 갈라져있었다.

"저녁에 저희 회사로 오세요. 그 전에 보시고 싶은 곳 있으면 말씀만 하시고요. 그 친구가 어디든 모실 겁니다."

아들이 급히 전화를 끊었다. 먹는 둥 마는 둥 아침식사를 해결하고 또안을 따라나섰다.

"무슨 일이래?"

"저녁에 가보면 알겠죠 뭐. 어디부터 모실까요?"

운전대를 잡자마자 또안이 물었다. 불현듯 전에 살던 집을 보고 싶었다. 아직도 있기나 할까. 아들이 기억하는 어린 시절의 집은 그곳이 아니었다. 젖먹이를 안고 동네에서 쫓겨난 여자는 변두리 시장바닥에서 과일을 팔며 자식을 길러낸 모양이었다. 어린 시절의 어머니가 봉수의 눈앞을 빠르게 스쳐 지나갔다.

누렇게 시든 배춧잎을 넣고 물을 잔뜩 부어 보리죽의 양을 늘리던 어머니는 어지럼증이 심했다. 그녀는 기둥을 잡고 토방에 자주 주저앉았다. 일곱 남매는 죽이 눌어붙은 양재기를 놓고 아귀다툼을 벌였고 어머니는 입맛이 없다며 수저를 들지 않았다. 베트남 모자가 겪었을 세월이 가슴 언저리를 시리게 파고들었다. 굳이 거길 가야할까. 아들과의 상봉이 과거와의 정면승부로 이어지고 있었다. 이번에도 각오가 필요했다. 더듬어볼

수록 애써 잊었던 흔적들이 고구마줄기처럼 불거져 나왔다.

　큰 방향만을 잡고 운전을 시켰지만 40년도 더 된 흔적을 찾는 건 불가능해보였다. 도시가 너무 많이 변해 방향조차 헷갈리는 게 차라리 잘 된 일인지도…. 자동차들이 경적을 울려댔다. 아오자이 차림의 여학생들이 오토바이를 몰아 좁은 틈을 제비처럼 빠져나갔다. 좁은 얼굴에 꼬리가 긴 프랑스식 상가들이 촘촘히 붙어있는 대로를 겨우 빠져나왔다. 외곽으로 접어든다 싶었다. 갑자기 한 떼의 인파에 묻혀버렸다. 공원 앞이었다.

　"다른 길 없나?"

　"거기로 가자면 이 길 밖에 없어요."

　빠져나가자면 오래 걸릴 듯했다. 눌러 내린 조급함 사이로 슬그머니 호기심이 올라왔다. 한쪽 구석을 찾아 차를 세우고 아침부터 내리쬐는 땡볕 속으로 파고들었다. 키 큰 나무 아래에서 알아들을 수 없는 말로 외치는 사람들이 있었다. 시위대였다. 백 명은 족히 넘을 듯한 사람들을 경찰이 에워싸고 있었다. 곤봉을 든 경찰들의 백색 헬멧에 햇빛이 반사되었다. 또안의 얼굴이 붉어졌다.

　"무슨 일이야?"

　"정말 알고 싶으세요?"

　그가 가리키는 손가락 끝을 좇았다. 검은 이끼와 먼지가 잔뜩 앉은 탑이 보였다. 성인 키의 두 배쯤 되는 높이에 겹 지붕을 머리에 얹은 비석이었다. 비석의 각 면마다 글씨가 새겨져있었다. 검은 옷을 입은 노인들 대여섯이 기단에 엎드려 울부짖었다. 그들의 어깨가 출렁일 때마다 풀어헤친 흰머리가 돌을 쓸었다. 가까이 다가갔다. 노인들은 대부분 여자들이었다. 경찰들은 아직 지켜보고 있었다. 피켓을 든 젊은이들은 노인들 주변에서 구호를 외쳤다. 이마에 붉은 머리띠를 두른 키 작은 여자가 마이크를 쥐고 열변을 토했다. 갸름한 얼굴에 까만 뿔테안경을 쓴 그녀가 야무져보였다. 표정으로 보아 매우 심각한 내용인 것 같았다.

"증오탑이에요."

"뭐? 무슨 탑?"

또안이 시무룩해졌다.

"그만 가시죠."

안 그래도 목도 마르고 볕이 따가워 서 있기 힘들었다.

"에어컨 틀어드릴게요. 차 안으로 들어가시죠."

또안의 침묵이 불편했다.

"지금 저들이 뭐라는 거지? 도대체 누굴 증오한다는 거야?"

봉수의 표정을 살피던 또안이 결심한 듯 입을 열었다.

"전쟁 때 이곳에서 근무했다고 하셨죠? 저들은 탑의 철거를 반대해요."

그가 승용차의 시동을 걸며 비문을 번역했다. '하늘에 닿을 죄악 만대를 기억하리라.'

"이 근처 다섯 마을에서 사백서른 명의 민간인이 희생되었어요. 그 중 절반이 여덟 살도 안 되는 아이들이었고요."

그렇다면 비석의 한쪽 면에 새겨진 글씨는 희생자의 이름들일 터였다. 봉수는 희미해져가는 기억 하나를 끄집어냈다. 40년도 더 된 사건이 생각난 것은 설마와 혹시 사이에 놓여있던 깊은 골 때문이었다. 500명이 넘는 민간인을 미군이 죽였다는 소문이 제법 구체적이었다. 인육 먹는 것만 빼곤 그들이 온갖 짓을 다했다는 말들이 그 당시 봉수의 공사판을 어슬렁거렸다. 쳐 죽일 놈들. 봉수는 어금니를 깨물었다.

"시에서는 이 외딴 공원에 국제 비즈니스 단지를 조성하려고 해요. 여긴 부두도 가깝고 교통도 좋은 편이거든요. 그걸 저들은 반대하고요. 공원이 없어지면 저 탑도 철거될 테니까요."

"그거야 탑을 가까운 곳으로 옮겨주면 되잖아."

"정치인들의 약속이란 게 원래 좀 그렇잖아요. 매주 수요일마다 희생자 가족들이 여기서 집회를 해요. 공식적으로 사과와 배상을 받기 전엔 절대로 물러나지 않을 겁니다. 외자유치에 공을 들이는 정치인들은 저들이 싫겠죠. 저러다 외국인 상대로 테러사건이라도 발생하면 관광산업도 끝이니까요."

두어 바퀴를 더 구르던 차가 다시 멈춰 섰다. 공원에서 사람들이 빠져나오고 있었다. 행사가 끝난 모양이었다.

"이봐 잠깐, 미국이 진상조사도 하고 배상도 하지 않았나?"

봉수의 눈을 빤히 들여다보던 또안이 말을 이었다.

"미국이 아니라 미국의 하수인 노릇을 하던…, 증오의 대상은 바로 그 나라 군인들이에요. 젖을 먹이는 엄마와 아이를 동시에 죽이고 창자를 널어놓고. 여자들을 강간하고 증거를 없애려고 화염방사기로…. 제 외할머니도 그때…."

봉수의 귀에 분명히 그런 말이 들렸다. 운전석에 앉은 또안의 뒤통수에서 면도칼 같은 것이 날아와 봉수의 허리께를 베고 지나간 느낌이었다. 또안이 목소리에 날을 세웠다.

"그들을 보낸 정부는 제대로 사과한 적이 없어요."

정권이 바뀔 때마다 인정과 변명 사이를 오락가락하더니 요즘엔 아예 침묵을 선택한 것 같다고 그가 말했다.

"팔십 먹은 노인을 논에서 끌어내 머리를 잘라 대나무 끝에 걸어놓은 자들이 말이죠. 살아남은 사람들이 쌀을 한 줌씩 모아 저 탑을 세웠어요."

"에어컨 좀 올려줘."

봉수의 심장이 거칠게 뛰고 가슴이 조여들었다.

"괜찮으세요?"

또안이 뒤로 건네준 생수를 들이켰다. 괜찮을 수 없었다. 자신은 단순 노무자였다는 사실로도 위로가 되지 않았다. 전면에 매달린 백미러에 두 개의 시선이 엉켰다. 봉수는 눈을 감아버렸다. 하수인이라는 단어가 명치에 걸리더니 먹은 게 기어이 얹혔다. 신물이 올라왔다. 양두식의 건물에서 쫓겨난 뒤부터 종종 찾아오는 증상이었다. 마름놈의 자식이라고 욕만 쏟아낸들 뱃속만 더 헛헛했다. 그건 아버지 세대에서 빠져나오지 못하는 꼴이므로. 울화가 끓어오를 때마다 세상 탓을 했지만 그 세상이 어떤 원리로 돌아가는지는 몰랐다. 무의미한 시간들을 주체할 수 없어 동네를 쏘다니곤 했다. 동서학동 집을 나와 싸전다리를 건너 한옥마을을 가로질러 남천교를 밟고 되돌아오는 길을 무작정 걸었다. 그러다 자주 들르게 된 곳이 동학혁명기념관이었다. 물리고 무는 힘의 원리가 그곳에서 조금씩 형체를 드러냈다.

"안색이 안 좋네요."

또안이 걱정스러운 듯 미간을 좁혔다.

"난 괜찮아."

불현듯, 농민들의 함성이 들리는 듯했다. 그 속으로 불쑥, 성자의 목소리가 끼어들었다.

– 궁금해요 그 동네 모습이.

감나무 마당에 침입한 노을이 카페 안으로 누런 조각 빛을 던져 넣고 있었다. 봉수는 아들이 온다는 소식도 전할 겸 D시에 대해 성자에게 늘어 놓았다.

― 그 동네가 말하자면 삼팔선이었어, 베트콩들과 마주한.

설레는 가슴을 누르며 조각칼로 파놓은 듯 생생한 기억들을 더듬었다. 눈을 맞추며 한참을 듣던 성자가 넌지시 제안을 했다.

― 이왕 가시는 김에 전쟁의 흔적도 살펴보세요. 과거를 직면하다보면 한순간 마음이 가벼워질 거예요, 힘들겠지만.

그녀가 잠시 뜸을 들이다 말을 이었다.

― 힘없는 백성의 처지는 늘 그래요. 기념관에서 그 사진을 보셨겠지만….

전직교사다웠다. 그녀가 손끝으로 강 건너 한옥마을을 가리켰다. 문화해설사 같은 그녀의 설명을 간추리자면 이랬다.

동학혁명기념관 이층 구석에 걸린 사진, 그 속에서 군복 입은 사내들이 긴 칼을 휘두르고 있었다. 무릎 꿇은 사람들의 잘린 머리통이 구덩이 속으로 떨어졌다. 조선 조정은 알량한 권력을 움켜쥐고 자신의 백성을 외세의 사냥감으로 내몰았다. 외세척결을 부르짖는 동학군은 대륙으로 진출하려는 일본의 장애물이었다. 일본군의 신식 대포와 총들이 불을 뿜었다. 목천 세성산 전투에서 3천 동학군을 도륙한 일본군은 소대병력 정도였고 지휘자는 소좌계급을 달고 있었다.

조선 관리들은 동학에 가담한 농민들을 더욱 잔인하게 처형했다. 네 마리의 황소에 묶어 사지를 찢어 죽이는 능지처참형도 다반사였다. 형식적이나마 근대화된 재판을 주장하던 일본고문관이 말릴 정도였다.

김개남은 전주에서 참수되었다. 농민군 일만을 이끌며 타협을 거부하던 그였다. 조선조정은 권력에 도전한 자의 최후를 저잣거리에 매달았다. 남부시장 옆 초록바위로 사람들이 모여들었다. 벼랑끝 나뭇가지에 상투를 꿰인 머리들이 바람에 떨어지곤 했다. 흙먼지 위로 굴러가는 얼굴을 개들이 물어뜯었다. 농민군을 이끌고 전주성을 점령한 소년 장수의 머리도 있었다. 벌어진 입속으로 아이들이 잔돌을 던져 넣으며 놀았다. 조선조정은 일본정부의 마름이었다.

지워져가는 기억의 수면 위로 양두식의 아버지가 찌처럼 떠오르다 가라앉았다. 성자의 제안이 그럴듯했지만 봉수는 '뭘 그렇게까지'에서 생각을 멈췄다. 더듬어보았으나 드물게 다닌 여행지에서도 박물관이나 무슨 기념관들은 관심 밖이었다. 새삼스러웠다. 그때까지만 해도….

"제대로 알고 싶네."

내친걸음이었다. 반시간 쯤 달려 전쟁박물관을 찾았다. 또안의 말을 의심하긴 싫었으나 설마가 머리를 떠나지 않았다. 증거들이 좀 더 필요했다 5,000명의 희생을 감수하며 파견했던 군대였다. 그들의 빛나는 전과를 미군들의 만행에 섞어 하나의 액자 속에 그려 넣을 순 없었다.

전쟁박물관은 한가했다. 넓은 전시관에 아이를 데리고 들어온 백인들 몇이 기웃거리고 있었다. 가족인 듯했다. 봉수는 또안을 앞세워 미군의 횡포부터 확인하고 싶었다. 깡패 짓은 힘 가진 자의 몫일 터. 소문으로만 들었던 C중대 사건의 증거가 있는지 물었다. 또안을 따라가다 그가 가리킨 사진 앞에 섰다. 화염방사기를 분사하는 미군이었다. 또안이 번역을 했다. 화염의 목표물이 민간인들의 시신이라고. 희생자 수가 504명으로 나와 있었다. 밀라이마을 학살사건이었다. 사진 아래 붙은 이름. 로널드 해벌, 필름을 몰래 숨겨 나와 사건을 폭로한 종군기자였다. 사진 속 죽은 여자의 가슴에 글자가 보였다. 대검으로 새긴 C중대의 이름이었다. 다른 사진으로 눈을 옮겼다. 얼핏 특별한 게 없었다. 우는 사람들뿐.

"자세히 보세요."

또안의 검지 끝엔 머리를 풀어헤친 젊은 여자가 윗도리 단추를 잠그며 울고 있었다. 오른팔엔 어린애가 안겨있고. 여자는 윤간을 당한 직후였다. 그 옆에 좀 더 나이든 여자가 있었고 그녀를 부축하는 남자도 보였다. 깡마른 남자의 고개 숙인 얼굴에서 절망과 고통이 흘러나왔다. 설명을 부탁했다. 눈앞에서 미군에게 겁탈당한 아내를 위로하는 모습이었다. 사진 찍힌 직후 그들은 대검에 찔려 죽었다. 아이도 마찬가지. 군인들은 시체를 한곳으로 모았다. 그리고 마을 전체를 태웠다. 살육이 빛나는 승리로 둔갑했고 C중대는 사령관의 축전을 받았다. 봉수는 주위를 둘러보았다. 콧수염을 기른 또래의 백인남자가 좀 전의 사진 앞에서 굳어있었다. 봉수는 벽을 따라 무거운 발을 옮겼다. 증거들이 달려들었다. 주춤거리던 또안의 입에서 마침내 한국군 이야기가 나왔다.

"한국군이 사살했다고 주장한 베트콩 숫자는 사만천 명이었어요. 자랑스러운 전과였죠. 그런데 그중 구천이 민간인이었어요. 미군보다 더 지독했지요."

봉수의 팔뚝에 소름이 돋았다. 또안의 설명이 이어졌다.

"피해자 가족들이 하는 말이 있어요. 어차피 당할 거였다면 차라리 미군에게 당할 걸 그랬다고."

봉수는 청각을 깎아 세웠다. 또안이 발끝으로 바닥을 문지르며 뜸을 들였다. 몸이 후끈 달아올랐다. 등줄기로 땀이 흘렀다. 전시실 에어컨이 멈췄나 싶었을 때 호기심이 풀렸다.

"미국정부는 공식적으로 범죄를 인정했고요. 지금도 배상이 이어지고 있어요. 구호단체들도 꾸준히 찾아와요."

그건 분명 한국정부와 한국인들에 대한 질타였다. 시간이 멈춘 듯 몽롱

했다. 사진들이 울고 있었다. 오금이 당겨 걸을 수 없었다.

전쟁박물관을 나와 다시 차에 올랐다. 기름먼지 묻은 후텁지근한 공기가 차안으로 밀려들어왔다. 창문을 올렸다. 일가족을 태운 혼다오토바이가 스치듯 자동차 사이를 빠져나갔다. 오토바이 뒷좌석에 앉은 여자아이와 눈이 마주쳤다. 차창 밖 사람들이 모두 이쪽을 바라보는 것 같았다.

"이런 말씀 드리기가 좀 뭐한데요."

내친 김에 다 알고 가라는 듯 또안이 말을 이었다.

"그 마을에서 살아남은 자들이 궁금하시죠? 그 뒤로 어찌됐는지. 그 사람들 모두 제 발로 월맹군으로 들어갔어요."

땅이나 파먹고 살던 그들은 전사로 변신했다. 한국군은 물불을 가리지 않는 적을 생산한 것이고…. 미국은 전쟁기념관을 세울 때도 적극 지원했단다.

"학살의 증거들을 내놓았죠. 일부겠지만요."

전시관에 걸린 사진들도 양심적인 언론인들에게서 받은 거였다. 물론 다시 열린 베트남시장을 선점하기 위한 목적이 컸을 것이다. 차안의 텁텁한 공기에 거북한 침묵이 섞여 들었다. 또안이 한국어를 배우며 무슨 생각을 했을까. 봉수는 뭐라도 한마디 거들며 분위기를 바꾸고 싶었다.

"자넨 애국자로군."

"저야 실용주의자죠, 뭐."

또안이 입으로만 웃으며 뒷머리를 긁었다. 올려 세운 무스머리에 전후 세대의 여유가 배어 있었다. 봉수는 또안에게서 빤질거리던 첫인상을 털어냈다.

오토바이들이 밀려와 승용차와 트럭사이로 엉켜들었다. 퇴근시간인 듯했다. 예전에 살던 동네는 아무래도 오늘 일정에서 미뤄야할 것 같았다. 시내 쪽으로 방향을 틀었다. 정수리를 쪼아대던 볕도 한풀 꺾였다. 타이어들이 아스팔트 바닥에 붙었다 떨어지기를 반복했다. 또안이 자꾸만 뒷좌석으로 고개를 돌렸다. 길이 막히는 게 자신의 책임이라도 되는 양 난처한 표정이었다. 아들과 저녁식사는 할 수 있을까. 사위가 어둑해지며 도로변 점포들에 불빛이 들어오기 시작했다. 한 시간 남짓 걸려 고층빌딩 숲으로 들어섰다. 관광지다운 불야성이 시작될 모양이었다. 빌딩 사이로 포장마차 행렬이 보였다. 야시장이 서나 보았다. 키 큰 백인들이 거리에 모습을 드러냈다. 그 당시처럼 흥청거리는 밤이 시작되고 있었다. 봉수는 뒷좌석 깊이 고개를 묻었다. 상무님이 기다릴 겁니다. 그래 내 아들…. 양두식의 얼굴이 떠오를 때마다 목구멍을 치받던 쇳내가 사라지고 있었다.

─ 딸년들 대학 갤치고 미국유학 보낼라고 땅 좀 팔아부렀네 흐흐.

첫째는 변호사에게 시집을 보냈고 첼로를 전공했다는 둘째는 지방대 교수를 한다던가. 막내도 의사와 결혼을 시켰다나. 그가 틈만 나면 이따위 허튼 자랑을 하지 않았나. 이젠 양두식의 기름진 얼굴이 부럽지 않다. 아들 하나 못 건진 마름 놈의 자식 주제에…. 봉수는 가슴을 뒤로 젖히며 입꼬리를 올렸다.

또안이 차를 세웠다. 네온사인 번쩍이는 고층건물 앞이었다.

"상무님이 전화를 안 받으시네요."

"오늘 저녁에 오라고 하지 않았나?"

"그러게요…."

주차요원이 달려 나와 키를 건네받았다.

"들어가시죠."

회전문 앞에서 고개를 들어 올렸다. 황금색 아치형 글씨가 이마 위에서 반짝였다. 빌딩의 높은 벽에서 시내를 멀리 내려다보던 V&K BEAUTY. 일층 전체가 화장품 매장이었다. 천정에서 쏟아지는 불빛에 눈이 부셨다. 북적거리는 매장을 지나 엘리베이터를 타고 올라갔다. 15층, 곧바로 사무실로 이어지는 복도였다. 봉수는 문득 걸음을 멈췄다. 사람들이 복도를 가득 메우고 있었다. 바닥에 주저앉은 무리가 오십 명은 넘어 보였다. 앳된 여자들 틈에 남자들도 듬성듬성 끼어 있었다. 모두들 왼쪽 가슴에 회사 로고가 새겨진 녹색 점퍼였다. 벽에는 붉은 글씨로 거칠게 쓴 흰색 천이 붙어있었고 피켓 든 자들이 무리의 앞줄이었다.

"워메 시방 이게 뭔 일이여."

봉수의 탄성에 맞춰 또안이 앞장을 섰다. 꽉 들어앉은 사람들의 어깨사이로 무릎을 끼워 보았으나 험악한 눈초리만 되돌아왔다. 또안이 더 이상 길을 내지 못하고 머뭇거렸다. 봉수와 또안을 번갈아 훑던 여자들이 시선을 거두어갔다. 무리의 건너편으로 안에서 잠긴 듯한 유리문이 보였다. 관리직원들이 일하는 사무실은 그 너머일 것이었다. 또안은 입을 꾹 다문 채 난처한 표정으로 안절부절못했다. 두리번거리던 봉수에게 새된 목소리가 달려들었다. 귀에 익은 음성이었다. 엎드려 통곡하던 할머니들 옆에서 마이크를 들고 외치던, 오전에 공원에서 보았던 뿔테안경이었다. 긴 생머리를 말아 올려 머리띠를 두른 그녀가 구호를 외치면 복도를 채운 사람들이 복창했다. 복도의 공기가 팽창과 수축을 반복했다. 짧은 메아리가 길게 뻗은 복도 끝에서 되돌아왔다. 얼핏 피켓 하나가 눈에 꽂혔다. 한글이었다. '한국놈 앞잡이부터 해고시켜라.' 봉수는 고개를 돌려 또안과 눈을 맞췄다. 인사권을 가진 고위직은 한국인일 터였다.

"숨 좀 돌리세."

복도 반대편 끝으로 또안의 옷깃을 잡아끌어 자초지종을 물었다. 또안이 난감한 표정으로 입을 열었다.

"반한감정이 생기면 한류도 끝이죠. 요즘 이 회사 매출이 떨어진다는 소문이 돌거든요."

"그래서?"

봉수가 눈썹을 올리며 다그쳤다.

"증오탑 철거반대 시위에 참가했던 공장 직원들이 해고됐어요. 상무님이 총대를 멘 것 같네요."

봉수는 호흡을 고르며 천천히 고개를 끄덕였다. 그러니까 해고당한 동료의 복직을 요구하러 생산직 직원들이 몰려온 것이었다. 투자유치에 공을 들이는 정치인들과 그 힘을 업고 베트남시장을 장악하려는 회사. 그들이 아들을 시켜 반감의 싹을 자르려다 사달이 난 모양이었다.

갑자기 복도의 허리가 벌컥 열렸다. 열린 방화문으로 검은 몽둥이를 든 진회색의 유니폼들이 꾸역꾸역 들어왔다. 그들의 헬멧에서 반사되는 형광등 빛이 봉수와 녹색 점퍼들 사이의 공간을 어지럽게 채웠다. 겁에 질린 녹색 점퍼들이 자리에서 일어나며 허둥댔다. 웅성거리는 소리들이 점점 커졌다. 헬멧들이 일사불란하게 동작을 취했다. 그들은 알아들을 수 없는 짧은 구호로 포위망을 좁혔다. 군홧발이 녹색 점퍼들을 바투 에워쌌다. 짧고 거친 음파가 고막을 때렸다. 사무실과 복도를 가르던 유리문이 깨지고 파편들이 잘게 흩어졌다. 녹색 점퍼 하나가 밖으로 튕겨져 나왔다. 둔탁한 물체 떨어지는 소리가 여자들의 비명 속에 묻혔다. 녹색 점퍼 사내의 머리에서 나온 피가 뺨을 타고 목 줄기로 주르르 흘러내렸다. 일어서려던 그가 푹 고꾸라졌다. 녹색 점퍼들 틈으로 기어들어간 그를 여자들이 안아서 구석에 눕혔다. 그는 그들의 협상대표인 듯했다. 울음과

탄식이 뒤섞였다.

　깨진 유리문 뒤에서 한 남자가 나타났다. 남자의 상체가 헬멧과 곤봉들 사이에서 반쯤 가려보였다. 흰 와이셔츠에 선홍빛 얼룩이 무질서하게 찍혀있었다. 일순간 소음이 사그라졌다. 그가 넥타이를 풀어헤치며 씩씩거렸다. 그는 욕설로 짐작되는 된소리를 내뱉고 손바닥을 털었다. 봉수는 발끝을 세우고 눈꺼풀을 번쩍 치켜 올렸다. 아들이었다. 그가 팔을 들어 신호를 보내자 헬멧들이 무리를 구석으로 밀어붙였다. 여자들 틈에서 남자 몇이 저항하려 했지만 머리 위로 곤봉이 떨어질 뿐이었다. 넘어진 여자들을 발로 차는 소리가 들렸다. 가까스로 일어선 여자의 머리채를 가죽장갑 낀 손아귀가 움켜쥐었다. 허공에 발길질을 하며 버티던 여자들은 두 다리를 잡혀 무리 속에서 끌려 나왔다. 비명을 지르다 정수리에 곤봉을 맞은 여자가 쓰러져 움직이지 않았다. 조용해진 여자의 얼굴 옆으로 안경알 깨진 조각들과 부러진 검은 뿔테가 함께 뒹굴었다. 두 헬멧이 그녀의 발목을 한쪽씩 잡고 가랑이를 벌려 끌어냈다. 그녀의 풀어진 머리카락을 따라 붉은 액체가 콘크리트바닥에 길게 꼬리를 남겼다. 봉수는 속이 울렁거리고 눈앞이 침침해졌다. 군인들이 노인의 머리를 잘라 장대에 매다는 장면이 머릿속을 휘저었다. 숨이 턱에 들어붙었다. 봉수의 두개골 안에서 비아냥대는 목소리가 날벌레처럼 윙윙거렸다.

　― 늘그막에 찾아온 피붙이는 애물단지라니까….

　망치로 뒤통수를 맞은 듯 두통이 몰려왔다. 주변의 공기가 딱딱하게 굳어져 기도를 막는 느낌이었다. 양두식의 비릿한 얼굴이 왜 하필 이 순간에 떠오르는지 알다가도 모를 일이었다. 봉수는 연신 고개를 흔들어 두식의 목소리를 털어냈다. 불현듯 성자의 콩나물국이 와락 당겼다. 양은냄비 뚜껑을 열면 고춧가루와 함께 엉겨들던 들큼한 냄새. 콧날이 시큰했다.

"어이, 그만 내려가세."

또안이 말없이 그를 따라 나왔다. 엘리베이터 거울에 비친 또안의 눈이 붉었다.

"나 좀 공항으로 데려다줘. 다친 허리가 도진 것 같네."

시선을 발끝에 붙인 봉수의 입에서 긴 숨이 빠져나왔다. 그의 바짓단이 잘게 떨렸다.


또안이 항공사 카운터에 가서 티켓을 앞당겨주었다. 봉수는 손가방 안을 더듬어 봉투를 꺼냈다.

"이거 박상무에게 전해주겠나. 결혼식엔 못 올 것 같다고."

제4장

# 왜 나를 피하지?

# 제4장

# 왜 나를 피하지?

양 사장이 들어간 지도 한 시간 반이 지나고 있었다. 거긴 주방 뒤쪽으로 옴팡하게 숨은 구석이었다. 홀에서는 안이 보이지 않았고 문이 없는데도 별실 같았다. 성자씨는 아메리카노 한 잔을 갖다 준 뒤로 그쪽을 거들떠보지도 않았다. 막 들어온 여자들 대 여섯이 그리로 들어가려다가 구시렁거리며 카페를 빠져나갔다. 8인용 테이블을 독차지한 늙다리와 맞닥뜨린 모양이었다. 나는 자리에서 일어나 키 큰 행운목 화분 뒤 조붓한 틈에 눈동자를 끼웠다. 그가 대학생들처럼 노트북이나 스마트폰을 들여다보는 것도 아니었다. 은빛 캔이 보였다. 그러니까 그가 주문한 아메리카노는 자릿세였고 그는 맥주 한 캔을 조금씩 비우며 뭔가를 골똘히 생각하는 중이었다. 동네에 심상치 않은 일이 생길 징조였다.

지난 오월이었나. 감잎이 진초록으로 변할 때였으니까. 그때도 양 사장은 감나무카페를 찾아와 미동도 없이 그 자리에 홀로 앉아있었다. 호떡 파는 사내를 자신의 건물에서 내보내기 전이었다. 사내는 잔뜩 찌푸린 얼굴로 동서학동 감나무 골목을 여러 날 어슬렁거렸다. 그러다가 북으로 다시 올라가 전주천변 남쪽 길가에 새 둥지를 틀었다. 서학동의 최북단이었다. 유동인구가 적은 예술인 골목으론 성에 차지 않았나보았다. 그렇다고 한옥마을 번화가로 다시 들어가 점포를 구하기도 녹록치 않았을 것이었다.

그는 조그만 트럭을 구해 짐칸을 매대로 쓰는 노점상으로 변신했다. 떠나온 한옥마을이 트럭을 세운 지점에서 다리 너머로 빤히 바라다 보였다. 몇 년간 그가 머물던 자리는 어느 날 액세서리점으로 바뀌어있었다. 잣이나 호박씨 등을 넣은 그의 이른바 씨앗호떡은 인기가 좋았었다. 하지만 그건 번화가에서 한자리를 오래 지킨 효과였다. 그는 이제 매상이 떨어지는 저녁마다 건물주를 원망하며 분을 삭이는 처지가 되었다.

나는 양 사장과 통성명을 나눈 사이라 슬그머니 다가가 인사라도 던져보려다 성자씨의 눈치부터 살폈다. 그녀가 검지를 옆으로 흔들었다. 그렇다고 내가 안테나를 접을 수 있나. 주방으로 다가가 성자씨에게 물었다.

"이번엔 한복 아뇨?"

성자씨가 주위를 둘러보며 천천히 머리를 끄덕였다.

두어 달 전이었다. 개량한복을 곱게 입은 여자가 카페에 찾아왔었다. 양 사장 건물에서 한복대여점을 한다는 그녀를 내가 가까이서 본 건 그때가 처음이었다. 성자씨와는 오랜 이웃이라고 했다. 성자씨를 대하는 짧은 말끝으로 어림하건데 오십은 넘은 듯했다. 눈가의 잔주름에도 피부가 고왔다. 어설픈 남자들의 접근이 허락되지 않을 듯한 아우라가 느껴졌다. 쪽빛 저고리에 보라색 치마가 우아했지만 새초롬한 눈꼬리를 따라 근심처럼 기미가 깔려있었다. 그녀가 낮은 목소리로 걱정을 늘어놓았다. 늘 그렇듯 성자씨가 주로 들어주는 편이었다. 서울로 올라가 의상디자인을 전공했다는데 돌아와서 어머니가 하던 한복수선 가게를 물려받았단다. 그게 12년 전이었다. 그러니까 양 사장이 건물을 철거하고 재건축하기 전부터 그 자리에서 가게를 운영한 것이었다. 그녀는 5년 전 양 사장이 새로 지은 상가에 재입주했다. 건물이 지어지는 몇 달 동안엔 근처의 허름한 세탁소에 끼어들어 꿈을 키웠다. 양 사장은 기존 세입자의 우선 입주를 약속했다. 점주(店主)들과의 시빗거리를 차단하기 위해서였다. 하지만 재입주에 성공한 점주는 한복뿐이었다. 완공 후, 같은 면적에도 월세가 곱절이나 뛰어 있었다.

번화가 사거리라 입주대기자가 많았다. 단골장사를 하는 처지에 멀리 갈 수도 없는 노릇, 눌러앉아야 했고 한편으론 버텨낼 자신도 있었다. 만들어 팔던 한복에서 빌려주는 한복대여점으로 비즈니스 전략을 바꿨고 이내 새로운 아이디어가 맞아떨어졌다. 한옥골목의 처마 밑에서 셀카봉을 드는 젊은 관광객들이 타깃이었다. 오래 입을 고상한 한복은 필요 없었다. 첫눈에 꽂히는 화려한 것이면 시간제 대여용으로는 그만이었다. 가파르게 오르는 월세 앞에서 전통의상디자인 전공자의 자존심은 잠시 접어두기로 했다. 새롭게 문을 열던 날, 건물주가 큼지막한 그림액자를 들고 와 벽에 못질을 했다. 몹시 부담스러웠으나 거절하기도 뭣한 선물이었다.

— 느닷없이 오십 프로나 올려달라는 게 말이 되니?
— 그러게요.
성자씨의 맥 빠지는 대답과 한복의 푸념이 교대로 이어졌다.
— 나가라는 거잖아. 인테리어 다시 한 지가 넉 달밖에 안 되는데. 아직

뿌리지도 못한 전단지가 창고에 쌓여있어야.

– 가깝게 옮길 만한 자리가 없을까요? 쌈 직한….

– 어휴… 말을 말자, 냉수 좀 줘.

성자씨에게도 뾰족한 수가 있을 리 없었다. 한복이 새로 꾸민 점포 앞에서 지나는 사람들의 머릿수를 세던 날들을 끄집어냈다. 뜸해진 발길을 붙잡으려고 찬바람 부는 길에서 곱은 손으로 명함을 나눠주던 대목에서 그녀가 기어이 울음을 터뜨렸다.

– 어떻게 만들어놓은 상권인데….

결혼도 포기하고 일에만 매달려온 그녀였다. 오래전 졸라대는 남자가 있었으나 장모를 모시는 조건을 남자의 부모가 승낙하지 않았다. 그녀는 어머니와 함께 늙어가기로 했다.

주제넘은 의협심이 내 안에서 움찔거렸다. 엿듣다 말고 카운터로 다가가 그 위에 놓인 관광지도를 펼쳐들었다. 한옥마을 아래로 서학동이 그려져 있었다. 눈을 뒤집고 들여다봐도 쓸 만한 빈 가게가 없었지만 여자의 한복대여점이 사라지는 걸 보고만 있기도 뭐한 노릇이었다. 그날부터 나는 묘수를 찾기 시작했다. 물론 성자씨의 부탁이었다. 솔직히 묘수란 게 있을까마는 뭐라도 해봐야 했다. 언젠가부터 성자씨의 마른 어깨가 더욱 작아보였고 그렇잖아도 나는 그녀를 도울 만한 소일거리를 궁리하던 참이었다. 때마침 부탁을 받았으므로 오히려 고마운 생각까지 들었다. 양 사장의 약점을 찾아보기로 했다. 거래가 이뤄질 수도 있지 않겠나.

양 사장이 카페 구석자리를 빠져나왔다. 나와 시선이 얽히자 그가 떨떠름하게 입맛을 다시며 두 팔을 올려 기지개를 폈다. 자그마한 키에 걸친 입성이 한눈에 잡혔다. 밀가루에 계란 노른자를 설 풀어놓은 듯 빛바랜 점퍼에 무릎이 반질거리는 군복 바지, 삼십 년은 족히 입었을 깃이었다. 발목 아래로는 요즘 어디에서도 팔지 않을 것 같은 흰 고무신이었다. 양사장이 M자로 깊게 벗어진 머리 위에 녹색 모자를 얹었다. 챙 위의 노란 이파리문양이 고집스러운 새마을모자였다. 나는 강퍅했던 그의 첫인상을 되새겼다.

귀향하고 얼마 되지 않아서였다. 나는 관광특구로 변해버린 한옥마을 번화가에서 어린 시절을 더듬고 있었다. 동학혁명기념관에서 비스듬히 맞은편에 멋들어진 건물이 있었다. 그것이 양두식 소유라는 건 나중에 알았다. 구서방 말대로라면, '다 팔아먹고 몇 군데 남지 않은' 양씨 집안 부동산 중 씨암탉일 것이었다. 날아갈 듯 뻗어 오른 이층짜리 한옥의 처마 선이 눈을 끌었다. 몇 걸음 다가선 나는 부챗살 같이 펼쳐진 서까래에 압도되었다. 송진내가 물씬 풍겨 나올 듯했다. 나뭇결이 드러난 목조건물엔 전통과 현대가 적당히 섞여있었다. 안팎의 경계를 허물며 상가의 기능을 향상시켜줄 통유리벽이 돋보였다. 나무기둥이 절집처럼 굵었다. 건축비를 아끼지 않은 흔적들이었다. 이층에 현수막이 세로로 걸려있었다. 떡갈비 전문 한식당이 개업 준비에 한창이었다. 세입자가 또 바뀌었나보았다. 그동안 몇 차례나 들어오고 나갔을까. 일층에 네 칸. 위층에 두 개, 아래층 점포 입구에 사람들이 웅성거렸다. 나는 건물주가 매월 걷어 들이는 월세를 계산해보았다. 왁자한 주변 분위기에 먹거리 장사가 어울리지 싶었다. 전주식 모주를 맛볼 수 있는 콩나물국밥집, 젊은 커플들이 줄을 선 수제초코파이 상점, 그리고 세 번째 가게에서는 씨앗호떡을 팔고 있었다.

내 예상이 주차장 옆 코너에서 빗나갔다. '한복대여', 한 뼘 넓이의 나무판자를 색깔별로 맞춰 넣은 직사각형의 간판이 무지개를 연상시켰다. 그 위에 점주의 꿈이 흘림체로 소박하게 붙어있었다. 통유리벽에 손차양 하여 들여다본 안쪽 벽에서 그림 한 점이 나를 마주보았다. 초승달이 내려다보는 돌담 모퉁이에서 장옷 둘러쓴 여인과 갓 쓴 선비가 만나는 장면, 신윤복의 월하정인을 모사한 그림이었다. 싸구려 냄새를 풍겼지만 나름 한복집에 어울리는 것 같기도 했다.

한복집과 벽 하나로 붙은 건물 밖 주차장엔 꽃집이 들어와 영업 중이었다. 건축물의 용도를 위반한 불법인 건 분명했지만 내가 상관할 일은 아니었다. 조그만 화분들이 입구에 주렁주렁 매달려있었다. 안쪽 깊은 곳에서 장화 신은 삐쩍 마른 남자가 분갈이에 바빴다. 나는 건물 후미로 돌아 이번엔 좁은 골목을 기웃거렸다. 머리가 반쯤 벗겨진 누런 작업복의 중노인과 맞닥뜨렸다.

– 누구 찾으슈?

– 저어 뭐 그냥….

갈색 뿔테안경 위로 치켜뜬 눈알이 나를 쏘아보았다. 경계심도 호기심도 아닌 상대를 얕잡아보는 표정이었다. '네가 뭔데 여길 기웃거리느냐, 볼일 없으면 가라.'는 듯. 나는 적잖이 긴장했다. 그의 오른손에 들려있는 쇠집게 때문이었는지도 몰랐다. 그가 입술을 비틀어 소리 없는 웃음을 흘리며 고개를 돌렸다. 나는 허둥지둥 골목을 빠져나와 모퉁이에 숨어 그를 지켜보았다. 그가 집게로 담배꽁초나 휴지 등을 주워 옆에 세워둔 함석 쓰레받기에 모았다. 그 뒤로도 한참동안 그는 빗자루로 골목을 꼼꼼히 쓸었다.

청소를 마친 그가 막다른 집으로 들어갔다. 그의 뒷모습에 박힌 새마을 모자와 누런 점퍼, 군복바지 그리고 흰 고무신이 정지된 영상으로 한동안 대문 밖에 남았다. 영화관마다 상영 전에 애국가를 틀어대던 시절로 되돌아간 느낌이었다. 깐깐한 영감태기는 아마도 그 집 주인일 성싶었다.


"오늘은 노래방 안 가세요?"

커피값을 내고 막 나가려는 양 사장에게 성자씨가 물었다. 그 순간 내 머릿속에 꽂힌 또 하나의 영상이 있었다.

그의 건물 근처 노래방. 수경부부와 막걸리를 걸치고 나서 얼결에 따라간 곳이었다. 우리가 한 시간을 다 쓰고 나오는데 오래전 들었음 직한 노래가 들렸다. 흘러간 옛 노래로 불리는 뽕짝리듬이었다. 구성진 목소리가 예사롭지 않았다. 박자와 음정은 정확했고 목소리에 슬픔이 실려 있었다. 소리의 주인공은 사모곡을 부르는 중이었다.

— 노인네가 또 청승이구먼.

뭉그적거리는 내 팔을 구서방이 끌었다.

— 오빠 얼렁 나가자니까.

— 가만 있어봐. 조금만 더 들어보자고.

수경부부도 그를 피하는 것 같았다. 바로 그때 노랫소리가 멈췄고 카운터에서 가까운 문이 덜컥 열렸다. 흰 구두코가 먼저 좁은 방을 빠져나왔다. 중절모를 쓰고 체크무늬 싱글양복을 빼입은 낯익은 사내, 양두식이었다. 손수건을 든 그의 눈 밑이 발그레했다. 수경과 구서방이 꾸벅 인사를 했다. 그는 머쓱해진 얼굴로 고개를 한 번 끄덕이더니 우리를 지나쳐 출구로 향했다. 나는 그의 뒤통수만 멍하니 바라보았다. 사모곡을 부르며 우는 그의 이상한 습관은 알려진 비밀이었다.

다음날 나는 내 소식통을 졸라댔다. 성자씨는 그의 육십 년도 더 된 개인사를 알고 있었다. 정보의 대부분은 그녀가 양 사장한테 직접 들은 거였다. 그가 스스로 과거의 한 귀퉁이를 드러내 주변으로부터 관심과 인정(認定)을 받으려 했던 것 같았다. 그는 서출이었다. 이야기가 해방 전으로 거슬러 올라갔다.

전주 본정통 한양여관에서 빨래를 해주며 숙식을 해결하던 여자아이가 있었다. 사할린으로 징용 간 아비는 돌아오지 않았고 어미는 폐를 앓다 죽었다. 일본인 장사치들이 드나들던 한양여관은 시설이 반듯하고 전주에서 제일 규모가 컸다. 일인들이 사라지고, 한양여관엔 팔도를 떠돌던 악극단과 소리꾼들이 여장을 풀었다. 시절이 변해도 여자아이의 처지는 바뀌지 않았다. 일에 지치고 배고픈 날이 이어졌다. 화창한 어느 봄날 그녀는 뚜쟁이 노파의 눈에 들어 졸부의 집에 몸을 붙이게 되었다. 일본인 지주의 재산을 몽땅 챙긴 사내가 가풍을 강조하며 식솔들을 통제하였다. 부엌에서 불이나 때주면 밥을 먹을 거라는 기대는 무너졌다. 그녀는 초경을 치르기 무섭게 주인의 잠자리에 들어야했다. 구박을 당하던 부엌데기의 배가 불러왔다. 본처가 낳은 아들이 이미 두 살이었다. 부엌데기도 아들을 낳았다. 작은아들은 크게 울 수도 없었다. 형제가 함께 자랐지만 적서의 차별이 매서웠다. 서자는 제사상 근처에 얼씬거리다 매를 맞았고 측문도 마당에서 들어야했다.

장남이 열두 살 때 옆집 감나무에 오르다 떨어졌다. 아래에서 망을 봐주던 아우가 나무를 흔들었다는 소문이 돌았지만 목격자는 없었다. 장남이 고열에 말문을 닫고 드러누웠다. 척추를 다쳐 걷지 못하는 아들을 바라보며 아비는 자주 혀를 털었다. 장남이 시름시름 앓다 죽은 뒤로 아비의 태도가 변했다. 작은 아들은 더 이상 서자가 아니었다.

부엌데기에 대한 본처의 구박이 날이 갈수록 심해졌으나 아비는 무관심했다. 나는 씨받이도 아녀. 부지깽이에 멍들고 주늑 든 어미가 흐느끼며 중얼거렸다. 어린 아들이 말했다. 조금만 기다려주세요. 기침을 멈추지 못하던 어미는 열 살 된 아들을 남긴 채 요절했다. 화병인지 폐병인지 알 수 없었다. 아들은 아비를 원망했다.

아비가 죽고 그가 재산을 독차지했다. 스물두 살 때였다. 고마운 생각은 들지 않았다. 아비의 본처는 오래 살아남았다. 그는 몇 마지기의 논을 붙여 노파를 기도원으로 보냈다. 그가 사모곡을 부르기 시작했다.

"아 노래방…."

양 사장은 그제야 생각났다는 듯 쑥스러운 표정으로 뒷머리를 긁었다. 그가 고개를 돌려 나를 일별하더니 뜬금없는 제안을 했다.

"선 감독! 우리 집으로 가서 낮술 한잔 안 혈랑가? 어차피 들어가야겠어. 이 복장으로 마이크 잡으면 모냥 빠지자녀."

자신의 변명을 들어줄 귀를 원하는 듯했다. 나는 흔쾌히 따라붙었다. 그는 이미 문제적 인물이었고 걸어다니는 시나리오였다. 그렇잖아도 그가 사정거리 안에 들어오기만을 기다리던 중이었다. 그의 개인사에 듬성듬성 비어있는 모자이크 조각을 맞춰볼 찬스가 제 발로 찾아온 것이었다.

그가 쇠집게를 쥐고 있던 골목으로 접어들었다. 대문이 열리자 넓은 마당이 드러났다. 가지런히 깔린 잔디밭에 거뭇하고 넓적한 돌들이 징검다리로 이어졌다. 잘 가꾼 정원에서 국화가 노란 향을 뿜어 객을 맞았다. 마당 한가운데에서 징검다리가 두 줄로 갈라졌다. 정면으로는 안채였다. 입을 크게 벌린 대청마루 위에서 높다란 처마가 앞마당을 내려다보았다. 세월이 스며든 기둥에 전통한옥의 기품이 배어있었다. 창호지 대신 유리로 바꾼 창문과 부엌으로 들어가는 도시가스 배관은 시대와의 타협이었다. 그를 따라 오른편으로 몸을 틀어 작은 툇마루로 올랐다. 사랑방이었다. 그가 따가운 햇살을 막는 격자문양 접이문을 올려 처마의 쇠고리에 걸었다.

방안에서 넓은 마당이 한눈에 잡혔다. 기와를 인 벽돌담장 밑에서 몸을 떠는 가을국화에 시조가락이라도 한 줄 던져볼 분위기였다. 주렁주렁 매달린 액자들이 실내에 적응된 눈을 뚫고 들어왔다. 시의회에서 위촉한 시정자문위원장, 경찰서장이 발행한 청소년선도위원장, 내가 들어보지도 못한 단체로부터 받은 감사장까지. 나는 눈으로 대충 열셋까지 세다 말았다. 장식장 안쪽을 차지한 상패로 시선을 옮겼다. 성실납세자 인증서였다. 나무 뿌리를 잘라 만든 큼지막한 테이블을 사이에 두고 등나무의자에 엉덩이를 붙였다. 그가 테이블 위의 호출 벨을 눌렀다. 식당에서 쓰는 동그란 스위치였다. 잠시 후 초로의 여인이 쟁반 위에 맥주 한 병과 두 개의 유리컵을 들고 들어왔다. 가사도우미인 듯했다. 앞치마에 쪽진 머리의 그녀는 시선을 내린 채 방을 나갔다.

"마누라는 아그덜한테 가믄, 당췌 올 생각을 안 헌당게. 그저 딸네들을 못 보태줘서 안달이여. 엠병헐. 에미나 새끼들이나 다들 나를 슬슬 피하니 원."

"사위들은 자주 오죠? 지난번에 자랑하시던."

딸들이야 그렇다 쳐도 그가 사위들과는 어찌 지내는지 궁금했다. 그들이 변호사, 교수, 의사라던가.

"그놈들도 돈이나 궁하면 나타날까 원. 아참, 거시기 머시냐. 선 감독은 아직 미혼이랬지? 아무튼 무자식이 상팔자여. 그렇게만 알드라고잉."

그가 '잉'에 힘을 주는 바람에 화제를 바꿔야했다. 양 사장 마누라가 홧김에 집을 나갔다는 소문은 확인된 셈이었다. 병원을 말아먹은 막내사위를 한 번만 더 밀어주자고 졸라대는 마누라 때문에 양 사장이 골치를 썩인다는 소문도 사실일 가능성이 높았다.

"이거면 충분하지? 아직 훤한디. 술이야 분위기로 먹지 양으로 먹는

당가."

누가 물어봤나. 소문대로였다. 시작을 말든가. 그가 병마개를 따서 내 컵을 먼저 채웠다. 나도 그에게 따라주었다. 그걸로 바닥이었다. 땅콩부스러기라도 내놓을 일이지 싶었으나 생각을 접었다. 입보다는 귀를 즐겁게 해보기로 했다. 인터뷰의 성패는 상대 띄우기가 좌우하는 법. 나는 그가 붙여놓은 상패와 상장 따위로 시선을 옮겼다. 전주영화제작소라는 글자가 눈에 밟혔다. 회원증이었다. 하단엔 1968년이라는 숫자가 선명했다. 그 옆에 세워둔 손바닥만 한 흑백사진 안에서 세 남자가 웃고 있었다. 어디서 본 듯한 얼굴들. 가운데 자그마한 청년은 양두식이었고 양쪽에서 그의 어깨에 손을 올린 남자는 박노식과 허장강이었다. 사진 속 청년의 나이를 꼽아보았다. 겨우 스무 살 때가 아닌가. 그의 사설이 시작되었다.

"좋았지. 그들과 함께 있는 것만으로도 행복했어. 긍게, 이것이 머시냐믄. 굳이 내가 거시기를 따로 가질 이유는 없었응게로."

짐작컨대 거시기는 직업을 의미했다.

"여긴 어디죠?"

"여기가 바로 스타들의 집합소네."

한양여관이었다.

"박노식이 떴다 허믄 전주시내 여자들이 난리법석이었지. 테레비가 퍼지기 전이라 장소팔, 고춘자가 만담을 찌끌어불믄 극장 안에 배꼽이 날아 댕겼어. 송해가 양념으로 한 번씩 마이크를 잡던 시절이여. 아따 최은희랑 도금봉을 볼라고 총각들이 여관 앞에 장사진을 쳤당게. 우리가 지나가고 나면 길가에 신발짝이 널려있었어. 전주영화제가 괜히 생겨난 것이 아니여."

한양여관이 그 당시 스타들의 아지트였던가 보았다. 양 사장이 제 자랑에 고무되어 한걸음 더 나갔다.

"전주가 충무로에 절대로 밀리덜 안 혀. 스타들이 그 여관으로 얼매나 모여들었는지 아능가. 거그서 나온 이불빨래가 전주천변에 하얗게 널려 있었어. 근처에 피난민촌이 있었는디, 거그 사는 여자덜이 여관빨래를 맡았거덩. 긍게 여관서 일감이 넘쳐나 아웃소싱을 준 것이제. 그 여자들도 내 얼굴을 보면 까무러쳤어."

마지막 말은 믿거나 말거나, 였다.

"반반한 거 하나 방으로 끌고 들어가긴 식은 죽 먹기였지."

나는 오래 전 바로 그 여관에서 빨래품으로 밥을 먹던 소녀를 생각했다. 부잣집으로 옮겨가기 전날 밤 부푼 가슴으로 안도의 한숨을 쉬었을….

그러니까 양 사장은 그곳에 드나들며 배우의 꿈을 키우던, 내겐 영화계의 대선배인 셈이었다. 처음 본 날도 그는 통성명이 끝나자 내게 말을 대충 내려놓았었다. 영화를 만든다는 나를 후배로 여기는 눈치였다. 오늘 낮술을 핑계 삼아 나를 집으로 들인 이유도 그런 건가 싶었다. 단역이나 엑스트라로 몇 번 출연도 했다는데 불행히도 나는 그의 얼굴을 스크린에서 본 적이 없었다.

"내 키가 자네만큼만 컸더라도…."

그에게 작은 키를 물려준 아버지에 대한 원망이었다. 머쓱해진 나는 어색한 미소만 보여주었다. 허우대만 멀쩡하다는 놀림이 현실로 다가오던 참이었다. 여자들 앞에서 주춤대다가 듣게 된 농담이었지만 최근엔 다른 이유로 그걸 수긍하게 되었다. 내가 정말 삼류가 되었나. 재기는 가능할 것인가. 영화감독 대신 배우의 길을 선택했더라면 처지가 달라졌을까…. 흑백사진 속 청년의 동그란 얼굴은 평범했다. 가는 눈매는 조폭 똘마니

역할에나 어울릴 듯도 했다. 어깨에 영문이 새겨진 그의 헐렁한 가죽점
퍼가 주는 선입견일 수도 있었다. 여관에서 잔심부름이나 하던 청년에겐
단역도 좀처럼 허락되지 않았다. 그 후로도 그는 한동안 한양여관을 드나
들며 전주의 영화판을 기웃거렸다. 급기야 그는 제작에 뛰어들었다. 아
버지가 세상을 뜬 뒤부터였다.

"내 경험을 살려서 충고 하나 함세. 핵심으로 치고 들어가야 혀. 주변을
빙빙 돌아봐야 소용없응께. 넘덜 좋은 일만 허다말지."

그는 어설픈 전주(錢主)노릇으로 이용만 당했던 과거를 후회하고 있었
다. 가산을 팔아 제작비로 쏟아 부었지만 성과가 없었단다. 내가 알지 못
하는 영화의 제목을 그가 차례로 들먹였다. 출연진과 시놉시스에 대한 설
명이 뒤따랐다. 그가 넓은 땅을 팔아먹는 과정이 내 머릿속에서 그림책
으로 한 장씩 넘어갔다.

"이번 건만 잘 터지면 쫘악 뻗어나갈 거라는 믿음, 고것이 신세를 조져
분다고. 그랑게로 섣불리 덤비딜 말고 제대로 된 야그를 맹글어야 혀."

탄탄한 시나리오가 영화의 성패를 좌우한다는 걸 그가 재확인시켜준
셈이었다. 다큐멘터리는 말할 것도 없었다. 하지만 다큐로 흥행을 기대
한다면 차라리 잠결에 돼지똥으로 샤워하고 로또에 당첨되는 게 빠를 것
이었다. 김기덕이나 홍상수처럼 영화제 상복이라도 터져준다면 또 모를
까. 총알을 대줄 든든한 후원자가 있거나…. 양 사장의 표정을 살폈다. 혹
시…. 나는 이내 머리를 흔들었다. 그런 꿈은 접는 게 좋을 것 같았다. 새
마을모자와 녹슨 쇠집게가 눈앞에서 어른거렸다. 가을볕이 번들거리는
혀를 방안으로 들여놓았다. 맥주병의 윤곽이 누렇게 뭉개졌다. 단편영화
제작비를 못 구해 충무로 뒷골목을 헤매다 들이키던 소주병이 테이블 위
에 나타났다 슬그머니 사라졌다.

양사장을 털어낸 머릿속 공간으로 성자씨가 스며들었다. 그녀라면….
그런데 잠깐, 이 느낌은 뭐지. 내가 그녀에게 기대고 있나. 자문의 꼬리
가 잠재의식의 바닥에 닿았다. 그녀에게 호감을 느낀 건 사실이었다. 함
께 있으면 편안했고. 내가 연상의 여인에게 꽂히는 타입인가. 내 연애사
에 전례가 없으니 답을 내기도 난감했다. 내가 그럼 그녀의 주머니에 관
심을 가진 것인가. 실인즉 성자씨의 얼굴에 뜬금없이 폰 메크 부인이 겹
쳐진 날이 있었다. 그날 밤 소주가 썼다. 성자씨에게 그런 재력이 있는지
알지도 못하거니와 잠시나마 그런 공상에 젖어든 사실이 못내 부끄러웠
다. 나는 사랑의 본질을 자연스런 감정의 흐름으로 보았고 적어도 그것이
내 예술혼임을 의심하지 않았기 때문이었다. 하지만 그 감정이 정녕 현실
적 이해관계와 무관한 것인가, 새삼스런 의문이 내 지성의 한계를 시험하
고 있었다. 게다가 기어이 날밤을 새운 건 또 다른 이유였다. 내게 차이코
프스키 같은 예술적 천재성이 있기나 한가.

소슬한 바람이 마당을 핥았다. 껑충하게 웃자란 코스모스의 가는 꽃대
가 국화 사이에서 힘없이 흔들렸다. 화제가 노래로 이동했다. 그의 유일
한 레퍼토리를 좀 더 파보고 싶었다.

"울 엄마만 생각허믄 눈물이 나와서…."

그가 갑자기 시무룩해졌다. 엄마라는 호칭이 주름진 얼굴에 전혀 어울
리지 않았으나 표정만은 어린아이로 돌아가 있었다. 내가 너무 심각한 얘
길 꺼냈나 싶었는데 이번에도 그가 천천히 사연을 풀었다.

"밥 한번 편히 못 자시고 가셨어. 늘 부엌에 숨어서 고양이처럼 웅크리
고 살았지. 눈발 날리던 어느 날을 생생히 기억하시더라고. 겨우 열 살이
나 되었을까. 태평양전쟁이 한창이던 때였나벼. 왜놈들이 놋숟가락까지
걷어가던 시절잉게. 식량이 떨어지고 부황 든 동네사람들이 죽을 날만 기

다렸다는디 부모 잃은 애기가 오죽했것능가잉. 저녁 무렵 주린 배로 눈밭을 헤매다 동냥을 얻으러 간 곳이 바로 한양여관 골목이었다네. 사람들이 드나드는 큰 집이라 혹시나 싶었겠지. 게다짝을 끌고 들어가던 취객이 골목에서 담을 붙잡고 토하더래. 눈 위에 둥그렇게 펼쳐진 게 빈대떡으로 보이더라네. 시큼한 냄새가 주린 속을 뒤집었겠지. 덜 씹힌 고기조각이 주먹만 하더랴 글시. 그걸 집어먹고 있는데 대문 안에서 바라보던 주인여자와 눈이 마주친 거이제."

그의 어머니가 여관에 들어가 품을 팔게 된 사연이었다. 눈 밑이 발그레해진 양 사장이 바지 뒤춤에서 손수건을 꺼냈다.

"세상에 믿을 건 돈 밖에 없네. 자식이 무슨 소용인가. 이제 와서 제사 지내드리면 뭣 허겄능가. 내 봉창에 돈 떨어져보소, 아무도 구다보지 않을 팅게. 돈 다루기가 어렵다지만 자식보다는 쉬워. 나만 조심허믄 됭게로. 나한티 재산 노리는 아들놈이 없는 건 행운인지도 몰러. 내가 살면서 제일 잘한 일이 뭔 줄 아능가?"

그가 정관수술 받은 걸 고백했다. 그렇다면 미야에게 한 짓은 뭔가. 그에게 잘 보이려는 부동산 박씨의 농간이었을까.

"이래뵈도 내가 로맨티스트여. 난 넘덜한티 섭하게 한 적 없어. 특히 여자들에겐…, 울엄마를 봐서라도."

미야가 박씨의 멱살을 잡긴 했어도 양두식에게 항의를 했다는 소문은 없었다. 그가 미야를 어르는 모습을 그려보았다. 로맨티스트라…. 몇 푼 쥐어준 게 아니고? 나는 잠깐 양두식을 등장시킨 영화장면을 되작거렸다. 양두식과 미야를 하나의 렌즈에 넣어 로맨틱한 분위기를 연출한다면… 컨셉이 맞나? 덮고 말았다. 양 사장은 내 상상을 벗어난 방식으로 세상을 사는 듯했다. 그가 터득한 건물관리 요령도 알아둘 만했다.

"나는 시세보다 오 프로 낮은 가격으로 놓지. 그것이 내 철칙이여. 그래야 월세 받기가 좋당게. 점주가 자주 안 바뀡게로 복비도 덜 들고. 내이미지 관리도 할 겸."

"다들 고마워할 겁니다."

"천만에, 그래봐야 고마운 줄 모르는 게 머리 검은 짐승이여. 배려가 길어지면 다들 권리인 줄 알지."

딴은 합리적인 구석도 있어보였다. 그렇다 해도 약자에게 기울어진 내 마음을 쉽사리 바꿀 순 없었다. 오히려 한복집 문제에 협상의 여지가 보였다. 사모곡을 부르는 백구두 신사와 쇠집게를 든 좀생이 영감, 두 개의 얼굴이 붙었다 떨어지기를 반복했다.

나는 한복에게 주차장 문제를 걸고 넘어져보라고 했다. 건물주에게 벌금이 부과되고 향후의 임대료 손실도 생길 것이었다. 행정명령이 떨어지면 미운털 박힌 꽃집을 내보내는 이중의 효과도 볼 수 있었다. 꽃집 사내가 한복가게 입구에 시커먼 흙을 흘려놓기도 하고 지렁이 나오는 화분을 내놓아 자주 다툰다는 말을 나도 듣던 터였다. 그는 이웃 점포의 밀린 월세를 독촉하거나 관리비를 걷는 방식으로 양 사장의 심부름을 해주고 있었다. 건물주에게 특정 임차인들의 불만을 부풀려 전달하거나 험담도 하는 것 같았다. 꽃집의 존재는 주차장 사용권을 제한당한 건물 내 점주들에게 민폐였다. 하지만 모두들 양 사장의 불법임대를 눈감아주고 있었다. 호가호위하는 꽃집에게도 싫은 내색을 삼갔다. 조물주 위에 건물주였다. 건물주의 눈 밖에 날 순 없는 일이었다.

감나무카페에 들어온 한복이 울상이었다. 결국 무릎을 꿇은 것 같았다.

"만료되었으니 나가라는데 어쩌겠어, 인테리어만 해도 손해가 얼만데…."

시설비보다는 바닥권리금이 더 큰 손실일 터, 12년 동안이나 유동인구를 늘려나간 상권의 가치가 그녀의 손에서 빠져나가고 있었다. 상가임대차보호법은 한자리에서 5년을 넘긴 임차인을 보호해주지 않으므로 저항할 방도가 마땅치 않았다. 그녀가 양 사장의 건물에 재입주하여 다시 5년이 되었고 양 사장은 그 점을 노려 내보낼 결심을 굳힌 것 같았다.

"주차장 문제 거론해보셨어요?"

"벌금 나오면 물겠대요."

회심의 카드가 빗나갔다. 내 질문에 대한 반응이 그녀의 잔뜩 오므린 입모양으로 돌아왔다. 그녀가 말을 잇지 못하고 큭 하고 숨을 멈췄다. 그녀의 눈자위가 붉어졌다. 양 사장이 한복에게 뭔가 보복을 하는 건 아닐까. 복잡한 생각들이 날아들었다. 단지 월세 인상분이 목적일까. 내 판단이 옳다면 그는 평생토록 인정받기를 갈구하는 사람이었다. 그가 영화의 주인공이 되려고 애쓰던 흔적들도 그걸 증명한다. 가산을 탕진하며 제작자가 되려던 노력도 궤를 같이 하고 있었다. 가부장적 권위 속에서 살아온 그가 여자들에게 무시당하는 건 더욱 참기 힘들었을 것이었다. 내 상상력이 가지를 치고 있었다. 그가 한복에게 오랫동안 공을 들여온 건 아닐까. 한복에게서 자신의 어머니를 느꼈나. 그것도 아니라면…. 미야의 얼굴이 어른거렸다. 보름달이 뜨던 밤 소원 마당에 깔리던 낮은 음성이 다시 들리는 듯했다.

"이쪽도 서서히 유동인구가 늘고 있으니 희망이 없는 것도 아니잖아요. 우리도 이렇게 하고 있고. 이 동네를 함께 뒤져보면…."

성자씨의 위로는 약효가 없었다. 한복이 천천히 고개를 젓더니 늘어뜨린 어깨로 카페를 나갔다. 나는 조심스럽게 성자씨를 찔러보았다.

"혹시⋯."

한복집에 걸려있던 월하정인이 솔곳이 떠오르던 참이었다.

"글쎄요. 전에 그런 소문이 돌긴 했지만⋯."

돌이켜보면 양 사장이 봉수영감의 철물점을 내보내면서도 한복은 다시 받아주었다. 그리고 또 다섯 해. 한복이 양두식의 접근을 끝내 거부한 건지도. 그렇다면 한복이 그를 찾아가 주차장 문제를 건드린 것은 협상보다는 협박으로 들렸을 터. 그는 자신이 당한 모욕을 그런 방식으로 처리한 듯했다.

"찔러도 피 한 방울 안 나올 사람에게 뭘 더 바라겠어요. 지난번 호떡집도 오 년을 채우기 무섭게 한푼도 못 건지고 쫓겨났다는데."

성자씨가 얼굴을 찡그리며 도리질을 쳤다. 재계약을 바라던 호떡이 월세를 미뤘을 리 없었다. 양 사장이 난데없는 꼬투리로 호떡의 목을 비틀었는지도 모를 일이었다.

"그럼 액세서리가 땡잡은 거네요. 그쵸? 비어있는 자리를 권리금도 안 주고 잡았을 테니까."

"그 대신 월세가 비싸겠죠 뭐."

퍼뜩, 양 사장의 건물관리요령이 내 기억을 건드렸다. 언제나 주변시세보다 5프로 싸게 놓는다고 하지 않았던가. 그렇다면⋯. 그가 누군가에게 조건 없는 이익을 제공했다? 그럴 리 없었다. 그건 양두식스타일이 아니었다.

나는 액세서리점에 들러 사장으로 보이는 여자에게 접근했다. 인테리어가 멋지다는 간지러운 인사도 잊지 않았다. 커플반지를 고르는 척하다 슬그머니 임대료를 물었다. 그런 걸 왜 묻느냐며 젊은 여사장이 내게 핀

잔을 날렸다. 나는 근처에 아이스크림가게를 낼 생각이라고 했다. 권리금을 물었다가 바보취급 당했다. 이 동네에 그거 없는 자리도 있느냐고 그녀가 되물었다. 별 웃기는 사람을 다 본다는 표정이었다. 수확이 하나 더 있었다. 월세가 옆 점포와 같다는 거였다. 한복이 철수한 점포는 횅뎅그렁했다. 잠긴 통유리문에 손으로 쓴 광고지가 전화번호와 함께 붙어있었다. 임대문의. 박씨의 부동산중개소였다.

카페에 들어온 박씨가 싱글벙글이었다.

"한 건 하셨나봐요?"

인사를 겸해 내가 그의 눈치를 살폈다.

"응, 연타로 때려불라네."

그가 두 주먹을 앞으로 뻗어 야구방망이 휘두르는 시늉을 했다. 이 근방으로 한복집 할 만한 디를 내가 찾아주믄 될 거 아녀? 흐흐, 거그는 아조 비우기가 무섭게 입질이 들어오드랑게. 그만허믄 권리금도 적당허고잉."

"권리금이요?"

성자씨가 눈꺼풀을 동그랗게 올렸다.

"아니, 뭐 꼭 그렇다는 게 아니라 허허."

박씨가 실없는 웃음으로 뱉은 말을 주워 담으며 주섬주섬 윗도리를 들고 일어났다. 한복이 빈손으로 쫓겨난 자리에 권리금이 있다니. 나는 자리를 차고 나와 꽃집으로 향했다. 북으로 다리를 건너 10분도 채 걸리지 않았다. 그 치라면 뭔가 알고 있겠지 싶었다. 지나다 종종 마주치는 얼굴이라 말 붙이긴 쉬웠다. 싸구려 화분 하나를 흥정하며 사내에게 능청을 피웠다.

"이 자리 누가 안 들어오나요? 그러고 보니 꽃집이 안으로 들어가면 딱 이겠네요."

나는 한복이 철수한 바로 옆 점포를 가리키며 곁눈으로 사내의 표정을 살폈다.

"그럴 뻔했는데… 포기했어요, 월세도 비싸고… 여기라고 설마 쫓겨나기야 하겠어요 흐흐."

전혀 서운하지 않은 얼굴이었다. 들어갈 뻔했다는 그의 말을 곱씹어보았다. 박씨와 꽃집 사이에 모종의 거래가 있는 듯했다.

한복이 있던 자리에 세그웨이 대여점이 들어왔다. 물오른 유행에 올라타려는 듯했다. 헬멧을 쓰고 무릎보호대를 찬 관광객들이 어른 아이 할 것 없이 바퀴를 굴리며 한옥마을을 누비고 있었다. 나는 젊은 사장에게 접근했다. 음료수를 건네며 세그웨이 작동법 등을 물었다. 내 나름의 입주 축하인사가 효력을 발휘했다. 서울에서 왔단다. 싹싹함으로 무장한 그가 비교적 소상히 털어놓았다.

"제가 운이 좋았죠, 칠천이면 이 주변에서 비싼 권리금도 아니더라구요. 먼저 계약한 꽃집 사장님이 양보해줘서."

꽃집이 먼저라니. 그렇다면 꽃집이 건물주와 작성했다는 임대차계약서는 다음 타자에게 보여줄 기득권증명서인 셈이었다. 세그웨이는 전임자인 꽃집에게 권리금을 건넸을 터. 건물주는 꽃집이 데려온 세그웨이와 계약서를 새로 작성했을 것이었다. 기존의 계약서는 후임자가 보는 앞에서 찢어버렸을 것이고. 그러니까 양 사장이 꽃집을 통해 바닥권리금을 챙겼다는 얘기였다. 새 임차인 앞에서는 천연덕스럽게 '나는 모르는 일이니 권리금 같은 소릴랑 꺼내지도 말라.'며 손사래를 쳤을 것이고. 그 돈을 건물주가 직접 받은 적 없고 보증금도 아니므로 세그웨이도 나갈 때 건물주에게 환불요구를 못할 게 빤했다. 전 과정의 실무는 박씨가 처리한 게 틀림없었다.

나는 양 사장이 꽃집과 박씨에게 얼마씩 떼어줬을지 가늠해보았다. 권리금은 응당 한복이 받아야할 돈이었다. 단 한 번도 월세를 미룬 적이 없었다는데…. 맨바닥에 붙는 영업권이 늘 말썽이었다. 형체도 없는 자릿값에 상인들의 목이 걸려있기는 이 동네도 마찬가지였다.

이튿날 한복과 맞닥뜨렸다. 내가 점심도 소화시킬 겸 한옥마을을 훑어 남천교를 건너와 서학동으로 접어들던 참이었다. 그녀가 전주교대 진입로에 늘어선 점포들을 기웃거리고 있었다. 좁은 도로를 건너가 멍하니 이쪽을 바라보던 그녀가 천천히 고개를 저었다. 가을볕이 내려앉은 눈 밑에 기미가 선명했다. 한복이 헐거운 인사를 뒤로하고 남천교 쪽으로 잰걸음을 되돌렸다. 나는 그녀의 작아지는 등을 물끄러미 좇았다. 시선 끝에 인적 드문 천변이 잡혔다. 인도 위로 바퀴를 불안하게 걸친 호떡 트럭이 속절없이 고객을 기다리고 있었다. 내 머릿속에 흙탕물이 일었다. 법과 현실이 거칠게 엉겨 붙었다. 나는 허전한 다리를 감나무골목으로 옮겼다.

"이대로 당하고 말긴 좀 그렇잖아요."

한복에게 어설픈 전략을 세워주고 머쓱해진 내가 성자씨에게 조언을 구했다.

"그 사람에게 행정명령 따위가 먹히겠어요? 그래봐야 벌금도 몇 푼 안 될 것이고…."

맥 빠지는 반응이었다. 양 사장의 주차장을 신고하는 일은 이제 한복이 알아서 할 문제였다.

가벼운 종소리로 출입문이 열렸다. 양 사장이었다. 체크무늬 양복에 백구두, 여전히 혼자였다. 그의 흉을 보던 나는 민망한 표정을 감추고 눈인사를 던졌다. 성자씨가 서둘러 주방으로 들어갔다. 나는 창가 고정석으로 돌아가 노트북을 열었다. 양 사장이 주방 쪽 테이블로 다가가 중절모를 올려놓았다. 그가 앉은 자세로 고개를 꼬아 주문을 했다.

"여그, 코피 한 잔 내오셔어."

그의 시선이 나와 얽혔다.

"선 감독은 여그다 아조 사무실 차려부렀고마잉."

나는 천정을 바라보며 떨떠름한 대꾸를 날렸다.

"좋은 데 가시나봐요."

"존 디가 따로 있것능가. 걍, 한 바꾸 도는 것이제. 내가 민정시찰을 히주야, 동네가 잘 돌아가지 않겄어?"

성자씨가 커피를 내려놓고 말없이 돌아섰다.

"내가 한 잔 더 살팅게, 사장님도 여그 쪼까 앉아보씨요. 나랑 시상 돌아가는 야그도 나누게. 마침 딴 손님도 없고만."

"하던 일이 있어서요."

휙 돌아서는 성자씨의 발 아래로 냉기가 고였다. 양 사장이 커피에 각설탕을 넣어 오래 저었다.

"왜 다들 나를 피하지?"

그가 찻숟가락을 내려놓으며 낮게 중얼거렸다.

제5장

# 눈 쌓이는 하루

# 제5장

# 눈 쌓이는 하루

크리스마스를 앞두고 사흘째 눈이 내렸다. 눈발에 흐려진 잿빛공기가 예술인마을로 스며들었다. 교회의 낡은 문틈에서 캐럴이 흘러나왔다. 쌓아 놓은 눈 더미가 감나무카페로 이어진 전주교대 뒷담의 허리께로 올라와있었다. 나는 막 우려낸 커피 향을 맡으며 하얀 점으로 채워진 아침공기를 노트북에 입력했다.

실내엔 성자씨와 나, 둘 뿐이었다. 오늘은 무슨 이야기를 건져볼까. 나는 성자씨의 눈치를 살피며 기대감을 높였다. 맞은편 교회의 아치형간판이 카페 유리창을 통해 줌인되었다. 성자씨가 테이블을 닦다 말고 창밖을 자주 내다보았다. 하모니카를 곧잘 부는 아르바이트 청년을 기다리나 싶었다.

그녀가 흔들리는 시선을 신축 예배당의 첨탑 위에 얹었다. 십자가 위에서 버티던 눈뭉치가 제 무게를 못 이겨 부서져 내렸다. 쪼개진 덩어리들이 새예배당과 처마를 맞댄 창고 지붕 홈을 따라 또르르 굴렀다. 눈 치우던 노인이 나무문을 발로 차더니 창고 안으로 들어가 버렸다. 삽질에 힘이 부쳤던 모양이었다. 밑바닥이 끌리며 삐걱대던 문소리도 눈발에 흩어졌다. 교회의 창고는 소형차 두 대가 겨우 비비고 지나갈 시멘트 길을 사이에 두고 감나무카페와 엇비슷하게 마주보고 있었다. 낡은 집기나 청소용구의 차지가 된 그 헛간은 개척교회시절의 예배당이었다.

내 학창시절은 교회와 거리가 멀었다. '아서라 예배당은 연애당이여.' 절에 다니던 어머니가 말렸다. 청년부에 유혹을 느꼈으나 숫기 없는 나는 결국 교회 문을 열지 못했다. 그래도 내 기억의 모퉁이엔 그 건물 뒤편의 후미진 쪽방이 있다. 나는 종종 하굣길을 교회골목으로 꺾었고 키 낮은 쪽문에서 나오는 노파와 마주치곤 했다. 오갈 데 없는 할머니는 교회의 청소와 잡일을 도맡아 했었다.

불현듯 하모니카 소리를 들은 것 같았다. 골목어귀쯤이었다. 엄마가 섬그늘에~ 굴 따러~ 가면 아기가 혼자남아 집을 보~다가~. 설핏 돌아본 골목은 발자국 하나 없는 눈밭이었다. 성자씨의 기억을 뽑아내려던 내 욕심이 앞선 때문이었다. 며칠 전부터 그녀가 자신의 과거를 들려주기 시작했다. 세상을 덮는 눈발에 그녀가 홀렸는지도. 나는 그녀의 이야기에 빠져들었다. 성자씨가 카페의 성에 낀 창문을 닫고 십자가에서 시선을 거두어들였다. 그녀가 미간을 좁히며 손바닥으로 가슴을 눌렀다.


"성자야! 아메리카노 찐하게 한 잔 뽑아주라."

출입문 모서리를 차면서 신발을 털고 들어온 영자씨가 창가 소파에 엉덩이를 부렸다. 푸짐한 살덩이가 의자 모서리를 덮었다. 다이어트는 여전히 말뿐이었다. 구석 자리를 차지한 나는 잠깐의 눈인사로 그녀를 일별했다. 귀를 세웠다. 무관심한 척 시선을 창밖으로 돌렸으나 마당발에 묻혀온 그럴싸한 소문들을 놓칠 순 없다. 땀내 나는 동네사람들의 이야기와 다큐멘터리는 동전의 양면이다. 또르르 굴리면 양면의 그림은 딱 붙어서 구른다. 전주영화제가 또다시 눈앞에 펼쳐졌다. 실속도 없이 꼬물대는 기대를 다독거렸다. 기회는 밀물처럼 다가올 것이다. 제작비만 아니라면 내 처지도 나쁘지 않다. '섣불리 덤비덜 말고 제대로 된 야그를 맹글어야 혀, 시나리오만 좋으믄 돈이사 어느 구녕에서든 나오게 되야있응게로.' 양사장의 목소리가 귓바퀴에 착 달라붙었다. 제대로 된 이야기라…. 하긴, 내겐 유능한 내레이터도 있지 않나. 소재들을 적당히 걸러내 재조립해주는 성자씨를 넌지시 바라보았다. 느꺼운 덩어리 하나가 가슴 한편에 자리를 잡았다.

"바쁘신 원장님한테 아침부터 뭔 바람이 불었어?"

"바쁘긴 뭐 토요일인데."

바지런하고 오지랖 넓은 오영자씨가 이 동네에서 어린이집을 운영한 지도 15년이 넘어간다. 영자씨가 부스스한 머리를 자꾸만 쓰다듬었다. 아직 미장원들이 문을 열지 않은 모양이다. 두 여자는 초등학교 때부터 단짝이었다. 몸짓만 보아도 마음을 읽는 사이가 되는 데는 비슷한 이름이 한몫했단다.

"왜, 눈이 옹게, 너도 심란허냐?"

성자씨가 단짝의 심사를 찔러보았다.

"내가 안 그러게 됐냐, 근디, 너 순옥이 못 봤냐?"

순옥이 어제부터 어린이집에 출근도 안 하고 전화도 받지 않는다는 거였다. 말없이 결근할 사람이 아니었다. 그건 감나무카페에서 시간제근무를 하는 동학도 마찬가지였다.

"동학이는?"

영자씨가 마주앉은 성자씨에게 얼굴을 바투 대며 추궁하듯 다시 물었다.

"안 그래도 연락을 해보려던 참이었어."

어제부터 동학도 보이지 않았다. 그의 무단결근은 처음이었고 그러니까 두 사람이 동시에 연락이 끊긴 셈이었다. 두 테이블 건너에서 엿듣던 내 머릿속에 남녀의 얼굴이 함께 찍힌 사진처럼 떠올랐다. 조용히 듣기만 하다가 힘없는 미소로 자리를 뜨곤 하던 여자와, 사연을 숨기듯 천천히 속눈썹을 내리는 청년. 나는 조바심이 일었다.

순옥이 돌아온 건 지난봄이었다. 고등학교를 일 년쯤 다니다 말없이 사라진지 스무 해 만이랬다. 나 역시 귀향 직후였고 고서화 같은 옛 골목을 더듬어 어린 시절을 복원하던 중이었다. 뿌연 가로등 빛에 감나무 새순이 붓끝처럼 올라오는 밤. 성자씨가 테이블을 닦으며 하루를 정리하고 있었다. 바쁘게 손을 움직이는 동안에도 그녀는 내 말동무가 되어주었다. 그녀의 미소가 단순한 고객관리용이 아니라는 데 적잖이 안도했다. 나는 창가에 고정석을 정하여 마음을 풀었다. 동네 분위기 파악을 위한 최적의 뷰포인트였다.

– 언니, 언니.

수경이 숨넘어갈 듯 헐떡거리며 카페 안으로 발을 담갔다. 봄바람이 수경의 뒤꿈치에서 쾅 하고 문을 닫았다.

– 순옥이 알지? 왜 있잖아, 언니네 옆집 살던….

말하다 말고 수경이 고개를 휙 돌리며 창밖의 감나무에 시선을 꽂았다.

– 바로 여기네. 여기가 갸네 집이었잖아. 어젯밤 갸가 우리 게스트하우

스에 와서 빈방 있냐고 묻더라고. 우연히 들어왔겠지만 왜 내가 못 알아보겠어. 같은 교회를 다녔는데.

수경의 호들갑이 내 쑥스러운 과거를 수면위로 끌어올렸다. 내가 교회 주변을 서성일 때 붙임성 좋은 수경은 이미 청년부의 귀여운 막내였다. 나는 부러움을 숨기고 어머니한테 수경이 교회 다니는 걸 슬그머니 고자질했다. 나는 고교졸업 후 서울공기에 쉬 매몰되었고 서학동의 골목들은 내 관심권에서 빠르게 멀어져갔다. 나는 여전히 기억 속에서 순옥을 찾아내지 못했으므로 그녀에 관한 궁금증은 성자씨와 수경의 진술로 채웠다.

― 갸가 그 사건이후로 안 보였자녀. 서울서 야간학교에 편입해 졸업은 했다더라고. 그리고는 지금까지 거그서 쭈욱 살다왔디야. 그 순둥이가 객지에서 고생 디지게 했나벼. 안쓰러워 혼났어. 삐쩍 마른 게 핏기도 없고. 술은 잘 먹더라고. 나하고 밤새 마셨지 뭐, 흐흐.

고향에서 지워졌던 순옥의 개인사를 수경이 잠깐 사이에 줄줄이 되살려냈다. 나는 문득 실루엣 하나를 떠올렸다. 초저녁 카페의 창문 유리에 젊은 여자의 뺨이 납작하게 붙어있었다. 어둠 깔리는 창밖에서 불 밝힌 카페 안을 충분히 살폈을 것이었다. 간간이 그런 손님들이 있던 터였다. 막상 들어오기 전에 밖에서 안을 먼저 살피는. 열 평 남짓 홀을 가진 감나무카페는 서학동 화가들의 전시공간이었다. 밖에서 기웃거리던 손님들도 벽에 걸린 그림에 이끌려 문을 열곤 했다. 하지만 내가 그 저녁을 기억하는 이유는 따로 있었다. 마당의 감나무를 두 손으로 감싸듯이 어루만지던 여자가 끝내 들어오지 않고 발길을 돌렸다.

― 왜 돌아왔대?

― 으응 누굴 찾나봐.

성자씨가 당시의 소문들을 목구멍 아래로 누르는 것 같았다. 수경도 순옥에게 누구를 찾는지 굳이 물어보지 않았다고 했다. 수경이 한마디를 더 보탰다.

– 홀몸인 것 같더라고.

– 서울서 결혼 안 했대?

– 어떤 사기꾼 같은 놈하고 살았는데 알고 보니 본처가 있더래. 일자리를 찾기에 영자언니네 펭귄으로 데려다줬어.

인정 많은 수경이 영자씨가 운영하는 펭귄어린이집에 보모자리까지 구해줬나 보았다. 순하고 다소곳하다니 아이들을 돌보는 일도 잘 어울리겠다 싶었다.

순옥이 살던 성자네 옆집은 굳이 따지자면 순옥의 외가였다. 그 집 마당에 주렁주렁 열린 감이 탐스러웠었다. 어린 성자는 가을만 되면 가지를 타고 담을 넘어오는 홍시를 올려다보며 자랐다. 순옥의 외숙모는 남편이 세상을 뜨자 집을 팔았다. 성자는 한옥마을 한가운데 자리 잡은 여고를 졸업하고 전주천 남쪽으로 건너와 동서학동에 있는 전주교대로 진학했다.

초등학교 교사가 되어서도 그녀는 고향에 머물렀다. 삼 년 전 교단을 떠날때까지 스물두 해, 그동안 모아둔 돈으로 기어이 감나무집을 샀다. 백 살을 먹어가는 감나무가 여전히 앞마당을 지키고 있었다. 어린 시절의 기억이 늘 감나무에 매달렸다. 그 집을 리모델링하여 카페를 차린 것도 나무에 대한 미련과 무관치 않았다. 카페 이름도 감나무로 정했다. 성자씨가 새 주인이 된 것은 집의 소유권이 두 차례 더 넘어간 뒤였다.

경찰간부였던 성자아버지는 딸들의 이름 끝을 자(子)로 돌렸다. 그는 담 하나를 사이로 코 고는 소리가 들려오는 순옥의 외가를 멀리했다. 성자엄마도 옆집 사람들과 말을 섞을 땐 고개를 꼬아 주위부터 살펴야했다.

제법 넓은 농토를 가졌던 순옥의 외할아버지는 말년에 전 재산을 털었다. 국회의원 선거에서 거푸 낙방한 아들 때문이었다. 순옥의 외삼촌은 형사들의 감시 대상이었다. 야당에 줄을 선 것이 화근이었다. 외삼촌의 중매로 결혼한 순옥의 아버지도 처지가 비슷했다. 고등학교 선후배 사이였던 두 남자는 교대로 옥살이를 했다. 야당통합에 열을 올리던 순옥아버지가 또다시 사라지자 동네 아이들은 그가 간첩이라고 소문을 흘렸다. 소문의 근원지는 알 수 없었다. 그가 집 앞에서 끌려가는 것을 보았다는 아이도 있었다. 그 아이는 한 손으로 입을 가리며 교실 구석에 아이들을 모아놓고 소곤거렸다. 검정지프에서 내린 남자들이 검정 안경을 쓰고 있었다고. 그 뒤로 순옥아버지를 보았다는 사람은 없었다. 시집오기 전부터 순옥엄마와 가까이 지내던 성자엄마가 남편 몰래 순옥이네 집을 다녀오곤 했다. 동서학동에서 북쪽으로 남천교를 밟아 전주천만 건너면 나오는 한옥마을 외곽의 향교옆집이 순옥이네였다.

성자씨가 칼바람 불던 하루를 떠올렸다. 나는 그녀의 기억을 따라 시간을 되감았다. 그녀가 초등학교 5학년이나 6학년 때였을 것이다. 엄마를 따라 한겨울에 찾아간 순옥이네는 살림집이라고 하기에도 민망했다. 어둑하고 좁은 단칸방에 지퍼를 단 비닐옷장 하나와 누비이불 그리고 앉은뱅이 밥상이 전부였다. 발이 시려 서 있을 수도 없었다. 숨을 쉴 때마다 뽀얗게 입김이 보이는 방안에서 초췌하게 마른 여자가 우는 아이를 달랬다. 끼니걱정을 한 지 오랜 듯 보였다. 여자는 이불을 끌어당기며 그 위로 올라오라고 했는데 성자는 그냥 돌아가자고 엄마를 졸랐다. 며칠 후, 순옥엄마는 세 살 된 딸을 친정에 맡기고 부산으로 돈 벌러 떠났다. 동네

여자들은 그녀가 효자동에서 과수원을 돌보던 홀아비와 함께 갔다고 수군댔지만 확인할 방법은 없었다. 소문들은 금세 치맛바람을 타고 날았다. 대를 물려 살아온 토박이들일수록 입조심을 했지만 효과는 없었다. 희미한 연줄이라도 움켜쥔 사내들은 식솔을 이끌고 서울로 갔고, 무작정 상경을 겁낸 축은 동쪽 도시들을 향해 혼자서 날품팔이를 떠났다. 어른들이 그랬다. 외국서 빌려온 돈을 쏟아 붓는 바람에 거기서는 개들도 배춧잎 같은 지폐를 물고다닌다고.

성자씨가 감나무집에 아이가 들어온 날을 손에 쥐듯 기억해냈다. 그녀가 태어나서부터 줄곧 한 사람의 이름만으로 기억하는 대통령이 머리에 총을 맞았다. 온 나라가 신격의 추락을 응당 슬퍼해야할 것 같던 바로 그날이었다. 아이들은 김일성이 다시 쳐들어올지 모른다는 이야기를 골목 가득 흘리고 다녔고, 군복 입은 사내가 아홉 시 뉴스의 첫 화면에 자주 나와 자신을 본인이라 불렀다. 그 불안한 저녁, 중학생이 될 꿈에 부풀던 성자는 옆집에서 건너온 가느다란 울음을 들었다. 안으로 삼키는 주눅 든 울음이었다.


"그 울보가 순옥이었자녀."

영자씨가 제 기억력을 자랑하듯 눈꺼풀을 치켜 올렸다. 한 가지씩 생각날 때마다 손뼉을 쳐가며 목젖을 보이는 버릇이 튀어나왔다. 그녀의 호들갑이 감나무카페의 아침을 휘저어놓았다. 영자씨는 삼십 년 전으로 돌아가있었다. 나는 수다에 이끌려 감나무집 뒷골목의 좁은 기억 속으로 들어갔다.

어린 순옥이 봄볕을 쪼이며 버짐 핀 얼굴로 웅크리고 앉아있었다. 그러다가도 순옥아, 부르는 소리가 들리면 놀란 참새마냥 푸드덕 일어나 달려가곤 했다. 호출은 대개 순옥 외숙모의 쉰 듯한 금속성 목소리였다. 그녀의 앙칼진 음성을 동네여자들이 흉내내곤 했다. 외숙모가 닥치는 대로 동네의 일거리를 찾아 자주 집을 비웠다. 외삼촌이 연거푸 낙선한 여파였다. 어린 조카딸은 아들만 넷이나 되는 집의 식모가 되어있었다. 칭얼대며 어리광을 부릴 나이에 순옥은 청소와 설거지부터 배워야했다.

"성자야, 나는 갸 팔뚝이 아직도 눈에 선해야."

성자씨가 바로 그 손목을 잡았었다. 순옥이 감나무를 쓰다듬고 사라진 다음날 오후, 까치 한 마리가 날아와 감꽃을 쪼았다. 작고 까만 눈알이 성자씨의 시선에 얽혔다. 새가 가지를 차고 날아올랐다. 연노랑 꽃잎이 바닥으로 떨어졌다. 누가 오려나…. 중얼거리던 성자씨가 벌컥 문을 열고 뛰쳐나갔다. 다시 찾아와 주위를 어슬렁거리던 여자를 불러 세웠다.

안으로 끌려 들어온 순옥의 눈에 눈물이 그렁거렸다. 밥을 훔쳐 먹다 들킨 아이의 표정에 불편함과 궁금증이 교차하고 있었다. 옛집을 헐어내고 탈바꿈한 카페의 실내를 두리번거리는 눈동자가 바빴다. 한꺼번에 몰려든 기억들에 포위된 얼굴이었다.

영자씨가 손수건을 꺼내 눈 밑을 찍었다. 덩달아 눈알이 붉어진 성자씨가 창 너머로 시선을 옮겼다. 교회 간판 위를 지나는 전깃줄이 바람을 타고 울었다. 삐쩍 마른 고양이 한 마리가 눈 위에 발자국을 찍었다. 성자씨가 이마의 잔주름을 가로질러 내려온 머리카락을 긴 숨으로 불어 올렸다. 과거에 꽂혀버린 영상이 좀처럼 사라지지 않나보았다.

고등학생이었던 영자는 숙제를 핑계로 성자네로 매일같이 놀러왔고 키 낮은 토담을 훌쩍 넘어가 열 살 아래의 순옥과 놀아주곤 했다. 가느다란 팔뚝으로 제 몸통만 한 연탄을 들어올리는 순옥을 두 여고생이 자주 도왔다. 자다가도 일어나 갈아야하는 연탄불이었다. 그걸 꺼뜨린 새벽엔 매맞는 아이의 울음소리가 들렸다.

그 집의 아들들은 이미 자라있었고 순옥이 초등학교를 들어갈 때는 막내오빠도 중학생이 되었다. 외사촌들 중에 큰오빠는 고등학교를 졸업하고 직업군인이 되었다. 둘째와 셋째는 다니던 학교를 중퇴하고 건달들과 휩쓸려 다녔다. 막내오빠만이 방과 후에 순옥의 말상대가 되어주곤 했는데, 기타를 잘 치던 그는 입대하기 전까지 교회 청년부에서 성자들과 노래를 불렀다. 순옥은 막내오빠를 의지하며 따랐다. 슬슬 교회를 멀리하던 그가 갑자기 자원입대한 이유와 순옥이 고향을 버린 것은 무관치 않아보였다. 순옥의 사연은 교회 여신도들 사이에서 쉬쉬하며 사실로 굳어져갔다. 외숙모의 눈을 피해 순옥은 한동안 등잔 밑에 숨어있었다.

출산이 임박한 순옥을 숨겨주고 산파노릇까지 한 사람은 교회할머니였다. 며칠 뒤 순옥은 교회의 어두침침한 뒷방을 벗어나 전주를 떠났다. 가출한 조카를 외숙모가 포기할 때쯤이었다. 그 겨울에도 눈이 많이 내렸다.

성자씨는 장승배기의 초등학교로 눈길을 한 시간씩 걸어 출근하던 날을 기억했다. 이듬해 세상을 등진 교회할머니의 장례식은 초라했고 순옥은 보이지 않았다. 하여, 순옥의 귀향은 뜬금없었다. 어린이집에 일자리를 얻은 순옥의 근황이 오영자 원장의 수다를 타고 감나무카페에 참새처럼 날아들었다. 신파조로 각색된 부분만 빼면 소식은 날것 그대로였다.

동학이 카페에 나타난 것은 장마가 끝나갈 무렵이었다. 후텁지근한 더위에 클래식음악이 흐느적거렸다. 방학이라 교대생들마저 사라진 골목이 한산했다. 온종일 2천 원짜리 아메리카노 열 잔 팔기 힘든 날이 반복되었다. 유랑의 본능이 나를 쑤셔댔지만 갈 곳이 마땅치 않았다. 성자씨가 휴업이라도 할까봐 은근히 걱정했고 그럴수록 나는 그녀의 충실한 고객 겸

말벗이 되었다. '아예 문을 닫으면 폐업한 가게로 소문날지도 몰라요.' 내 서툰 충고가 작용했을까. 성자씨가 출입문에 구인 광고를 붙였다. 알바 생구함. 근무시간:오후 5시~10시. 이윽고 앳된 청년이 찾아왔다. 방학 중에 학교 근처에서 일자리를 구하는 교대생이 있을까 싶은 저녁, 성자씨가 눈꺼풀을 치켜 올렸다. 무스를 발라 세운 짧은 스포츠형 머리에 하얀 피부, 호리호리한 키에 검고 깊은 눈과 갸름한 얼굴, 얇은 입술까지. 성자씨가 헛기침을 거푸 했다. 자신의 아들이 걸어 들어오는 착각을 했단다. 흘끗 거울에 비친 그녀의 눈가에 주름이 늘어있었다. 한동안 멍하게 바라보는 그녀에게 청년이 먼저 입을 열었다.

— 알바생 구한다기에….

— 오늘부터 일하세요.

그녀가 그 자리서 수락을 했다. 닮았다는 이유만으로.

3년 전 칼바람이 얼굴을 베던 아침, 젊은 남자의 흐느끼는 목소리가 전화기 저쪽에서 건너왔다. 급히 와보시라고. 정신없이 달려간 병원에서는 모두가 고개를 숙이고 있었다. 추락사였다. 대학산악부에서 도전한 빙벽에서 자일이 끊어졌단다. 세 살 때 교통사고로 아비를 잃고도 잘 자라준 자식이었다. 찢겨나간 살점들이 얼기설기 꿰매져 있었다. 눈만 감으면 아들이 엄마를 부르며 깨진 두개골과 부러진 팔다리로 기어왔다. 어미는 빠르게 지쳐버렸고 죽지 못해 늙어갔다. 아이들 앞에 서는 교단이 더 이상 즐겁지 않았고, 생사를 분별할 수 없는 불면의 밤이 이어졌다.

어느 날 문득 바라본 감나무가 시간을 되감아줄 것 같았다. 때가 되면 같은 모습으로 되돌아오는 열매는 분명 회귀였다. 겨울은 어김없이 찾아왔고 자식을 기다리는 막연한 허무가 잔가지에 걸려 눈을 맞았다. 그녀는 감나무에 목을 매느니 그 나무 그늘에서 삭아 없어지기로 했다. 불행한

기억일랑 세상모르던 시절의 나무 밑에 묻어버리고 다향(茶香)에 취해보
자는 낭만어린 기대도 없지 않았다.

　순옥이 떠난 후에도 명당의 기운은 그 집을 외면했다. 바뀐 집주인은
시름시름 앓다 죽었고, 그 다음에 들어온 머리 허연 사내도 집을 비우고
떠났다. 사고뭉치 아들의 감옥뒷바라지로 세월을 삭히던 끝이었다. 재수
없는 집이라는 소문에 나이든 축들은 에둘러 지나갔다. 하지만 리모델링
을 꿈꾸는 성자씨에겐 문제가 되지 않았다. 차라리 잘된 일. 슬슬 남향하
는 한옥마을의 훈김으로 부동산 가치상승을 노려볼 만도 했다. 봉숭아가
어울릴 아담한 텃밭도 눈에 밟혔다. 예술인마을 구석에 버려진 오두막을
가리키며 부동산 박씨를 졸라댔다. 한 자리에서 그 일로 늙어가며 통반장
까지 맡아온 그라면 무슨 방법이 있겠지 싶었다.

　– 아따, 더 좋은 물건이 천지여. 쑤셔댕게로 값이 지멋대로 뛰자녀. 그
집이 뭐 땀시 땡긴디야. 까마구 날아오게 생겼더만.

　박씨가 혀를 찼지만 애쓴 보람이 있었다.


"동학이한테 전화 좀 넣어바바."

　영자씨의 재촉에 몇 차례 눌러본 성자씨의 휴대폰에서 신호음만 들렸
다. 그녀가 전화기를 손에 들고 좁은 실내를 서성거렸다. 창밖엔 눈송이
가 굵어지고 있었다.

"집에 안 가봤어?"

"지금 가볼라다가 여그부터 들렀어."

　순옥의 집이래야 카페 뒤로 골목을 돌면 몇 발짝에 닿는 원룸이었다.
교대생들이 주로 찾는 그 건물에는 스무 개 남짓 되는 호실이 다닥다닥
붙어있었다. 주차장으로 뚫려있는 일층은 비어있는 날이 대부분이었다.

자가용을 굴릴 만한 학생들이 드물기도 하거니와 그 정도 형편이라면 그보다 넓은 집을 선택할 터였다. 건물 앞 전봇대에 '보증금 200만 원에 월세 25만 원' 플래카드가 걸려있었다. 순옥의 이삿날에 들여다봤다는 영자씨의 말대로라면 네 평 남짓한 공간을 화장실과 주방 그리고 거실로 분리해놓은 곳이었다. 침실을 겸한 거실에 침대를 들여놓으면 겨우 옷장과 식탁 하나를 앉힐 자리에 순옥이 둥지를 틀었다. 살림은 고사하고 모아둔 돈도 없는 것 같았다.

감나무카페로 들어온 동학은 손님이 없을 때마다 호주머니에서 하모니카를 꺼내 불었다. 그는 흘러간 가요나 오래된 동요들을 자주 연주했다. 싸이의 강남스타일이나 걸그룹의 잘나가는 유행가는 관심 밖인 듯했다. 스물한 살의 청년에게 도저히 어울리지 않는 곡조를 불고 나서 그는 창밖에 눈길을 던지곤 했다. 뜸~북 뜸~북 뜸~북새 논~에서 울고 뻐~꾹 뻐~꾹 뻐~꾹새 숲~에서~ 울제 우리 오빠 말~타고…. 동학의 애창곡이었다

― 얘, 그만해. 청승맞잖아.

얼떨결에 안 하던 반말이 나와 버렸다. 동학의 하모니카 소리에 젖어 자신의 아들을 떠올리고 있던 탓이었다. 성자씨가 곧 헐거운 사과를 했다. 동학이 레퍼토리를 나이든 여자의 취향에 맞추려 했다는 생각이 들었기 때문이었다. 이왕 내친걸음, 그녀가 한발 더 나아갔다.

― 이제부터는 이모라고 불러. 사장님이 뭐니 촌스럽게.

안 쓰던 서울말까지 써가며 동학을 마음속에 받아들였다. 그가 카페 일을 시작한 지 일주일도 못 되어서였다. 그 뒤로는 동학을 붙잡고 자주 말을 시켰다. 동학이 교대생이 아님에도 동서학동에 알바자리를 구하러 온 이유가 궁금하긴 했지만 그냥 흘렸다. 첫날 그걸 물었을 때 떨어진 촛농

처럼 굳어지던 얼굴을 떠올렸다. 붉어진 눈언저리에 울분 같은 게 배어 있었다. 막연한 그리움이 섞인…. 손님 없는 공간을 느린 음악이 채워주고 있었다. 동학이 슬그머니 밖으로 나갔다. 그가 감나무에 볼을 대며 뭐라고 중얼거리는 것 같았다. 처음엔 그저 나무그늘에서 따분함을 피하려는 것이려니 했다. 왼팔로 한동안 나무를 붙잡고 있는 모습에 호기심이 일었다. 그의 등 뒤로 슬그머니 다가가던 성자씨는 불에 덴 듯 어깨를 움츠렸다. 동학의 오른손에 들린 잭나이프가 나무둥치를 후벼 파는 중이었다. 물구나무선 여자의 가랑이처럼 어른 가슴 높이에서 둘로 나뉜 가지는 갈라진 부분이 세로로 옴팡하게 꺼져 있었다. 여성의 음부를 연상시키는 타원형의 구멍이었다. 하필이면 동학은 거기에 집중적으로 칼을 꽂았다. 성자씨가 양손을 엇갈려 팔뚝에 돋은 소름을 비벼 털었다. 인기척을 느낀 동학이 빠른 걸음으로 물러났다. '얘! 지금 뭐하는 짓이야!' 앞니에 걸린 말을 그녀는 목구멍 아래로 눌러 내렸다. 동학의 달궈진 두 눈에 터질 듯한 울음이 고여 있었다.

성자씨가 이 대목에서 말을 멈추고 목소리를 다듬었다. 나는 타이핑을 하다 말고 묵은 서까래가 노출된 천정으로 고개를 꺾었다. 나뭇결에서 굳어버린 옹이가 눈알처럼 내려다보았다. 거기에도 상처가 있었다. 성자씨의 젖은 목소리에서 나는 순옥을 읽었다. 그녀가 잊을 만하면 성자씨를 찾아왔고 카페의 붙박이가 된 나는 숨을 참고 귀를 세웠다. 마주앉은 그녀들의 목소리가 가늘고 떨렸다. 나는 그녀들의 대화를 못들은 척 노트북에 옮겼다. 순옥에게 내가 말을 걸어보기도 했지만 마른 미소만 건너왔다. 그녀들은 서로를 위로했다. 고향을 떠날 수밖에 없었던 여자와 외아들을 잃은 여자가 자주 겹쳐 보였다. 아릿한 무게가 나를 눌렀다. 감정을 걸러낸 탐색이 쉽지 않았다. 현실보다 더 아픈 영화를 만들 수 있을까. 바람이 횡으로 불었다. 감나무 가지에서 떨어져나간 마른 이파리들이 골목 끝으로 밀려나고 있었다.

며칠 후 잔뜩 구름 낀 밤, 수경이 카페를 다시 찾았다. 게스트하우스 체크인을 마치고 나올 시간이었다. 이번에도 헐레벌떡이었다. 실내를 휘 둘러보다 나와 눈이 마주쳤다.

— 여기 계셨구만.

수경이 나를 일별하더니 곧바로 주방 쪽으로 고개를 돌렸다.

— 언니, 언니, 나 어젯밤에 디게 이상한 일이 있었어.

— 어디 불이라도 났다냐. 숨이나 좀 쉬어, 안 그래도 요즘 동네가 뒤숭숭한데 간만에 나타나서 웬 법석이여.

성자씨가 손바닥을 뒤집어 수경의 머리를 누르는 시늉으로 자리를 권했다. 이상한 일이라면…, 내 짐작이 카페골목에 들어온 책방으로 날아갔다.

책방여자를 둘러싼 소문들이 이미 감나무에 날아 앉은 터였다. 최근에 귀향한 여자가 웃음을 흘리며 동네남자들을 후린다는. '뭐 이런 경우가 다 있어, 바짝 옆구리로 파고들어서 말이지. 오가며 인사 나눈 처지에 싫은 내색하기도 뭐하고.' 성자씨에게서 이런 반응이 나올 법도 했다. 토박이들이 으레 그렇듯 그녀도 되돌아온 사람들에게 좀처럼 경계를 허물지 못했다. 그런데 이번엔 의문의 불똥이 동학에게 튀었다.

— 아 글쎄, 교회 뒷길 있자녀. 장을 보고 오는데 어떤 남자가 코너에 몸을 숨기고 누구를 부르더라고. 꼭 귀신같았어. 거긴 가로등도 희미하자녀. 내 어깨 뒤로 바짝 다가오면서 속삭이는 거야. 무서워서 빠른 걸음으로 골목을 빠져나왔는디 뜨악하더라고…. 그 청승맞은 목소리가 귓속에서 뱅뱅 도는 거 있지. 지금도 소름이 돋는당게.

수경이 어깨 사이로 목을 집어넣었다.

– 동학아, 여기 모과차 두 잔 만들어 줘.

창가테이블을 앞에 두고 수경과 마주 앉아있던 성자씨가 주방 쪽으로 얼굴을 돌려 주문을 했다. 수경의 얼굴이 일순 굳어졌다.

– 맞어, 그래 동학이랬어. 저 사람이네.

수경이 소리를 낮추며 턱으로 주방을 가리켰다.

– 우리 동학이하고 아직 인사 안 했던가? 근데 귀신이 저렇게 잘생겼어?

– 아냐 언니. 한두 사람이 당한 게 아니라니까 그러네.

그가 동네여자들 뒤로 슬그머니 다가가 자기 이름을 부르고 상대의 반응을 살핀다는 것이었다. 수경이 나간 뒤 성자씨가 동학을 불러 창가 자리에 앉혔다.

– 왜 그랬어?

그녀가 뜨거운 커피를 리필해주며 동학의 표정을 뜯어보았다.

– 잘 생각해봐. 성추행범이나 스토커로 몰리기라도 하면….

한참을 설득했다. 뜸을 들이던 동학이 이윽고 한 꺼풀씩 자신의 과거를 벗어놓았다. 부모의 얼굴을 모른다고 했다. 자신을 데려간 노부부에겐 자손이 없었다. 초등학교 때 할머니가 암으로 죽고 할아버지와 단둘이 군산에서 살았다. 올봄에 노환으로 할아버지마저 세상을 뜨면서 생모를 찾으라는 유언이 있었다. 할아버지도 동학의 생모를 만난 적은 없었다. 동학이 할아버지로부터 듣기로는, 할머니의 친구였던 교회 권사의 부탁으로 입양이 이루어졌다고 했다. 동학이 그 권사의 이름을 모르거니와 이미 이세상 사람이 아닐 수도 있었다. 동학의 엄마 찾기는 막막해 보였다. 그의 이름이 생모가 지어준 것이라는 게 유일한 단서였다. 입양 전까지 젖을 물리던 생모가 권사에게 간청한 단 하나의 부탁이었던 듯했다. 동학에게 생모에 대한 정보는 전혀 없었다.

— 제 이름이요? 할아버지가 알려주신 교회를 찾아와보니 이 동네 이름이 동서학동이더라구요.

동학이 쑥스러운 미소를 지었다.

다음날, 성자씨는 두근거리는 가슴을 누르며 어린이집에 전화를 걸었다.

— 영자야, 거기 순옥이 있지? 갸가 찾는다는 사람 이름 좀 물어봐줄래?

동학과 순옥이 모자간일 확률이 높았다. 내 타이핑이 조심스럽게 느려졌다. 나는 성자씨의 복잡한 심정을 이렇게 기록했다. '이렇게 복 받을 일을 언제 또 해보겠나. 설렘도 잠시, 동학의 나이와 할아버지로부터 들었다는 이야기들을 끼워 맞추던 그녀가 숨을 멈췄다. 그것은 통증이었고 짧은 뿌듯함 뒤의 긴 허무였다. 죽은 아들이 가슴속에서 똬리를 틀었다. 그녀는 잠시 동학과 순옥이 남이기를 바랐다. 외톨이가 된 기분을 감당할 자신이 없었다. 처음 느껴보는 미묘한 감정, 부러움 속에 섞여드는 질투였다. 그러다 문득, 그녀는 자신의 이름에 새겨진 또 다른 의미를 생각해보았다. 성자(聖者)….'

그날 밤 성자는 묵을 쑤었다. 얼마만인가. 서울로 유학간 아들이 방학 때 돌아오면 만들어 먹이던 거였다. 비법이랄 건 없었다. 오래전 친정엄마로부터 전수받은 그대로였다. '전주에서는 이걸 녹두로 만들어.' 엄마 말대로라면 응당 녹두색을 닮은 청포묵이어야 했다. 하지만 최종생산물은 언제나 치자를 넣은 연노란 황포묵이었다. 전주의 전통이 저항의 흔적을 비켜갈 순 없었다. 일백 하고도 수십 년을 달려왔음에도 슬픔은 전주 사람들의 뼈와 살에 여전히 녹아있었다. 갑오년의 폭풍이 휩쓸어버린 전라도 땅엔 생존의 몸부림만이 남았고 '새야 새야 파랑새야'로 시작되는 '녹두장군의 노래'는 금지곡이었다. 꼬투리라도 잡히면 자식들을 영원히 보지 못할 수도 있었다. '녹두꽃이 떨어지면 청포장수 울고 간다'의 청포는 그래서 황포로 바꿔야했다. 돌아온 자식의 무탈을 기도하는 어미의 마음으로 성자는 밤을 노랗게 새웠다. 푸른 멍을 지우고.

감나무아래에서 만난 두 사람은 그저 멍하게 바라보기만 했다. 동학은 어색한 얼굴로 주위를 살폈고 순옥은 느닷없는 오열로 몸을 떨었다. 성자가 모자 앞에 황포묵을 차려놓았다. 먹기 좋게 자른 덩어리를 모자의 입에 차례로 넣어주었다. 옥살이에서 돌아온 자식에게 두부를 먹이듯….

이십 년 만에 상봉한 모자는 곧바로 순옥이 사는 원룸으로 합쳤다.


"야 성자야, 너 그 사람들 알지? 순옥이네 외갓집 기억 안 나냐? 저 윗동네에서 제일 큰 집이었자녀."

젊은 커플이 들어와 모카커피를 마시는 동안 스마트폰을 들여다보던 영자씨가 다시 과거를 불러냈다. 순옥 외가의 몰락에 순옥의 고단했던 어린시절이 겹쳐졌다. 대궐 같은 집을 팔고 내려온 전주천 남쪽 감나무집 오두막엔 식구들이 우글거렸다. 순옥은 거기에 얹힌 천덕꾸러기였다. 작은 방에 외삼촌 내외가, 큰 방엔 오빠들과 순옥이 잤다. 다섯 명이 누울 자리는 언제나 비좁았고 어린 순옥은 오빠들 사이로 다리를 끼워 누웠다.

순옥의 막내외사촌오빠를 성자씨가 다시 본 것은 그녀가 담임을 맡은 아이들의 학예회 때였다. 1학년 딸의 재롱에 박수를 치던 키 작은 여자의 등 뒤에 낯익은 사내가 서 있었다. 어색한 미소를 흘리던 그와 짧은 인사를 나눴다. 옛이야기는 피했고 그가 여전히 교회를 다니는지도 묻지 않았다. 아내를 의식한 듯 머뭇거리던 사내가 양복 안주머니에서 명함을 꺼냈다. 제대 후에도 그는 음악에 대한 관심을 버리지 못했나보았다. 그가 운영하는 악기점은 아파트촌으로 변한 용머리고개의 상가였다. 멀리 가지도 못한 사내의 흔적이었다.

"시방 긍게 무슨 얘기를 하고 싶은 거여? 빙빙 돌리지 말고."

성자씨의 추궁에 영자씨가 몹시 답답하고 난감한 표정을 지었다. 말을 담아두지 못하는 성격 탓이었다. 육중한 엉덩이를 들썩거리는 버릇은 그녀가 말을 차마 꺼내놓지 못할 때 나오는 현상이었다. 여차하면 사투리가 쏟아질 태세였다.

"거시기… 긍게 머시냐… 성자야."

촌스런 이름이 자꾸만 튀어나왔다. 영자아버지는 남동생에게 터를 팔아보라는 의미로 딸 이름에 자자(子字)를 붙였을 것이다. 아들 귀한 집다운 발상이었다. 하지만 성자에게는 오빠가 없는 것도 아니었다. 시집가서 꼭 아들을 낳으라는 뜻이었다고 언젠가 아버지는 해명했었다. 아들이라…. 성자씨가 입맛을 쓰게 다셨다. 그거였다. 영자씨가 단지 순옥이네 외가 이야기를 하고 싶은 게 아니었다. 외가와도 무관치 않은, 하여 차마 꺼내지 못한 순옥 모자의 비밀, 그것을 영자씨가 감지하고 있었다.

"긍게 동학이가 어쨌다는 거여 시방?"

"갸가 즈그 엄마랑 합친 뒤부터 오전엔 우리 어린이집으로 출근하는 건 알지?"

"알지, 그런데 뭐?"

성자씨가 턱을 올리며 대꾸했다.

"순옥이가 지가 맡은 반에 동학이를 보조교사로 써달라는 거여, 보수는 필요 없다믄서. 그런데, 동학이가 점점 이상해지더라. 처음엔 즈그 엄마 율동을 곧잘 따라 험서 아그덜을 잘 돌봐주더라고. 학부형들도 좋아했지."

"근디 그게 뭣이 문제여?"

영자씨의 말허리가 잘렸다. 불안의 냄새가 코끝을 스쳤다.

"글쎄 들어봐. 처음엔 이상할 게 없었지. 아, 근디, 슬슬 물건이 사라지더라고. 장난감이나 젖병까지. 지난주엔 기저귀도 없어졌어."

그 일로 영자씨가 순옥을 다그친 것 같았다.

"갸가 집에서도 애기처럼 군디야. 젖병을 물고. 어린애 옷을 억지로 껴입고. 자다가 오줌을 누고. 동화책을 읽어달라고 하질 않나. 즈그 엄마가 말리면 난폭해진디야. 아, 그란디, 더 이상한 건…."

영자씨가 무르춤해지며 혀끝을 내밀어 입술을 축였다.

"이상한 건?"

"자꾸만 즈그 에미 젖가슴으로 파고든다는디…. 성자야, 그건 좀 징그럽지 않냐?"

성자씨가 숨을 길게 밀어냈다.

"후우…, 나는 그런 아들이라도 있으면 좋겠다. 돌아올 수만 있다면."

그 순간 죽은 아들을 떠올린 모양이었다. 그녀가 습관처럼 창밖을 내다보며 시선을 교회간판에 얹었다. 전깃줄이 다시 바람을 타고 울었다. 성자씨 눈에 물기가 고였다. 그녀가 긴 숨으로 불어 올린 머리카락 몇 올이 이마 위에서 내려왔다.

어색한 침묵이 끼어들었다. 영자씨의 짧은 목덜미가 붉어졌다.

"야, 내가 그래서 이 말을 안 꺼낼라고 했어야. 매급시 니 속만 뒤집어 놓는갑다잉."

동학의 퇴행증상은 잃어버린 시절에 대한 보상심리인 듯했다. 어린것이 느꼈을 공백이 허허롭게 건너왔다.

"기적처럼 만났응게, 지금부터라도 모자간에 살갑게 살면 을매나 좋냐. 삐딱하게 보덜말고 엥간허면 눈감아주어잉, 알았쟈?"

성자씨가 말이야 그렇게 했지만 마음에 걸리는 게 있을 것이었다. 며칠 전 퉁퉁 부은 얼굴로 나타난 순옥의 눈 밑과 목덜미에서 분명히 멍자국을 보았기 때문이었다. 밤길에 넘어진 탓이라고 했다. 개운치 않았지만 그런 일이 처음도 아니라서 성자씨는 더 이상 묻지 않았다. 자리에서 슬며시 일어난 순옥이 문득 병원을 묻더란다.

- 잠이 안 와서요.

어디가 아프냐는 질문에 혼잣말처럼 겨우 꺼낸 순옥의 대답이었다. 카페를 나가려던 순옥의 발이 출입문 안쪽에 걸린 Y화백의 그림 앞에 멈췄다. 들어올 땐 무심코 지나쳤던가 보았다. 50호짜리 화폭 안에서 여자들이 열매처럼 나뭇가지에 매달려있었다. 여자들은 얼굴이 없었다. 그녀들의 뚫린 가슴에서 흘러나온 피가 하얀 드레스를 붉게 물들이고 있었다. 순옥이 그림을 뚫어져라 바라보았다. 화가는 제목을 '순결'이라 붙여놓았다. 잠시의 침묵 속에 시간이 멈췄다. 돌아서는 순옥의 뺨에서 성자씨는 핏기가신 그림자를 보았다.

느닷없는 사이렌 소리가 눈발을 뚫고 카페로 건너왔다. 두 여자가 동시에 밖으로 고개를 뽑았다. 앰뷸런스였다. 경찰차가 그 뒤를 따라 골목 안으로 들어왔다.

"어라? 뭔 일이디야. 엄동설한에 누가 맹장이라도 터졌는갑네."

영자씨가 눈썹 끝을 올리며 구시렁거렸다.

"씰데없는 소리 그만하고, 어여 사람 찾을 생각이나 하자고. 영자 니가 그 집에 한 번 가봐. 나는 자리 비우기가 좀 거시기헝게."

등을 밀어 친구를 내보낸 성자씨의 시선이 창밖에 꽂혔다. 불쑥불쑥 솟아오르는 걱정을 애써 눌러 앉히는 모습이었다. 나는 카페 앞마당의 나무로 눈길을 옮겼다. 쪼그라진 감 두 알이 잎사귀 떨어진 가지를 붙잡고 있었다. 하나는 반쯤 뜯겨나갔고 다른 하나는 껍질만 남았다. 까치밥이 된 거라면 존재의 의미에 합당할 것이었다.

세상 만물은 제 자리와 역할이 있는 법. 덜 떨어진 놈일수록 제가 태어난 가지에 집착한다. 하지만 익은 놈은 떠나고, 가을이 되면 녀석들은 다시 그 자리에 모습을 드러낼 것이다. 성자씨는 매일 아침 카페로 돌아왔고 벽시계의 바늘도 한 바퀴를 돌면 어김없이 제자리였다. 반복된 회전은 떠나간 계절들을 호출했고 사라진 것들은 기어이 구심점으로 되돌아왔다.

그녀는 시간을 되돌리고 싶다고 했다. 아들이 돌아오는 꿈을 자주 꾸었단다. 새벽녘 달아나버리는 그것은 악몽이었다. 그런데…, 나는 눈을 감았다. 회귀가 좋은 것인가. 혼란스러웠다. 순옥 외가의 역사가 반복된다면. 군복 입은 사내가 아홉 시 뉴스의 첫 화면으로 되돌아온다면. 길 잃은 존재들이 소멸을 거부하고 반드시 제자리를 찾아온다면. 원형(圓形)으로 반복되는 삶은 지루해지고 우리는 영원성에 갇혀버릴 것이다. 나는 현기증을 느꼈다. 동학의 귀환이 환영받을 일인가. 성자씨가 버릇처럼 손바닥으로 가슴을 누르는 이유를 알 것도 같았다.

영자씨가 나간 지 오 분쯤 지났을까. 출입문이 다시 벌컥 열렸다. 찬바람이 싸라기눈을 몰고 들어왔다. 장갑을 벗어 회색 패딩점퍼에서 눈을 털어내는 남자는 부동산 박씨였다.

"에이 무신 놈의 눈이 요로코롬 싸가지 없이 온디야."

뭔지 모를 불만을 그는 눈 탓으로 돌리고 있었다.

"이게 무신 일인고. 팔자도 참."

박씨가 귀마개 달린 털모자를 벗으며 혀를 털었다. 성자씨와 눈이 마주치자 그가 커피를 주문했다.

"사장님 여그 찐하게 한 사발 부탁헙시다잉. 내가 아조 못 볼 것을 봐부렀고마이."

"지금 저 골목에서 나오시는 길이죠?"

성자씨가 호기심을 보이며 대답을 다그쳤다.

"왜 아니것소. 아 글시, 투룸이 나오면 곧바로 옮겨가겠다고 진작부터 안 허요. 오늘 아침에 마침 그 옆 건물 학생이 나가겠다고 허는디 그게 투룸이란 말이시. 그래 잘됐다 싶어서 소식 전허자고 그 집을 찾아갔는디 문틈에서 매케헌 냄시가 나드란 말이요."

내 가슴속으로 돌덩이 하나가 툭하고 떨어졌다. 박씨가 말을 이었다.

"아 긍게 내가 확 열고 들어가지 않았것소잉. 지난 달보톰 집 보자는 사람 있으면 보여주랍디다. 출입문 비밀번호를 갤차주드라고. 오메, 그란디 둘이 아조 거품을 물고. 내가 창문 열어 재치고 곧바로 119 불러부렀소. 무신 약을 나눠먹고 탄을 피운 것 같던디. 아참, 그란디 그 총각은 여그서 일하는 사람 아니여?"

성자씨의 얼굴에서 핏기가 빠져나갔다. 실내등에 비친 그녀의 실루엣이 푸르스름했다.

박씨가 허겁지겁 커피를 마시고 나가자 영자씨가 다시 들어왔다. 눈이 충혈되어 있었다. 좀 전에 앉았던 소파에 그녀가 털썩 몸을 던졌다. 그리고 연신 코를 풀었다.

"내가 성자 너한테 말 안 한 것이 있어야."

영자씨가 뜸을 들이다 결심한 듯 말을 이었다.

"갸가 임신을 했어. 잘 아는 산부인과 있냐고 묻더라. 사귀는 남자가 누구냐고 물어봤는디 희미하게 웃기만 하고 끝까지 대답을 피하더라고."

눈물 많은 그녀가 순옥을 돌봐주며 신경을 많이 써온 것 같았다. 순옥이 오영자 원장과 속을 터놓고 지내는 거야 그렇다 쳐도 성자씨도 모르는 둘 만의 비밀이 있었다는 게 새삼스러웠다.

"동학이가 원래대로 되돌려달라고 울면서 달려들었디야. 매일 밤 그렇게…, 태어나기 전으로…."

순옥이 명투성이가 된 것은 동학의 원망과 보복을 저항 없이 받아들인 증거였다. 교회 뒷골목에서 동학을 보았다던 그날, 수경이 그랬었다. 소름이 돋더라고. 제 엄마또래 여자들의 등 뒤로 다가가 슬그머니 자신의 이름을 부르며 반응을 살피는 청년, 그의 목소리에 귀기가 흐른다고. 그날 순옥이 감나무카페에 와서 병원을 물어본 것은 수면제를 모으기 위해서였을까, 아니면 모진 마음을 먹기 전에 달리 방법을 찾으려 했나. 박씨가 나가면서 했던 말이 내 귓바퀴를 타고 왱왱거렸다. 못 볼 걸 봤다는. 깨우려고 이불을 젖혀 보니 남녀가 발가벗은 채 엉켜있더라고.

나는 눈을 감았다. 천정에서 내려다본 방안의 모습이 카메라 속 영상으로 천천히 회전했다. 제 자식의 음식에 수면제를 타 먹이고, 자는 걸 확인한 뒤에 번개탄을 피우고 곁에 눕는 젊은 어미.

바람에 창틀이 덜그럭거렸다. 가늘어진 눈발사이로 감나무가 제 몸을 떨었다. 까치 한 마리가 내려와 나뭇가지를 움켜쥐었다. 놈이 긴 꼬리를 상하로 까딱거리며 얼어붙어 쪼그라진 홍시에 신경질적으로 부리를 박았다. 육질이 잘 뜯어지지 않는 모양이었다. 붉음을 잃고 겨우 매달려있던 열매가 바닥으로 떨어졌다. 성자씨는 툭 하며 가슴에서 자일이 끊어지더라고 했다. 그럴 때마다 아들의 몸뚱이가 바위모서리에 부딪혀 곤두박질 쳤을 터. 동학이 어미를 찾아온 이유를 생각해보았다. 순옥은 자신의 몸에서 풀려난 인연을 모질게 잘랐다. 어미의 몸속을 갈구하는 자식의 회귀 본능까지도, 탯줄처럼…. 까치에게 속살을 뜯길망정 한 번 내려놓은 열매를 감나무가 거둬들일 수는 없는 일이었다.

불현듯 하모니카 소리가 들렸다. 이번에도 동요였다. 창가 구석인 것 같았다. 동학이 밖을 바라보며 불던 자리였다. 어지러웠다. 나는 울렁거리는 가슴을 손바닥으로 누르다 말고 창문을 모두 열어 재꼈다. 성자씨가 다가와 밖을 내다보았다. 곁눈으로 본 그녀의 동그란 어깨가 몹시도 작았다.

바닥까지 내려와 기어이 홍시의 속살을 파먹던 까치와 눈이 마주쳤다. 새까맣게 번득이는 눈알이 우리를 노려보았다. 성자씨가 어깨를 오므려 진저리를 쳤다. 어느새 날아오른 까치가 눈 속으로 사라졌다. 새가 사라진 허공에 두 청년이 희미하게 떠올라 스르르 겹쳐졌다. 갸름한 얼굴이 점점 작아지다가 줄 떨어진 헬륨풍선처럼 아득히 멀어져갔다. 나는 심호흡을 했다. 눈발에 냉각된 바람이 허파꽈리를 구석구석 훑어 가슴속 열기를 식혔다. 바람 끝이 숨구멍 안에서 바스락거렸다.

성자씨가 말했다.

"더 이상 신을 원망하지 않을 거예요."

그만 내려놓겠다는 뜻인 듯했다. 나는 그녀가 회귀에 대한 믿음과 고통을 한꺼번에 날려 보낼 수 있기를 빌어주었다. 그녀가 다시 말했다.

"신을 원망하는 동안은 마음속에 신을 모셔야 하니까요."

나는 노트북을 열고 다시 적었다. 타이핑이 빨라졌다. '원망의 대상이 있는 한 고통이 함께한다. 삶은 늘 예고 없이 다가온다. 손아귀를 빠져나간 시간들은 돌아오지 않고 추억의 감꽃들도 열매 맺지 않는다. 회귀를 향한 집착을 벗어버리고 눈꽃 같은 가벼움으로 거듭나야한다. 단 한 번뿐인 삶, 그것이 문득 연습처럼 가볍게 느껴진다. 기억들을 하얗게 덮고 싶다.'

　홀가분했다. 나뭇가지에 걸린 꼬마전구의 불빛들이 교회 마당을 반디처럼 날아다녔다. 교회 첨탑에도 빨간 네온사인이 들어왔다. 날아온 눈송이가 이불처럼 십자가를 덮었다. 새어나오던 붉은 빛이 침침해졌다. 창고 문이 열리며 노인이 삽을 들고 나왔다. 눈을 치우기로 마음을 바꾼 모양이었다. 그가 구부정한 어깨를 움직여 교회 앞의 눈을 퍼서 길가에 부려 놓았다. 골목 안쪽에서 책방여자가 긴 빗자루로 눈을 쓸었다. 그녀가 이쪽을 바라보며 고개를 까딱했다.

　성자씨의 어깨가 움찔거렸다. 다가가 손을 잡으려다 멈췄다. 그녀를 만지면 말린 꽃잎처럼 부서질 것 같았다. 머쓱해진 나는 눈길을 밖으로 옮겼다. 눈발이 다시 굵어지고 있었다. 치우면 뭐하나. 내려라. 더 쌓여서 다 덮어버려라. 눈두덩이 뻐근하고 목구멍이 매캐하여 나는 자꾸만 헛기침을 했다.

제6장

책방여자

# 제6장

# 책방어자

해가 떨어지기 전이라 산책은 좀 이른가 싶었다. 게스트하우스를 나와 골목을 꺾었다. 전봇대에 매달아둔 이발소 표시등이 희끄무레하게 시야에 들어왔다. 돌지 않는 삼색원통이 거미줄만 둘러쓰고 있었다. 모터가 고장난 지도 오랜 듯했다. 여지없이 마주친 한 무리의 영감들이 이발소 앞에서 웅성거렸다. 그중 두 사람이 좌우를 살피더니 몸통 굵은 버드나무 뒤로 돌아가 고개를 숙였다. 나무둥치 양쪽으로 서로 다른 어깨가 절반쯤 드러나보였다. 손동작으로 보아 허리춤을 푸는 게 틀림없었다. 둥치에 뚫린 구멍을 향해 양기를 돋우나 보았다.

"에이 그것도 못 맞추나 그래."

"오줌발이 약해진 걸 낸들 어쩌것능가."

"긍께 자주 써야 된당게."

"아따 약올리덜 말어, 시방 사리 나오게 생겼어."

시시껄렁한 수작들이 제법 걸쭉했다. 서산머리에 걸터앉은 자들의 어설픈 대리만족이려니….

"그 물건으로는 거저 줘도 못 하겠구먼 그랴."

"누가 주느냐에 따라 다르지."

"그라믄 책방에 가서 말조께 잘 혀보드라고."

나는 고무줄 풀린 바지라도 흘러내린 듯 민망했다. 책방이라는 말에 화끈거리는 고개를 외로 꼬았다. 서학이발관에 발을 담그던 그날도 쑥스럽긴 마찬가지였다.

삐죽삐죽 귀를 덮은 거울 속 장발이 거슬렸다. 오후의 봄볕이 마당의 매화꽃잎에 투명하게 스며들고 있었다. 때 묻은 슬리퍼를 꿰고 꽃샘추위 머무는 골목으로 나섰다. 버드나무 주변에서 어정거리는 영감들의 어깨너머로 눈동자를 돌리다 불쑥 이발소로 꺾어들었다. 그러니까 나는 고향땅을 밟은 뒤 계절을 네 차례나 갈아입고서야 겨우 촌스러운 낯가림을 이겨낸 것이었다.

신기하게도 이발소는 내 어릴 적 그대로였다. 동네 경로당 노릇을 하는 것도 그렇고. 세 평이나 겨우 될까. 이발의자는 두 개였고 서너 명만 더 들어와도 누군가는 서 있어야 했다. 나는 안 맞는 청바지에 다리를 밀어넣은 기분이었다. 멋쩍은 헛기침을 돋우었다. 양끝에 먹물 먹은 형광등 아래로 곰팡이 낀 액자가 보였다. 그 안에 내장산의 가을풍경이 있었던 것 같기도 했는데 지금의 단풍그림이 삼십 년 전의 그것인지는 굳이 묻지 않았다. 그렇고 그런 이발소 그림 따위를 거론하는 것도 좀 실없지 않나.

유행에 무신경한 이발소가 아직 문을 열고 있는 건 지역의 특성 때문이었다. 이발사가 두 번 바뀌었다는 오십 년 동안, 나이든 사내들은 하릴없이 그곳을 드나들며 소문과 허풍으로 시간을 삭였다. 강 건너 한옥마을에

왁자한 관광객들만 쏙 들어낸다면 대대로 동네는 변한 게 없었다. 이웃집 안방에 코끝을 들이대는 습성들도 여전했다. 고집불통들은 옛것이 편한 법, 절반 이상의 한옥들이 발 빠른 외지인들에게 팔렸지만 토박이들은 멀리 가지 않았다. 그들은 남쪽으로 남천교를 건너와 서학동의 값싼 땅들을 주워 담으며 다시 눌러앉았다. 서학이발관은 버드나무 뒤에서 바지춤을 까는 사내들 덕에 유지되는 것 같았다. 이발사의 성긴 머리카락에서 포마드 바른 빗질자국이 번들거렸다. 막 환갑을 넘긴 듯한 그는 한쪽 다리를 절었다. 그가 작달막한 몸을 옮길 때마다 영감들이 엉거주춤 일어나거나 무릎을 돌려 길을 터줬다. 서로에게 적응된 움직임들이 자연스러웠다.

가위질이 끝나자 나는 세면대에 얼굴을 묻었다. 타일이 엉성하게 붙은 젖은 시멘트에서 비누냄새와 물비린내가 섞여 올라왔다. 그는 넓적한 빨래비누로 내 정수리를 쓱쓱 문질렀다. 화분에 사용하는 조리로 물을 뿌려가며 머리를 감기는 것도 옛날 그대로였다. 함석 조리의 녹슨 바닥 모서리에 오톨도톨한 땜질자국이 보였다.

며칠 후 나는 그곳에 다시 들렀다. 일부러 수염을 기른 뒤였다. 면도칼이 갈색가죽 위에서 왕복으로 미끄러졌다. 얼마나 오래 사용했는지 반질거리는 가죽띠는 허리께가 잘록하게 좁아져있었다. 이발사가 연탄난로 옆으로 다가가 삐딱하게 섰다. 어린애 덩치만 한 난로에서 온기가 느껴졌다. 그가 난로 옆구리에 거품 낸 솔을 두어 바퀴 돌려 문질렀다. 면도날의 감촉이 거품 발린 코밑을 쓰라리게 밀고 지나갔다. 백일몽이 깨지고 내게서 과거가 떨어져나갔다. 퍼뜩 눈꺼풀을 들어올렸다. 늙다리들 중에 나를 기억하는 이는 없었다. 다니던 초등학교 진입로가 도로로 잘려나간 것 같다고 하자 그들이 나를 위아래로 훑으며 고개를 끄덕거렸다. 내가 왜 내려왔는지 여기서 어떻게 세월을 죽이는지는 묻지 않았다. 고맙게도….

이발사가 내 얼굴 위에서 칼날을 움직이는 동안 소문들이 귓등을 스쳤다. 그러다 대화 한 도막이 불현듯 내 호기심을 건드렸다. 춤꾼 송갑석…. 나는 다시 더 깊은 과거 속으로 빠져들었다.

어릴 적 보았던 노인들이 흑백사진으로 떠올랐다. 그들은 서학동 버드나무 그늘에 자주 모였고 오래된 추억으로 막걸리사발을 비웠다. 갑석의 할아버지에 대한 칭송이 비빔밥에 참기름처럼 그들의 화제에 스며들곤 했다. 그의 할아버지는 만경 너른 벌에서 이천 석을 수확하던 양반이었다.

그는 자신이 살던 집을 그대로 뜯어내 소달구지에 싣고 와 전주천 북쪽, 그러니까 지금의 한옥마을에 옮겨지었다. 일본인들이 전주의 중심부를 장악하며 인구를 늘려가자 그가 앞장서서 조선인 세력을 심은 것이었다. 낡은 서까래며 기왓장들이 옮겨졌다. 소달구지 지나는 신작로에 한 달 내내 흙먼지가 날렸다. 상량식 날엔 징, 꽹과리 소리로 동네가 잔치분위기였다. 송씨댁에서 양조장을 독점하는 바람에 일본순사들과 시비가 붙기도 했다.

송씨의 집은 일인들의 확장을 막는 바리케이드이자 전선이었다. 그를 귀감으로 몇몇 조선인들이 힘을 보탰고 한옥마을이 모양을 갖춰나갔다. 갑석의 할아버지는 집을 옮겨짓는 과정에서 독립운동자금을 조성했고 그걸 상해임시정부로 보냈던 모양이었다. 갑석의 할아버지와 큰아버지가 동시에 붙잡혀 옥고를 치렀다. 치도곤을 당한 부자(父子)의 죽음과 집안의 몰락은 동시에 진행되었다. 옥바라지하던 할머니도 얼마 안 가 세상을 떴다. 화병이었다. 아버지의 뒤늦은 월북으로 갑석은 유복자가 되었다. 병약한 몸으로 생계를 도맡았던 어머니가 시름시름 앓다 죽자 누나들도 뿔뿔이 흩어졌다.

갑석은 가까스로 고등학교를 졸업했다. 고모뻘 되는 친척여인의 도움이 있었다. 갑석이 고향을 뜨기 전부터 춤꾼으로 알려진 것은 사실이지만 그가 춤을 배우는 걸 보았다는 사람은 없었다. 고수가 된 과정은 그야말로 미스터리였다. 학교공부에 취미가 없었던 그가 일찍이 얼굴 없는 스승을 만났다는 소문이 가장 그럴싸했다. 그가 사라진 뒤로는 어딘가에서 춤꾼을 보았다는 모호한 소식들만이 전설처럼 전해지곤 했다.

나의 어린 기억에도 춤추는 사내가 있었다. 어른들은 그를 혀끝에 올리다가도 아이들이 들으면 눈을 찡긋거렸다. 그이 손맛은 절대로 못 잊는디야, 라며 내 어머니도 귀 밑을 붉혔다. 사람들은 그가 나비처럼 날았다고도 하고 쥐같이 숨었다고도 했다. 하여 그는 스타였고 잡놈이었다.

내가 일면식이 없었던 송갑석과 마주친 건 그 여자의 서점에서였다. 주무르다보면 그럴듯한 시나리오가 될지도…. 전설의 춤꾼을 떠올린 설익은 기대가 이발소의 여운에 엉켜 내 머릿속에서 똬리를 틀던 참이었다.

감나무카페에서 남쪽으로 사오십 보쯤 골목을 따라가면 상가주택 두 채가 나왔다. 먼저 보이는 삼겹살집과 어깨를 나란히 붙인 건물 일층이 서점이었다. 호경기였던 80년대 중반 집장사가 동시에 지었다는 두 건물은 촌스럽게 이가 벌어진 대리석타일 외벽까지 쌍둥이로 닮았다. 주인이 안집으로 쓰는 이층과 달리 아래층 점포들은 임차인이 자주 바뀌더란다.

열댓 평쯤 될까싶은 바로 그 장소에 여자가 서점을 낸 것이었다. 신기했다. 근처에 오래된 교회와 교육대학이 있긴 해도 사람의 왕래가 뜸한 골목인데…. 초등학교 후문이 가깝다지만 학습교재나 문방구를 파는 것도 아니었다. '별은 흐르건만…', 이런 간지럽고 맹랑한 간판을 영화를 만드는 내가 그냥 지나칠 순 없었다. 그 아래 조그맣게 '문학과 철학서 전문'이라는 붉은 글씨만 없었어도 콧방귀를 날리고 말았을 것이다. 오지

랗으로는 못 말리는 수경이 떡 한 쪽 얻어먹지 못했다는 걸로 봐서 개업 식은 없었다.

나는 호기심에 이끌려 출입문을 밀었다. 서점이 문을 연 첫날이었다. 한동안 서가를 어슬렁거려도 사람은 나뿐이었다. 가게 뒤로 딸린 방문이 반쯤 열려있었다. 수군거리는 소리가 들렸다.

– 좀 더 데려올게요.

– 괜찮아, 이제 그만해….

쉰 목소리의 사내가 말끝을 흐렸다. 나는 게걸음으로 다가가 방안을 곁 눈질했다. 머리 희끗한 사내가 개다리소반을 사이에 두고 여자와 맥주를 마시고 있었다. 사내의 턱밑까지 올라온 하얀 티셔츠가 인상적이었다. 알 이 큰 선글라스가 사내의 부은 듯 푸석한 얼굴을 반쯤 가려주었다. 안경 아래로 빠져나온 콧대가 그의 몸매만큼이나 날렵했다. 그에게 단역으로 조폭두목을 주면 어울릴 것 같았다. 환갑을 진작에 넘겼을 이마의 주름과 검정 싱글수트가 그런 느낌을 거들었다. 여자가 병을 쥔 손목을 다른 손 으로 공손히 받치며 사내의 빈 잔을 조심스레 채웠다. 나는 멀리서만 흘 끗거리던 여자의 얼굴을 들여다보고 싶었다.

– 개업 축하합니다.

헐거운 인사말에 꼬리를 붙이며 시간을 끌었다. 사내가 불청객으로 향 하던 시선을 천정으로 올렸다. 수경의 게스트하우스에 머물고 있다는 둥 우물쭈물 얼버무리던 나는 머쓱해졌다.

– 선 감독님?

여자가 대뜸 들어오시라며 알은체를 했다. 수경과는 이미 아는 사이인 듯했다. 내가 손을 내밀자 남자는 악수를 받으며 자신의 이름을 댔다. 손 바닥이 축축하고 차가웠다. 사내가 내게 맥주를 따랐다. 병 주둥이가 잔에 닿을 때 따닥따닥 소리가 났다. 수전증이었다. 무표정한 그는 마른기침을 자주했고 그때마다 미간을 찡그렸다. 딱딱하던 방안 공기가 걷혔다. TV도 없이 단출한 세간이 한눈에 잡혔다. 구석에 붙여둔 작은 책상 위엔 만화캐릭터가 그려진 손가방과 참고서가 놓여있었다.

사내는 말수가 적었다. 나는 여자와 사내의 얼굴을 번갈아 훔쳐보다 잔을 급히 비우고 나왔다. 먹은 게 얹힌 듯 거북했다. 그 뒤로 서점에서 그를 다시 보지 못했다.

내가 서점을 기웃거리게 된 데는 또 다른 사연이 있다. 서점 뒷방에서 송갑석과 맞닥뜨리기 일주일 전쯤, 감나무카페에서 우연히 진식을 만났다. 조진식, 중학교를 같이 다닌 뒤로 30년 가까이 흘렀지만 우리는 서로를 주저 없이 알아보았다. 그가 껑충하게 자란 키와 구부정한 어깨로 내 포옹을 받았다. 홀쭉한 볼에 눈이 움푹한 그는 여전히 붙임성 없는 외톨이였다.

나는 촐랑대는 줄반장이었고 그는 교실 구석자리를 지키던 아이였다. 진식은 무신경한 아버지와 계모 밑에서 자랐다. 그는 미술시간이 되어서야 비로소 끼니 거른 얼굴을 펴곤 했다. 미술은 그가 유일하게 잘하는 과목이었다. 아이들이 그의 이름을 조진 자식이라 바꿔 불러도 그는 핏기 없는 입술을 비틀 뿐이었다. 나 역시 종종 그를 놀렸고 미안한 마음이 오래 남아있었다.

진식은 결혼에 실패했다고 했다. 두 해도 못 채우고 이혼을 했단다. 미대를 다니다 만난 같은 과 여학생이었다. 부잣집 딸이었다는데 제법 낭만파였던가 보았다. 두각을 보이던 그가 징집을 당하고, 제대 후 복학을 포기하고, 돈이 될 수 없는 그림만 그렸음에도 그에게 적극적으로 구애를 하여 결혼에 골인했다니.

그의 첫 작업실은 서학동 예술인마을 뒷골목, 빗물 스며드는 창고였다. 생계는 동네에서 가끔씩 들어오는 인테리어 공사로 이어갔다. 진식이 이혼 요구에 응한 건 아내가 아이를 지운 뒤였다. 돈벌이가 안 되는 남편에게 실망하여 아이를 포기한 여자와 돈이 안 되는 남자를 열렬히 사랑한 여자는 같은 여자였다. 오랜 만에 만나서 나누는 이야기치곤 무겁다싶었다.

– 야 야, 나 같이 못 가본 놈도 있잖아.

멋쩍은 웃음으로 분위기를 바꿨다. 효과가 있었다. 진식이 책방여자와 말을 텄다는 것이었다. 그는 들떠있었다. 이번에도 여자가 적극적이란다. 그렇게 끌리는 여자는 처음이라고도 했다. 진식은 결혼보다 사랑이 우선이라며 열변을 토했다. 그가 혀를 돌려 버캐를 핥았다. 그는 또다시 낭만파를 만난 게 틀림없었다. 중학생 딸을 둔 책방여자도 자기와 같은 생각이라니. 커피를 홀쩍거릴 때마다 진식의 이마에 골이 패였다. 커피 잔 잡은 손가락에 굳은살들이 박혀있었다.

진식은 대학생이 되자마자 잡혀 들어가 곤욕을 치렀다. 그 손으로 그린 걸개그림 때문이었다. 임수경이 평양에 다녀오고 임진각과 통일로에 드러누운 학생들이 '오라 남으로, 가자 북으로'라는 구호를 되살려내던 시절이었다. 오른손으로 들어 올린 커피 잔의 귀에 중지가 걸려있었다. 검지는 프레스 기계가 잘라먹었단다.

– 금형공장이었어. 졸업은 포기하고…. 그들 눈에는 위장취업으로 보였나봐. 난 그저 밥벌이였는데.

그가 담 높은 집에 다시 들어가게 된 이유였다.

– 누가 나 같은 백수를 좋아하겠냐.

진식은 책방여자에게 진심으로 고마워하고 있었다. 언뜻 그의 눈에서 물기가 비친 듯도 했다.

– 그래서?

여자가 서점을 열 때 인테리어 작업을 그에게 맡겼다고 했다. 돈은 받았냐고 내처 묻고 싶었지만 나는 침묵 쪽을 선택했다. 여자에 대한 호기심이 내 가슴속에서 부풀어 올랐다.


"오빠! 설득 좀 해줘봐."

수경이 골치를 앓고 있었다. 자신이 회장을 맡은 강남게스트하우스 모임에서 추진한다는, 이른바 회화마을 프로젝트 때문이었다. 서학동의 담장마다 벽화를 그리는 게 사업목표였다. 그들은 관광지가 된 북쪽의 한옥마을이 남쪽으로 확장되기를 기대하는 것 같았다.

"힘들게 모았단 말이야."

수경의 입이 코보다 더 튀어나와 있었다. 지난달, 회원들의 갸륵한 정성으로 700만 원이나 모았지만 예술인마을의 화가들은 요지부동이었다. 이 마을 화가라면 그런 천박한 상업성 그림을 누가 그리겠냐고 하더란다.

"다들 화풍이 안 맞는디야, 썩을. 자기들 작업하기도 바쁘다느만."

"바쁘긴, 팔리지도 않는 걸 그려대는 주제에."

"누가 아니래."

간청하는 수경에게 대꾸야 그렇게들 했다지만 거절의 이유는 다른 데에 있었다. 남천교 밑에서부터 교대를 거쳐 감나무카페 골목까지는 3백 미터도 넘었다. 긴 담장에 새 옷을 입히려니 수경이 걷은 돈으로는 재료비나 될까싶었다. 혼자서 그려보라고 하기엔 화폭이 너무 크고 화가에게 미대생들을 붙여주자니 어림없는 예산이었다.

"예술인마을에 발길이 잦아지면 자기들도 좋을 텐데 봉사 좀 해주면 안 되나?"

위로도 해줄 겸 나는 추임새를 넣었다.

"그러니까…."

입술을 삐죽거리던 수경이 갑자기 내게 얼굴을 들이댔다. 우리가 동시에 떠올린 인물이 진식이었다. 작업기간이야 좀 늘어져도 상관없었다.

"조 화백도 천박하다고 내치면 어쩌지, 빤하잖아, 전통문화를 소재로 하는 건데 관공서 벽화나 관광안내소 팸플릿하고 뭐가 다르겠냐고."

열렸던 미간을 좁히며 수경이 다시 무르춤해졌다.

"그래도 거기에 자기만의 예술혼을 집어넣으면 되는 거 아녀?"

수경에게 힘도 실어줄 겸, 나는 영화 만들 때 미술감독들로부터 주워들은 언어들로 무장했다. 아무리 어리숙한 진식이라지만 손해볼 장사는 거절할 터. 내가 곧바로 그를 찾아간다면 수경처럼 풀이 죽어 돌아오기 십상이었다. 쓰리쿠션을 치자. 서점으로 달려갈 좋은 구실이었다.

여전히 손님이 없었다. 카운터로 쓰는 탁자 뒤에 여자가 앉아있었다. 며칠 전 내가 곁눈질 하던 책이 탁자 위 독서대에 그대로 얹힌 채였다. H.B. William의 '이기적유전자 사용매뉴얼', 책갈피가 한참 뒤로 넘어가 있었다. 그녀도 이해했을까. 연전에 내가 겨우 파악했던 과학철학의 핵심 메시지는 도발적이었다. '여자는 창녀로 태어나 사랑으로 거듭나고 남자는 늑대로 태어나 지성으로 완성된다.' 위험한 책이었다. 이기적 본능에 충실한 남녀유전자의 한계를 인간종 특유의 사랑과 지성으로 극복하자는 저자의 속뜻을 놓칠 거라면 그 책은 차라리 모르는 게 좋았다.

한때 히틀러는 우생학에 빠져있었다. 그는 인간의 종내편차(種內偏差)

를 인정하라고 세상에 강요했다. 그에게 생물학은 거리낌 없는 학살의 근거였다. 세상이 원래 그렇게 생겨먹었으니 유전자의 생리를 정치에 이용하는 게 정당하다는….

그 이론은 암컷의 매춘적 속성도 합리화시켜줄 만큼 편리했다. 음습한 생식공간으로 악착같이 파고드는 수컷들과 그들의 본능을 이용하는 암컷들. 책방여자도 생물학적 현상을 당위론으로 여길까. 나는 조바심에 마른 입술을 핥았다. 여자가 빨간 매니큐어 바른 손가락으로 슬그머니 표지를 덮으며 눈인사를 했다. 전후 사정을 풀어놓는 내게 그녀가 천천히 고개를 끄덕였다.

"저도 전에 그림을 좀 그렸지요."

여자가 가지런한 이를 드러내 눈웃음을 흘렸다. 표정에 자신감이 묻어있었다. 솔직히 말하면 그건 내게 유혹이었다. 일어서는 대신 여자가 탁자 아래로 다리를 뻗었다. 폭이 좁은 탁자는 앞이 뚫려있었다. 원피스 밑단이 무릎 위로 한 뼘도 넘게 올라가 있었다. 그녀의 뽀얀 허벅지에서 눈을 뗄 수 없었다. 의자 위에 적당히 퍼진 엉덩이가 도발적이었고 사십대 초반이라기엔 군살이 없었다. 잘록한 허리곡선이 미끈하게 휘돌아 이윽고 내 사타구니를 묵직하게 눌렀다. 여자의 시선이 서 있는 내 몸의 중심부에 머무는 것 같았다. 나는 엄지발가락에 힘을 주며 애써 생각을 털어냈다. 여자가 도톰한 아랫입술을 윗니로 살짝 깨물었다. 동시에 그녀가 한쪽 다리를 꼬며 자세를 고쳐 앉았다. 그 몸짓이 방어적이라기보다는 수줍음으로 다가왔다. 나는 그 순간 무슨 향기를 맡았다고 생각했는데 라일락 같기도 하고 찔레꽃 같기도 했다.

야릇한 기분도 잠시, 나는 이내 무르춤해졌다. 슬그머니 내 안으로 들어온 불편한 느낌 때문이었다. 성자씨에 대한 부채감 같기도 하고 미안함 같기도 했다. 누군가 지금의 나를 엿보기라도 한다면 성자씨만은 아니어야 될 것 같았다. 알다가도 모를 일이었다. 내가 성자씨와 정식으로 데이트라는 걸 해보지도 않았고 무슨 약조를 한 사이는 더더욱 아니잖은가 말이다.

"안으로 들어와서 얼린 맥주 한잔 하고 가세요."

들고 보니 더운 날씨 같기도 했다. 여자가 냉장고 문을 열었다. 송갑석이 앉았던 자리에서 여자의 잔을 받으며 나는 혼란스런 열기를 차가운 액체로 눌렀다. 여자는 근무시간을 이유로 잔에 입술만 댔다가 내려놓았으므로 낮술 한 병을 나 혼자 마신 거였다. 여자가 진식과 협업을 하겠단다.

나는 돌아오자마자 수경을 재촉했다.

"서둘러, 마음 변하기 전에."

여자가 다음날 감나무카페로 진식을 데리고 나왔다. 비용을 선불로 전액 지급하는 조건이었다. 수경은 진식이 보는 앞에서 계약서를 쓰고 여자에게 돈을 건넸다. 나는 입회인 겸 증인이었다.


예상보다 진척이 빨랐다. 진식이 새벽부터 늦은 밤까지 쉬지 않았다. 여자는 가끔씩 나와서 일하는 진식의 뒤통수만 지켜보다 돌아갔다. 시간이 갈수록 그녀는 발길이 뜸해졌고 진식에게도 데면데면했다.

나는 진식의 조수가 되어있었다. 그림의 주제를 정하는 일이나 구도를 잡을 때 내가 훈수를 두었지만 진식은 풀어진 눈으로 먼 산을 자주 보았다. 진식의 밑그림 위에 정해진 색을 바르는 일도 심심풀이로는 맞춤이었다.

한쪽 다리를 끄는 사내가 다가왔다. 벗겨진 이마와 덥수룩한 구레나룻,

낮이 익었다. 정식으로 인사 나눈 건 아니지만 그도 감나무카페 단골이었
다. 그의 멜빵바지엔 온통 페인트 얼룩이었다.

"도와드릴 거라도 있나 해서요. 나도 칠쟁이라…."

진식이 좌우로 고개를 저었고 나도 거들었다.

"말씀은 고맙지만…."

우리 사이에 사내가 끼어들게 하고 싶지 않았다. 그가 무슨 말을 더 하
려다 말고 주위를 두리번거렸다. 그리고는 기우뚱한 걸음으로 이내 멀어
져갔다.

책방여자가 원하는 그림이 따로 있는 것 같지는 않았다. 여자가 작업
에 간섭을 한다거나 무엇을 주문하는 일도 없었다. 그녀가 어떻게 협조하
는지 물어도 진식은 멋쩍은 얼굴로 어색하게 웃었다. 물감은 어디서 구
하는지 물었다. 그의 대답은, 내가 전에 쓰다 남은 게 있으니까 우선 그
걸로, 였다.


나는 벽화작업을 핑계 삼아 서점에 자주 들렀다. 그때마다 그녀는 마실
것을 내놓았다. 대화는 유쾌했고 짓궂은 농담에도 여자는 탁구공을 받아
치듯 재치 있게 응수했다. 책을 사러온 사람은 여전히 드물었다. 이래가
지고 밥은 먹겠나. 도대체 월세는 어떻게 내는지도 궁금했다. 나는 쓸데
없는 오지랖을 주워 담는 대신 한 가지 제안을 했다.

"실내 분위기를 바꿔보는 게 어때요?"

여자가 눈을 동그랗게 떴다.

"이쪽 벽의 서가를 없애고 테이블을 세 개쯤 놓으시죠."

"그래서요?"

"책을 읽으며 차를 마실 수 있는 북카페로 바꾸시는 겁니다."

인테리어 작업을 해준 진식의 미적 감각에 나는 상업적 아이디어를 보태 생색을 냈다.

"맡아서 해주실 거죠?"

이튿날 나는 무거운 책들을 옮기며 팔자에 없는 노력봉사를 했다. 체크무늬 교복치마를 무릎 위로 접어 입은 여자애가 뒷방에 드나들었다. 아이가 쑥스러운 표정으로 내게 눈인사를 했다. 짙은 눈썹에 도톰한 아랫입술, 귀밑으로 실핏줄이 드러난 하얀 피부, 여지없이 여자의 딸이었다.

"이틀만 친구네서 자고 와."

여자가 아이를 쫓듯이 내보낸 뒤 나는 벽을 헐어내기 시작했다. 그리고는 뒷방을 통해 드나들던 부엌을 카페 주방으로 연결시켰다. 가게와 부엌 사이의 벽을 트는 작업이었다. 방에서 부엌으로 드나들던 쪽문은 손도 대지 않았지만 내 통장에 남아있던 470만 원이 빨린 듯 사라졌다. 바꿔 단 찬장과 중고 커피머신은 물론이고 손재주 없는 내가 큰맘 먹고 고용한 목수와 조수의 인건비까지 포함된 거금이었다. 다행히 목수가 배관공을 겸하고 있어서 싱크대를 옮기는 비용은 조금 줄일 수 있었다. 중고가구점을 돌며 사다 나른 원목테이블이 무거웠다. 일을 마치고 나는 대걸레로 바닥을 닦았다. 깔끔한 뒷마무리가 때깔을 더 내주는 법이니까.

아는지 모르는지 공사가 진행되는 이틀간 진식이 서점에 나타나지 않았다. 다행이었다. 여자가 맥주를 따르고 땅콩을 내 입에 넣어주며 눈을 찡긋했다.

"혹시 왈츠 한번 멋지게 춰볼 생각 없어요?"

뜬금없는 질문의 의도를 파악하느라 뜸을 들이며 나는 눈만 끔벅거렸다.

"고마워요, 장사 잘되면 갚을게요."

그녀가 마무리를 지었다. 아차, 책방 인테리어공사를 맡았다던 진식의 얼굴이 내 눈앞에 어른거렸다.

서점이 분주해졌다. 책과 잘 어울릴 것 같았던 커피가 열흘도 못 되어 뒷전으로 밀렸다. 대학생으로 보이는 축들이 종종 차를 주문했지만 여자가 썩 반기는 것 같진 않았다. 한쪽 눈을 책에 걸치고 다른 눈으로 주위를 살피는 사내들이 드나들기 시작했다. 샹송, 칸초네, 올드팝송 등이 서가의 사이사이로 흘렀다. 나이든 자들로 타깃이 슬슬 정리되었다. 화가들이 먼저였다. 여자는 그들에게 한 잔으로 끝나는 차보다 거푸 마실 맥주를 권했다.

그것도 수입브랜드로. 밀러나 아사히 정도면 감탄사를 쏟아대던 내게도 그녀는 더블 선샤인이나 모닝 딜라이트 같은 것을 추천했다. 볶은 커피향이 거품과 함께 목구멍에 스며든다는 버본카운티 브랜드 커피 스타우트라는 긴 이름도 그녀한테 처음 들었다. 가난이 직업이라던 화가들이 값비싼 맥주에 기꺼이 주머니를 털었다. 그래 봐야 테이블은 겨우 세 개, 책을 붙들면 좀처럼 엉덩이를 떼지 않는 손님들이 매상에 도움 될 것 같지도 않았다. 마시던 양주를 보관해주는 바텐더처럼 여자는 책갈피를 끼워 그들이 읽던 책을 따로 챙겨주었다.

"취하면 글자가 눈에 들어오나요?"

일인당 한 병 이상은 팔지 않는다는 말을 그녀가 입에 달고 있었지만 규칙은 아닌 성싶었다.

그녀는 종종 단골손님들에게 춤을 어떻게 생각하는지 물었다. 카운터 뒷벽에 걸린 유화에 그들의 시선이 멈췄다. 유럽의 어느 궁전으로 보이는 홀에서 남녀가 끌어안고 춤추는 장면이었다. 그림 속 여자는 대낮에 꿈을

꾸는 사람처럼 눈동자가 반쯤 위로 걸려있었다. 사내들이 고개를 주억거렸다. 화가들의 반응이야 빤한 거지만 술 이름과 서양식 댄스에 해박한 책방여자를 어떻게 이해할 것인가. 나는 그녀가 굳이 서점을 차린 이유를 생각해보았다. 혼란스러웠다. 책은 세상의 밑바닥에서 자신을 떼어놓는 전시용인지도 몰랐다. 책방은 골목에서 유리벽 너머로 훤히 들여다보였고 여자는 그 안에서 철학을 읽었다. 우아한 자태에서 술집여자의 흥건한 모습을 떠올릴 사람은 드물 것이었다.

"너 혹시 뭐 좀 들은 거 없냐?"

"왜 이렇게 관심이 많으실까."

수경이 내 눈을 바투 들여다보며 이죽거렸다.

"갸가 이 동네서 초등학교를 다니다 서울로 전학을 갔는디…. 오 학년 때 같은 반이었지 아마. 나를 자세히 기억하더라고. 하긴 내가 외모가 좀 튀잖아?"

"아, 너는 됐고."

수경이 눈을 희게 흘기다 말을 이었다.

"그게 그러니까, 갸네 아버지가 노름빚에 몰려 야반도주했지 아마. 엄마는 갸한테 남동생 둘을 맡겨놓고 일 나가고. 그 바람에 결석을 밥 먹듯 했는디…. 그래 맞아, 갸는 그때도 순정만화를 끼고 살았어. 몰래 연애소설 읽다가 담임한테 쥐어박히기도 했지."

"그럼 문학소녀였구먼?"

수경의 말꼬리를 잘랐다. 여자에게 책방은 우연이랄 수도 없었다.

"근데 요즘 남자동창들이 앞 다퉈 갸를 알은체 한다네. 벌써 소문이 쫘악 퍼졌어. 웃기지?"

웃기지 않았다. 하단전 근처가 꼿꼿해지며 도전 욕구가 꿈틀거렸다. 생색 좀 내려다가 경쟁자들만 잔뜩 끌어들인 내게 삶의 목표가 생긴 것이었다.

목표를 정했으면 사냥감의 습성을 알아야 한다. 습성을 알고자 하면 그 동물의 생리부터 연구해야 한다. 서식환경에 대한 조사는 기본이다. 인간도 마찬가지. 머릿속에서 책방여자의 주변인물부터 훑었다. 마음에 걸리는 자는 두 사람. 진식과 송갑석이었다. 지피지기는 기본. 진식이야 빤한 인간이라 전략 수립에 별 문제가 없지만 송씨는 오리무중이었다. 적을 모르면 두려움이 앞서는 법. 언젠가 그에 대하여 들었던 소문의 진앙지를 찾았다. 마침 거울 속의 내 머리털이 귓바퀴를 무질서하게 덮는 중이었다.

영감들이 버드나무 뒤로 돌아가 고개를 숙이기를 기다리며 다가갔다. 이야기를 자연스럽게 꺼낸 다음 이발소로 들어가면 스피커들은 나를 따라 들어올것이다. 그때 이발의자에 올라앉으면 나는 준비완료다. 온종일 제 이야기를 들어줄 귀를 기다리던 자들은 자가발전을 한다. 좁은 공간을 무대 삼아 그들은 온갖 몸짓을 동원한다. 마침 이 동네 최고의 소식통, 부동산 박씨가 끼어있었다.

"이 근처에 송씨 춤방이 있다면서요?"

아무에게나 던진 떡밥이었다.

"삼겹살집 지하실 말이여?"

예상대로 박씨가 먼저 마이크를 쥐었다.

"아, 이 사람아, 배운 사람이 춤방이 뭐여. 스포츠댄스라고 안 허등가?

요새는 큰 교회 문화센타에도 그런 프로그램이 있당께. 거그도 내가 얼어줬어."

송씨의 교습소가 다른 중개인의 작품이었다면 그의 반응은 달라졌겠지. '교회 앞에 춤방이 다 뭣이여 남세시럽구로.' 이렇게 핀잔을 주고도 남을 사람이었다. 허나 박씨는 이미 송갑석 편에 서 있었다. 흑백TV 시절 대한늬우스의 화면 모서리로 낯을 가리며 숨던 사람들이 있었다. 송씨도 그 중 한 사람이었을 터, 들이치는 경찰에 쫓겨 다녔을 것이었다. 요즘의 도박장처럼.

"그 시절 춤바람 참으로 대단했제잉. 인물 조께 되는 것들치고 거기에 안 빠져본 여자가 있었당가."

40년 만에 불쑥 나타난 송씨의 파란만장한 드라마가 늙다리들의 입에서 조각들로 빠져나와 내 머릿속에서 조립되고 있었다.

"그이 얼굴 보기 힘들어, 통 안 돌아댕깅게."

다른 영감이 끼어들었다.

"그 이가 즈그 아부지 재산을 정리하러 돌아왔다등만. 조상땅을 나라에서 앞장서서 찾아준단디 취득세만 거둬도 그게 얼맨지 아능가."

"음마, 송씨 집안에 재산은 뭔 재산, 그런 게 남아있었다면 시방꺼정 거지꼴을 허고 돌아댕겼겠능가."

"워째 거지여. 한때는 겁나게 잘나갔다등만. 노태우 때도 팔도사방에서 방구깨나 뀌는 부잣집 마나님들이 침 흘림서 좇아댕겼디야, 손 한번만 잡아도라고."

이쯤 되면 내가 어릴 때 듣던, 나비처럼 춤을 춘다는, 그리하여 잊을 수 없는 손맛을 가졌다던 그 사내는 송씨가 틀림없었다.

"거시기 머시냐, 저 웃동네 솜리떡 기억 안나? 월남서 돌아온 오 서방이 길길이 뛰다가 송씨한티 칼침을 놓아부렀자녀. 춤바람 난 마누라가 그

다음날 사라졌지 아마.”

“하이고 난리도 아니었제잉, 글고 봉게, 송씨가 동네에서 쫓겨날 때 자네도 몽둥이 들고 설치지 않혔등가?”

“얼라리? 생사람 잡지 말어, 이 사람아.”

이발소에 돈을 떨어뜨릴 이유가 없을 법한 대머리가 발끈했다. 자칫 멱살잡이라도 할 분위기였다. 옥신각신하는 둘을 떼어놓으려는 듯 잠자코 있던 이발사가 끼어들었다.

“아, 긍게, 그이가 호색을 뻗치다가 몸 상혀서 죽을 때가 된게로 고향 찾아 들어온 것이로구먼.”

“뭣이여?”

박씨가 언성을 높이며 나섰다.

“자네도 알잖여. 송씨 가문이 어떻게 쓰러졌는가.”

젊은 축에 속하는 박씨가 영감들에게 대드는 모양새를 피하느라 나와 거울에서 눈을 맞췄다.

“우리가 양심이 있으면 그 집안을 숭볼 수 없는 것이여.”

박씨의 위세에 눌려 논쟁이 잠시 수그러들었다.

“근디 이 동네에서 춤을 다시 춘다고 돈이 되겠어?”

“까깝헌 소리 해쌌네. 아, 이 사람들아. 춤이란 것도 예술이여. 돈이 안 되더라도 그게 팔자라면 춰야 되는 것이다, 이 말씸이여. 무당이 신내림 굿을 왜 허간디. 이 동네가 원래 예향이여, 알아들어? 양춤이라고 워째 예술이 못 되것능가. 나는 시방이라도 물팍만 썽썽허먼 배워보고잪어.”

나이가 위로 보이는 노인이 쇳소리로 쐐기를 박았다. 송갑석에 대한 궁금증이 오히려 더 자라났다. 돌아온 그가 왜 하필 이 골목에 교습소를 차려놓았을까. 삼겹살집 지하엔 간판도 없었다. 그 곳이 그의 숙소 겸 교습소라는 것도 나는 이발소에서 겨우 알았다.

　해질 무렵 삼겹살 안주에 혼자 마신 소주 반병이 제법 취기를 올렸다. 은폐물도 없는 목표에 접근하기가 못내 쑥스럽던 터였다. 고양이 걸음으로 내려간 계단아래에서 리드미컬한 음악이 흘러나왔다. 영화관의 그것처럼 두툼한 문짝을 슬그머니 잡아당겼다. 우측으로 드러난 신발장부터 살폈다. 가지런히 끼워둔 신발들 중 여성용은 앞이 터진 구두 한 켤레뿐이었다. 정면에 빠끔히 열린 쪽창 너머로 팔걸이 헤진 쥐색소파와 키 낮은 탁자가 들여다보였다. 송씨가 사무실로 쓰는 공간이었다. 한쪽 벽으로는 가슴 높이의 냉장고와 싱크대가 있고 주전자 찻잔 등, 부엌에서 흔히 보는 물건들이 그 위에 놓여있었다. 긴 소파 뒤로 걸린 커튼을 젖히면 그의 침대가 있을 것이었다. 나는 바닥에 놓인 슬리퍼로 갈아 신고 좌측의 중문 손잡이를 돌렸다.

　음악소리가 갑자기 커졌다. 은은한 조명아래 검정바지와 흰 와이셔츠를 입은 사내들의 시선이 동시에 내게로 쏠렸다. 낯이 익었다. 하나, 둘, 셋, 넷, 북카페의 테이블을 차지하던 화가들. 그들은 육사생도처럼 옆줄이 도드라진 바지를 입고 있었다. 바짓단 밑에서 댄스용 검정구두들이 반짝거렸다. 삼박자의 음악이 취기를 깨웠다. 나는 플로어의 중앙으로 재빨리 고개를 꼬았다. 우아한 시범 춤사위가 펼쳐지고 있었다. 책방여자와 송씨, 오직 두 사람의 몸짓이 네 귀퉁이를 돌며 스무 평 남짓한 공간에 그림을 그려나갔다. 그들은 왈츠의 템포에 몸을 맞대고 미끄러지다 멈췄고 가라앉았다가 솟아올랐다. 한 쌍의 나비를 보는 듯했다. 잔기침을 하며 어깨를 구부정하게 늘어뜨리던 송갑석은 간데없고 수컷의 냄새가 무대를 지배했다. 이내 룸바로 이어졌다. 동선이 짧아졌다. 남녀의 어깨와 허리가 흐느끼듯 움직였고 그들은 하나인 듯 둘이었다가 또다시 한몸이 되곤 했다. 여자의 얼굴이 불그레하게 달아올랐다. 벽을 채운 거울 속의 여자는 눈을 반쯤 감고 있었다. 서점에 걸린 그림 속 여인이 빠져나온 것 같았다. 왼손으로는 상대의 손을 쥐고 오른손으로는 등을 단단하게 받친 사내의 울타리 속에서 여자는 현실을 잊은 듯했다. 나는 잠시 송갑석의 몸을 빌려 그녀를 내 안에 가두었다. 커플이 두 바퀴를 돌자 꿈인 듯 몽롱하던 음악도 끝났다. 동작을 멈춘 그들이 가장자리로 걸어 나왔다. 여자의 부축을 받으며 다가온 송씨가 의자에 털썩 몸을 부렸다. 셔츠가 등에 달라붙어 있었다.

숨을 몰아쉬는 그의 턱끝에서 땀방울이 뚝뚝 떨어져 내렸다. 선글라스를 벗은 그의 맨얼굴에 퍼뜩 누군가가 겹쳐보였다. 넓은 미간, 처진 눈꼬리, 길고 가는 콧날, 북카페를 만들어줄 때 만났던 아이였다.

잠시 후 여자는 교대로 사내들의 손을 잡아줬고 그들은 여자에 이끌려 어설픈 걸음마를 떼었다. 송씨가 시범을 보인 대로 사내들이 느린 삼박자에 몸을 맡겼다. 하나같이 그림 속 여자의 표정이 되어있었다. 사내들이 차례로 한 바퀴씩 돌고나자 여자가 전축으로 다가가 스위치를 눌렀다. 그녀가 내게 시선을 맞추며 말없이 고개를 까딱했다. 이제 알겠냐는 표정으로 그녀가 다시 묻고 있었다. '왈츠 한번 멋지게 춰볼 생각 없어요?' 내 가슴속에서 원시의 북이 거칠게 진동했다. 그녀의 손을 잡을 수만 있다면 그까짓 공사비쯤이야. 꼬리 잘린 음악이 아직 공간을 부유했고 나는 현실로 되돌아오는 게 쉽지 않았다.

슬그머니 밖으로 나와 교습소 출입문을 엉덩이로 눌러 닫았다. 잰걸음으로 계단을 내려오는 발소리가 들렸다. 계단참에서 맞닥뜨린 얼굴은 진식이었다. 집창촌 골목에서 마주친 지인들처럼 우리는 무르춤하게 서로를 받아들였다. 그는 익숙해진 발걸음인 듯했다. 책방여자는 진식에게도 그렇게 빚을 갚고 있었다. 나는 좀 전에 여자가 손을 잡아주던 사내들을 생각했다.

"여긴 남자들뿐이여?"

멋쩍은 내 질문에 진식이 고개를 주억거렸다. 송씨가 여자들은 더 이상 가르치지 않는다는 것이었다. 춤 배우는 사람은 책방여자가 데려온 사내들이 전부라며. 송씨에게 춤추는 공간을 제공한 사람도 그녀였고 그의 일상을 돌보는 것도 그녀의 몫이었다.

나는 바닥에 천을 댄 댄스구두를 서둘러 맞췄고 삼겹살집 지하 계단을 뻔질나게 밟았다. 초면의 사내들도 있었다. 그들 역시 여자의 포로가 되어 어설픈 걸음을 배우는 중이었다. 시간이 갈수록 그녀는 대머리와 흰머리, 배불뚝이와 홀쭉이, 롱다리와 숏다리를 가리지 않았다. 송씨의 기침이 심해졌고 시범은 몹시 힘들어보였다.


"좀 와주실래요?"

전화기 너머에서 가늘게 떨리는 목소리가 건너왔다. 늘어지게 자고 일어나 쓴 커피로 정신을 추스를 때쯤이었다. 골목을 돌아 서점 앞에 도착하자 여자들 셋이서 손을 털며 나왔다. 나는 몇 걸음 더 지나쳐 전봇대 뒤로 몸을 숨기고 곁눈질로 지켜보았다. 키가 크고 광대뼈가 불거진 여자의 손아귀에서 길고 까만 머리카락이 한 움큼 풀려나와 바람을 탔다.

"내일까지 그 돈 만들어놔. 오백이여, 이 사기꾼 년아. 저걸 첨부터 발을 못 붙이게 했어야는디."

야간업소에서 색소폰을 불었고 지금은 그림을 그린다던 사내가 키 큰 여자의 얼굴 위로 겹쳤다. 그도 책방여자가 손 잡아주길 기다리던 지하실 멤버였다. 각진 턱에 윗배 불룩한 김성기 장로, 엊그제 그가 꽉 낀 바지로 왈츠리듬을 맞추고 있었다. 셋 중에 몸통이 크고 팔뚝 굵은 여자는 깡패로 소문난 부동산 박씨의 아내였다.

"몇 백씩 갖다 바친 미친놈들이 더 있을 것이여. 저게 반반해가지고 동네망신 다 시킨당께, 개잡년."

또 다른 여자가 그 뒤를 따라 서점을 나오다 되돌아서 출입문을 찼다. 거친 욕설이 골목 가득 퍼져나갔다.

실내는 난장판이었다. 깨진 맥주병에서 흘러나온 액체가 바닥에 흥건했다. 서가에서 빠져나온 책들이 찢겨진 채 바닥에 아무렇게나 뒹굴었다. 프런트 탁자 위에 놓여있던 그녀의 독서대도 모지락스럽게 밟힌 듯 제 모양을 잃고 구석에 처박혀 있었다. 서가 뒤에 책방여자가 웅크리고 앉아있었다. 실핏줄로 금이 간 여자의 흰자위에 물기가 고였다. 그녀가 헝클어진 머리카락을 눌러 매만졌다. 손님들이 들어오기엔 일렀고 다행히 그녀의 딸아이도 학교에 있을 시간이었다. 나는 엎어진 테이블부터 서둘러 일으켰다. 그녀가 바닥을 쓸어 깨진 머그잔 조각들을 모았다. 나도 청소는 도왔지만 사태를 수습할 엄두가 나지 않았다. 여자가 왜 하필 내게 연락을 했을까. 실없는 질문이었다. 나는 휴대폰을 꺼내 진식의 번호를 눌렀다.

허겁지겁 달려온 진식이 부들부들 떨었다. 그가 성한 병을 냉장고에서 꺼내와 여자에게 맥주를 따라줬다. 거푸 석 잔을 마신 여자가 고개를 가슴에 묻었다. 흐느낌이 좀처럼 그치지 않자 진식이 손을 끌어 그녀를 방으로 옮겨 눕혔다. 진식과 나는 여자의 북카페에서 쓰디쓴 낮술을 이어갔고 묘한 동료의식 같은 걸 피처럼 타서 마셨다. 여자에겐 혼자 사는 사내들이 만만했을 것이었다. 위기상황에서 내게 연락한 이유도 별반 다르지 않을 것이고.

　소송을 당하지 않을 만큼, 그녀가 딱 그 정도의 액수를 주변 사내들한테 두루 챙겼다는 걸 진식도 알고 있었다. 명목은 교습비였다.

　"괜히 사기로 고소해봐야 경찰서 불려 다니며 골치만 아프지 뭐. 집장만 할 돈도 못 되는데. 그러다 소문이라도 퍼져봐…."

　마누라들이 직접 나서서 화풀이를 한 것에 대한 진식 나름의 진단이었다.

　"교습비 치곤 좀 많지 않나?"

　"다 버리고 뛰쳐나온 여자들도 있었다는데 뭘, 나야 그런 걸 따로 챙겨줄 인생도 못 되지만…."

　진식이 개업 때 공사를 해준 대가도 그렇거니와 벽화작업으로 받은 돈도 여자는 그렇게 상계했다. 머뭇거리던 나도 최근의 북카페 공사비에 관한 이야기를 털어놓았다. 진식이 천천히 고개를 끄덕였으나 표정의 변화는 없었다.

　다음날부터 서점은 문을 열지 않았다. 여자가 전화를 받지 않았고 문틈으로 들여다본 내부엔 인기척이 없었다. 용기를 내 다시 찾아간 송씨의 지하실 문에도 거미줄이 걸렸다.


　"다 됐어."

　진식이 벽화작업을 드디어 끝낸 모양이었다. 기름기 빠진 그의 뺨에 피로가 절어있었다. 그를 따라 벽화구경에 나섰다. 어눌하게 설명하던 그가 멈춰 섰다. 서점을 비스듬히 마주한 담벼락 앞이었다. 거기엔 남사당패로 보이는 무리가 공연을 하는 모습을 그려놓았는데 진식의 검지 끝에 내가 지나다니며 흘려버린 얼굴이 있었다. 오똑한 코에 아랫입술이 도톰한 여인. 낯이 익었다. 사내들과 어울려 어깨춤을 추는, 살짝 들어 올린 치마 밑으로 버선코를 내민 그녀의 반쯤 감은 눈길이 맞은편 사내에게 박혀있었다.

흰머리에 넓은 미간, 처진 눈꼬리와 길고 날렵한 콧날을 가진 그 역시 구면이었다. 진식의 소망과 그가 힘겹게 받아들인 현실이 어우러져 만든 춤사위. 진식의 옹색한 자리도 그림 속 어딘가에 있을 것이었다. 의리와 질투 사이를 건너다니던 내 머릿속이 텅 비워졌다. 고여 있던 침묵이 힘들게 빠져나갔다. 등 뒤에서 누군가 다가와 벽화에 시선을 꽂았다. 그 페인트공이었다. 그가 고개를 끄덕이며 느리게 한마디를 내려놓았다.

"욕보셨구먼요."

"…"

계면쩍었나 보았다. 그가 이내 어깨를 돌렸다. 그리고는 다시 주변을 두리번거리다 다리를 끌며 멀어져갔다.

"어젯밤 문자를 받았어."

나는 더 이상 숨길 수 없었다. 아니, 진식에게만은 숨기고 싶지 않았다. 사흘이 멀다 하고 나는 그녀에게 전화와 문자를 보냈고 드디어 답장을 받았다. 글은 '선생님은 천국을 보여주신 분입니다. 그분은 제가 사는 이유였어요.'로 시작되고 있었다. 고단했던 삶에 숨구멍을 열어준 송갑석에 대한 감사와 연민이 절절히 녹아있었다.

"송씨가 죽었대. 마지막 춤을 고향에서 추고 싶어 했다더라. 너한테 전해달래, 그간 고마웠다고."

'전해달래'는 내가 꾸며낸 말이었지만, 진식이 밝히지 않았으므로 우리가 여자에게서 같은 문자를 받았는지는 알 수 없었다. 그녀의 손을 잡아본 사내들이 동시에 같은 소식을 접했을지도 몰랐다. 진식의 넋 나간 눈이 남사당패 그림에 꽂혀있었다. 진식은 그 자리에 심어놓은 듯 미동도 하지 않았다.

"힘내야지, 큰일도 했는데."

나는 그의 처진 어깨를 뒤에서 두드리며 하나 마나 한 격려를 했다. 그의 어깨가 조금씩 움찔거렸다. 우는 것 같았다. 같이 서 있기도 뭣해서 돌아서는데 등 뒤에서 그가 코맹맹이소리로 중얼거렸다. '그리워'였나 '허무해'였나. 내 짐작인지도 모를 단어들이 꼼지락거리다 사라졌다.

터벅터벅 숙소로 향했다. 버드나무가 서학이발관 안으로 긴 그림자를 밀어 넣었다. 영감들이 나무 주위를 서성거렸다. 나는 숨듯이 뒷길로 방향을 틀었고 문득 마주친 오거리상회에서 쥐포와 소주 한 병을 샀다. 내가 걸음을 옮길 때마다 낡은 구두굽이 힘없이 달각거리며 바닥을 끌었다. 뒤꿈치가 유난히도 헐거웠다. 길 끝에 걸린 동그란 간판이 점점 커졌다. 소원, 두 글자가 새삼스럽게 다가왔다.

나의 소원을 생각했다. 고향에 돌아온 나는 무엇을 욕망하는가. 수경과 구서방이 대문을 열고나와 감나무골목으로 방향을 꺾었다. 손님 없는 날의 이른 퇴근인 듯했다. 부부가 나를 못 보고 지나쳤다. 다행이었다.

방문을 열자 새삼스럽게 군둥내가 달려들었다. 늙다리 총각의 홑이불이 몸뚱이만 빠져나온 게으름을 동굴처럼 지키고 있었다. 격자무늬 창을 비스듬히 넘어온 노을 빛이 바닥에 부려놓은 내 몸뚱이를 조각냈다. 나는 쪼개진 몸뚱이를 소주로 적셨다.

제7장

귀

# 제7장

# 귀

우리는 자주 길을 잃는다. 원치 않는 길로 끌려가기도 하지만 스스로 길 아닌 길을 선택하기도 한다. 인간은 자기가 보고 싶은 것만 보고 믿고 싶은 것만 골라 믿는다. 선택도 천성이다. 고통스런 경험도 천성 앞에서 맥을 못 춘다. 후천적 학습효과는 무력하다. 하여 나는 학습과 경험을 신봉하는 자들의 열변을 귓등으로 흘린다. 인간이 빈 서판으로 태어난다고? 소가 웃을 일이다. 페인트공 나호규, 그는 교육학자들의 객쩍은 주장을 밀어버릴 대패 날을 세워준 사람이다.

*

노트북을 들고 감나무카페로 향한다. 게으른 아침식사 뒤 쓴 커피가 당길 때쯤이다. 출입문을 열고 버릇처럼 창가 구석으로 들어간다. 못 보던 남녀가 내 자리에 앉아있다. 나는 일간지 하단 오늘의 운수에서 불길한 구절이라도 본 느낌이다. 헛기침으로 기분을 추스르며 아무데나 엉덩이를 부린다. 밖으로 눈을 돌린다. 호규씨의 빈자리가 보인다. 마당 한구석 감나무 밑 하얀 플라스틱 의자가 그의 고정석이다.

나는 카페의 창문 너머로 호규씨를 처음 보았다. 귀향한 며칠 뒤였다. 둥근 얼굴에 구레나룻이 가득했다. 성긴 머리털, 넓은 이마, 커다란 눈망울에 속눈썹이 긴, 말하자면 그는 순한 곰돌이 같은 인상이었다. 그가 요즘 바빠졌다. 예사롭지 않은 느낌에 궁금증이 쏠린다. 노트북을 열고 그의 이름이 적힌 파일에 클릭한다. 요즘 나는 그와 관련된 이야기들을 모으고 그의 주변인들을 살핀다. 카페 안을 기웃거리는 동네 여자들의 수다가 반갑다. 제 사무실 전기요금 아끼려고 에어컨 바람 시원한 카페에서 업무를 보는 부동산 박씨도 관찰 대상이다.

"여그서 계약서를 쓰면 끝이 좋더랑게 흐흐."

그가 주방 쪽으로 곁눈질을 하며 중얼거린다. 아메리카노 한 잔으로 온종일 들락거리자니 성자씨의 눈치를 안 볼 순 없겠지. 전화기에 대고 떠드는 그의 목소리에서 나는 이 동네 부동산 시세까지 파악한다. 길거리에 굴러다니는 넝마 한 조각도 말을 한다. 하물며 오래된 동네에서 토박이들이 물고 오는 소문들은 그 근거를 따질 일도 아니다. 눈물 콧물 뒤섞인 사연들을 짭조름한 젓갈처럼 발효시켜 시나리오로 엮는 게 내 일이니까. 귓바퀴 스치는 뒷담화도 각각의 색깔과 쓰임새가 있다. 나는 아이들의 손에서 풀려난 레고조각 같은 이야기들을 노트북에 먹여 재조립한다. 그러다보면 철없는 창자가 또다시 신호를 보낸다. 나는 슬그머니 카페를 나와 허기 채울 곳을 찾는다.

카페 앞 좁은 도로가 북에서 막히면 전주천이다. 오늘은 시계반대방향으로 한 바퀴 돌아올 생각이다. 약빠른 서울사람들 차지가 된 강북상권은 딴 세상이다. 후줄근한 '나 홀로 손님'을 반겨줄 식당이 남아있을 리 없건만 나는 아직도 미련을 버리지 못한다. 일진이 좋으면 친절한 신장개업 식당을 만날지도. 넥타이 맨 화분들을 길가에서 자주 마주치던 터였다. 무지개 모양의 남천교를 밟아 올라 청연루에 걸터앉는다. 대궐 같은 정자가 다리의 중간을 팔작지붕으로 길게 덮었다. 수십 개의 기둥들이 전주천을 타고 날아온 거대한 재두루미 날개 같은 지붕을 이고 있다. 흐르는 강물을 내려다보며 생각을 고르기엔 맞춤이다. 나무기둥 사이로 스며든 관광객들의 표정이 해사하다. 나는 쩍 소리가 나게 입을 벌린다. 두루미의 겨드랑이를 통과한 강바람을 뱃속으로 몰아넣는다. 다리 끝에서 한옥마을로 접어든다.

점포를 뜯어고치는 곳에 내 시선이 머문다. 리모델링 현장에서 종종 마주치는 호규씨는 긴 막대 끝을 잡고 있다. 롤이 구른다. 걸쭉한 액체가 벽을 타고 영역을 넓힌다. 색색의 페인트 묻은 면바지가 사다리를 탄다. 걸을 때 끌리는 한쪽 다리가 그 위에서 불안하다. 눈인사가 대개는 빗나간다.

공예품전시관과 떡갈비집을 지나 왼쪽으로 몸을 비틀면 왁자한 사거리, 나는 상투 튼 사내와 마주친다. 동학혁명기념관 외벽에 새겨진 전봉준의 얼굴에서 슬픔을 느낀다. 나는 그곳을 스무 번은 드나들었다. 관리들의 횡포와 썩어빠진 조정에 맨몸으로 덤벼든 민초들이 내게 분노를 선사한다. 나는 세월을 훌쩍 건너온 그들의 한을 씨줄 삼아 현재진행형 날줄에 엮어볼까 궁리한다. 기념관을 지나면 먼발치로 성당의 첨탑이 보인다. 신앙을 지킨 죄로 목이 잘린 자들의 흔적이다. 나는 주머니의 무게를 달아보다 다시 남으로 향한다. 싸전다리를 건너 초록바위 밑을 스친다. 자신의 죄목도 모른 채 매달린 자들의 아우성이 발걸음을 다시 붙든다. 느닷없는 냉기가 땡볕을 가르고 옆구리로 파고든다.

　되돌아온 올가미 모양의 산책코스는 결국 서학동 골목의 허름한 식당에서 멈춘다. 늦은 점심을 그렇게 해결하고 다시 카페로 향한다. 성자씨에게 겸연쩍은 웃음을 날린다. 나는 문득 부동산 박씨를 이해한다. 성자씨가 말없는 미소로 끄덕여준다. 누렇게 바랜 땡볕이 앞마당의 감이파리 위로 비스듬히 눕는다. 나는 호규씨의 노래를 기다린다.

　"파르티로노 레 론디니~ 달미오 빠에세 프렛도 센자 솔레~"

　전주교대 기숙사 붉은 담을 타고 호규씨의 목소리가 먼저 도착했다. 물망초, 성악버전이었다. 내가 고등학교 일 학년 음악시간에 교단으로 불려나가 진땀 흘리며 부르던 노래였다. 무조건 가사를 외울 것을 강요받았다. 우리들은 난쟁이똥자루로 불리던 배불뚝이 음악선생과 눈을 마주치지 않으려 애썼고 이태리 말을 한글로 옮겨 적으며 고통의 시간이 어서 지나가기만을 바랬다. 가사는 혀에 들어붙지 않았고 노래가 끊길 때마다 우리는 매를 맞았다. 대나무뿌리를 지휘봉으로 사용하던 음악교사는 그걸로 아이들의 머리통을 때렸다. 노래가 대나무 마디처럼 끊겼고 그 이유로 다시 대뿌리가 춤을 췄다. 억세고 단단한 마디가 두개골을 울릴 때 아이들은 눈물을 찔끔거렸다. 내 머리도 부어올랐다. 훈련병처럼 짧게 깎아 파르스름하던 두피가 이내 벌게지곤 했다. 그때마다 나는 음악선생의 끈적거리는 웃음을 견뎌내기가 몹시 힘들었다. 그렇게 배운 노래였다. 공포를 조장하던 음악선생 덕분에 나는 아직도 첫 구절을 기억한다. 내게는 꺼림칙한 기억의 노래를 신기하게도 호규씨는 끝까지 외우고 있었다.

　카페 안으로 부동산 박씨의 목소리가 먼저 침입했다.

"일 없당게 왜 이런디여?"

그의 소매를 잡아끌며 먼저 출입문을 연 사람은 김성기화백이었다. 도톰하게 튀어나온 배 위로 청바지를 잔뜩 끌어올린 그가 자신의 그림 아래로 먼저 자리를 잡았다. 내가 고개만 돌리면 대각선으로 훤히 보이는 주방쪽 카운터 앞이었다. 박씨도 못 이기는 척 김 화백을 따라가 탁자 맞은편 의자에 애매하게 걸터앉았다. 벽에 걸린 모란꽃이 두 사내를 내려다보았다. 우측 하단에 김 화백의 싸인이 붙어있었다. 임자가 걸리거든 팔아달라며 그가 걸어놓고 갔다는 그림이었다. 나는 무심한 척 창밖으로 고개를 돌렸으나 귀까지 닫을 순 없었다.

"이런 게 바로 윈윈전략이라는 거요 성님."

각진 턱밑에 넉살을 매단 김 화백이 반쯤 돌아앉은 박씨를 구슬렸다. 박씨가 벽에 걸린 액자에서 못마땅한 시선을 빼내며 기어이 한마디를 쏘았다.

"달린 입으로 말조께 히보드라고. 누이만 좋고 매부는 손해 보는 짓을 지금꺼정 누가 했간디."

곡성에서 태어나 서학동에서 잔뼈가 굵었다는 박씨, 그가 말 나온 김에 끝장을 보려는듯 따지고 들었다.

"저 웃동네 중개사들이 자네를 고발한다고 시방 난리도 아녀. 나나 됭게로 그동안 봐준 줄 알라고."

윗동네라면 강북의 한옥마을을 말하는 것이었다. 김 화백이 그 동네까지 손을 뻗어가며 거간노릇을 한다는 소문이 퍼져있었다. 최근 몇 년 사이에 소유자가 여러 차례 바뀐 집들이 많았다. 외지인들에게 팔려나간 물건들은 종종 중개인자격증 없는 김 화백의 손을 탔다. 이젠 한옥마을 외곽이나 서학동에 남아있는 허름한 집들이 그의 목표물이었다. 예술인마을 뒷골목을 그가 부지런히 쏘다녔다. 투자자는 그의 그림에 관심 가진 사람들이라고 했다. 김 화백은 자신의 고객들에게 뜨거운 감자를 돌리는 모양이었다. 누군가는 상투를 쥐겠지만 당장의 걱정거리는 아닌 듯싶었다. 관광객들은 꾸준했고 한옥마을은 넓어지고 있었다.

"배운 사람이 남의 밥그릇에 손을 대면 쓰겠능가. 그라믄 못쓰네. 유학꺼정 댕겨온 사람이 말이여."

그가 몇 년 전 필리핀에 건너가서 미대를 다녔다는 소문이 맞나보았다. G대학 외래교수 김성기. 내가 그를 처음 만났을 때 받은 명함에 그렇게 쓰여 있었다. 교수로 불러주길 바라는 눈치였다. 카페에서 몇 차례 얼굴을 익히자 김 화백은 내게 대뜸 자신의 삶을 영화로 만들어보라고 했다.

– 책으로 써도 상중하로 세 권은 될 거요.

시시껄렁한 얘기 아닌가. 고생 좀 해봤다는 인간 치고 사연 짧은 놈 있나. 비하인드 스토리엔 으레 눈물이 흐르는 법. 허풍이 끼어들 가능성이 충분했으나 감동적인 구석도 없지 않았다. 치매 걸린 노모를 모시고 있다는 대목에서 그는 헛기침으로 목을 가다듬었다. 밤무대에서 색소폰을 불던 그는 늘 허기졌고 짊어진 입들은 많았다. 아버지를 일찍 여읜 일곱 남매의 장남이었고 밤낮으로 돈을 벌어야했다. 그는 부동산 거래를 창조적 아르바이트라고 불렀다. 그가 눈을 찡긋했다. 합법과 불법 사이를 오가는 그가 그럴 만한 사정을 이해해달라는 호소인 듯했다.

– 특별한 계기가 있었나요?

나는 어느새 취재기자가 되어있었다. 그가 부동산 관련 업무에 해박한 지식을 가진 것도 신기했지만 그 일에 발을 디딘 과정이 더 궁금했다.

– 아, 그거요? 미대 가기 전에 건축설계 사무소에서 시다노릇 좀 했지요.

그가 겸연쩍은 얼굴로 뒷머리를 긁었다. 설계사무실에서 잡일을 돕다가 설계도에 손을 댔는데 그 일이 적성에 맞더란다. 리모델링 의뢰가 들어오면 완성된 건물의 예상 조감도를 그가 스케치했다. 불현듯 본격적으로 그림을 그려보고 싶었다. 그땐 이미 마흔을 넘긴 나이였다. 국내에서 수능시험을 준비하여 미대로 진학하는 일이 녹록치 않자 어수룩한 유학을 택한 듯했다. 그렇게 부동산과 연을 맺었고 그렇게 들어선 화가의 길이었다. 듣고 보니 그는 팔방미인이었다. 음악에, 미술에, 돈 되는 부동산까지. 한 가지 불만이라면 서학동 예술인마을에서 그를 촌장으로 추대하려는 움직임이 없다는 점이었다.

　- 나를 촌장 시켜줘봐. 이 동네가 삐까번쩍 해질팅게.

　노골적인 자신감이었다. 그는 이 동네 예술인들의 연례행사에 대해서도 촌평을 잊지 않았다.

　- 두고보랑게, 글케 허믄 될 일도 안 되야, 내참 까깝혀서.

　그가 눈가에 주름을 잡으며 혀를 찼다. 작품전시회를 추진하는 촌장의 리더십이 성에 차지 않는 모양이었다.

　그가 발 빠르게 골목을 누볐다. 집을 소개하며 중개업소명이 빠진 직거래계약서를 쓰게 했고 매수인에게는 별도의 조건을 붙였다. 집수리를 자신에게 맡겨달라는 거였다.

　- 내가 리모델링 컨설팅비를 받지 중개수수료를 받나? 건물의 가치를 높여주잖아. 일종의 성형수술이지 흐흐. 이게 나라에서 하자는 창조경제가 아니면 머시냐고. 그가 제 가슴을 툭툭 치며 톤을 높였다.

　- 일자리 창출의 주역을 도대체 몰라준단 말씸이여.

　자신이 따낸 주문을 쪼개 잡역부들을 먹여 살린다는 자화자찬이었다. 하지만 그것은 인부들의 인건비를 깎아 제 몫을 챙기는 재하청 작업에 불과했다. 그는 페인트칠을 호규씨에게 던져줬다. 호규씨는 한 살 위인 김화백을 꼬박꼬박 교수님으로 불렀고 두목을 모시듯 그에게 허리를 접었다.

호규씨가 이번에도 골목 사거리에서 더딘 걸음을 멈췄다. 카페에 들어오기 직전이었다. 점점 커지던 노랫소리도 끊겼다. 그가 손차양을 만들어 주위를 살폈다. 오십대 초반의 그을린 이마에 깊은 골이 패였다. 그의 등 뒤로 교대 기숙사의 붉은 벽돌담이 길었다. 맞은편은 예술인마을다운 돌담이었다. 호박덩이 같은 돌들을 층층이 쌓고 황토로 틈을 메운 키 낮은 벽을 담쟁이덩굴이 진초록으로 기어오르고 있었다. 돌담의 허리가 잘린 곳에서 손바닥 두 개만 한 돌출간판이 얼굴을 내밀었다. 김 화백의 전시공간을 겸한 작업실이었다. 한참을 두리번거리던 호규씨가 멋쩍게 웃었다. 찰리 채플린의 지팡이를 연상시키는 그의 등산용 스틱이 먼저 내 쪽을 향했다. 드디어 방향을 잡았다는 신호였다. 그가 한쪽 발끝을 끌며 다가왔다.

처음 보았던 날도 같은 모습이었다. 그는 씨름선수 같은 몸피를 뒤뚱거리며 나타났다. 코미디언의 슬랩스틱 같았다. 그가 걸음을 멈추고 고개를 꼬아 주위를 살폈다. 나는 그가 뭔가를 잊고 온 건가 했다. 다른 날엔 그가 신기한 거라도 발견했나싶어 창문 밖으로 고개를 내밀고 그의 시선에 맞춰보았다. 그가 둘러보다 이마를 찌푸리는 곳엔 폐쇄회로 카메라가 걸려있었다. 딱히 우범지역이라고 하긴 좀 뭐한 카페 앞 좁은 사거리의 전봇대 위였다. 성자씨는 자신의 민원이 먹혀든 거라고 자랑했지만 호규씨는 카메라를 곁눈질하며 낙담하듯 한마디씩 뱉곤 했다. 기어드는 목소리였다.

그가 카페 앞마당에 자리를 잡았다. 맥주광고가 새겨진 파라솔이 볕에 그을린 그의 얼굴을 푸르스름하게 감춰주었다. 고정석을 둔 나름의 운치를 내가 이해 못할 바도 아니었다. 성긴 바람이 오후를 식히고 있었다. 성자씨가 곧바로 차를 끓여 나갔다. 굳이 주문은 받지 않았다. 자리처럼 그의 메뉴도 고정인 듯했다. 십여 분이 지나자 그가 이쪽을 향해 손을 흔들었다. 밖으로 나간 성자씨가 손사래를 치며 호규씨의 등을 밀었다. 그가 멀어져갔다.

– 후우 찻값을 받기가…, 사람은 착한데….

잔을 들고 들어오며 성자씨가 중얼거렸다. 구석에 앉아 자판을 두드리는 나와 시선이 얽히자 그녀가 씁쓸하게 웃었다. 그녀는 좀 전의 해프닝을 해명하려는 듯 호규씨에 관해 한마디를 더 흘렸다.

– 교육대 출신이라….

안 그래도 궁금증이 차오르던 참이었다. 도무지 맥락이 잡히지 않았다. 교육대가 뭘 어쨌다는 건가. 그가 교사였나. 체육선생이라면 어울릴 것 같기도 했다. 전주교대 기숙사 담벼락을 쳐다보며 나는 내 상상력을 시험하고 있었다. 성자씨가 주방을 향해 등을 돌리는 바람에 내 질문이 딸꾹질처럼 목구멍에 걸려버렸다.

여전히 호규씨는 카페 안에 누가 있는지 무관심해 보였다. 먼 산을 바라보던 그가 길게 내민 혀 위로 잔을 뒤집었다. 남은 몇 방울이 떨어졌다. 잔을 놓고 일어선 그가 뒤뚱거리며 멀어져갔다. 앞마당 테이블 위에서 천 원짜리 지폐 몇 장이 찻잔에 눌려 펄럭거렸다. 김 화백과 박씨도 바깥에 신경 쓸 겨를이 없어 보이긴 마찬가지였다. 창가에 자리한 내 시선만이 안팎을 넘나들었다. 안에서 두 사내의 목소리가 점점 커졌다.

"아따 성님, 솔직하게 깔팅게 진정하시고 내 말 좀 들어보쇼. 다 계획이 있다 이거요."

김 화백이 뽀로통해져 일어나려는 박씨의 옷소매를 잡았다.

"긍게, 그 할매 집을 내가 오천에 계약했단 말이오. 왜 있잖소 거기, 얼마 전에 영감 죽고 서울 사는 딸이 팔아달라고 내놓은···."

"아 그 고집쟁이 할매?"

"그렇지요 바로 그 집."

"거기도 벌써 자네가 침 발랐구먼?"

"오백은 계약금으로 건너갔고요 흐흐."

"자알했네 그래서."

박씨가 비아냥거리며 다그쳤다.

"그걸 육천에 팔아보자 이거요. 매수인으로 홍 집사 이름을 빌렸응게 성님하고 홍 집사가 오백씩 챙기면 되지 않것소잉. 새 주인한테 나는 리모델링으로 벌면 되고."

"시방 미등기 전매를 해보시것다? 간이 아조 배 밖으로 나왔구만. 그라고 그 좁은 골목 멍충이땅에 찌그러진 오두막을 누가 육천이나 주고 산단말이여. 열아홉 평 짜투리에 방인들 몇 개가 들어가겄어. 민박도 못해볼 자리드만."

"아, 긍게로 발 넓은 성님이 호구 하나 물어오라는 거 아뇨 시방."

김 화백이 얼굴을 바짝 들이대며 말을 이었다.

"할매한테는 딱 오천만 쥐어주기로 했응게 너무 염려마시고 흐흐."

"할매가 여간 아니던디, 올린 값으로 다시 쓰자허믄 가만있겄어?"

"아따, 성님두. 할매 딸을 내가 만났지 않았겄소잉. 즈그 서방이 교도소들어가게 생겼디야. 부도를 내가지고. 급매다 이 말씸이오. 아, 글고 머시냐, 오천이면 야박한 가격도 아니잖소. 이 동네가 미쳤지. 몇 년 전만 해도 누가 그런 서학동 물건을 구다보기나 했겠냐 말이오. 성님도 아시다시피 내가 원래 인색한 인간이 아니자능가베."

"하이고 어련하시겠어."

박씨가 김 화백의 말을 낚아채며 눈꼬리를 비틀었다.

"그래 내가 호구를 못 찾으면?"

"그 땐 다 방법이 나오지 않겠어요?"

"어따 이 사람 배짱 한번 두둑허네, 계약금 날아가는 소리가 들리느만 뭘 믿고 큰소리디야."

"글쎄 팔리게 되어있당게 그러시네."

"보아하니 보험을 하나 꼬불쳐둔 것 같은디… 좋아, 글믄 내가 매수인을 못 찾아줘도 팔리기만 하면 내 몫은 준다 이거지?"

고개를 갸웃거리던 박씨가 실눈을 뜨며 오금을 박았다.

"성님두 참, 세상에 공짜가 있겠소."

"날더러 자네 밑을 닦아달라는 거로구면."

짧은 정적이 탁자 위에 머물다 흩어졌다.

"알것네, 내 업소명으로 계약서 다시 작성해줄팅게 나중에 딴소리나 말어."

박씨가 손바닥으로 탁자를 두드려 아퀴를 맞췄다. 위로 뻗치던 박씨의 눈썹이 꼬리를 내렸고 벌어진 앞니에서 비릿한 미소가 새어나왔다. 그가 마침내 김 화백의 표정에서 믿을 만한 구석을 발견한 모양이었다.

"아참 글고 머시냐."

박씨가 의자를 바짝 당겨 앉았다.

"요건 내가 큰맘 먹고 자네한테 귀뜸해주는 것인디, 홍 집사 간수 잘 허소. 아는 사람은 다 알어. 그래가지고 교횐들 성허것어? 내 입도 너무 믿지는 말고."

칼날이 숨어있었다. 잔금일에 김 화백이 엇나가지 못하도록 다짐해두려는 조치였다. 두 사내가 수작을 마치고 일어났다. 작전에 성공한 지휘관의 어깨를 하고 카페를 나가던 김 화백이 생각났다는 듯 뒤를 돌아보았다. 나와 눈이 마주치자 그가 한쪽 눈을 찡긋거렸다. 내게 동의를 구하는 것 같기도 했다. 사는 게 다 그런 거 아니겠냐고. 그가 무자격 중개행위로 고발당할 위기는 잘 넘겼지만 홍 집사는 조만간 김 화백의 계륵이 될 것 같았다. 그가 계약서를 쓸 때 이름을 빌렸다는 홍 집사와 새서학교회 주차장에서 김 화백의 목을 껴안던 여자는 동일인일 것이었다. 전날 밤 목격한 장면이 자꾸만 눈앞에 어른거렸다.

나는 교회 옆구리에 붙은 주차장 입구를 터벅터벅 지나고 있었다. 큰길에서 골목으로 막 접어들면 새서학교회였다. 낡고 볼품없는 상가주택의 이층이었으나 마당이 제법 널찍했다. 대로변에서 비스듬히 은색 승용차가 보였다. 언제 심었는지 모를 모과나무 두 그루가 가로등빛을 가려주는 음침한 구석이었다. 밤바람이 나뭇잎을 흔들어 모과의 단내를 흩뿌렸다. 가로등 그림자가 그물 모양으로 차 트렁크 위를 쓸었다. 딸깍 문열리는 소리가 시선을 당겼다. 차안에 미등이 들어오고. 헤어지는 남녀의 아쉬움이 차 밖으로 흘러 나왔다. 조수석에서 내리려던 여자가 남자의 목을 끌어당겼고 여자의 뒷머리가 사내의 얼굴을 가렸다. 막걸리 몇 잔의 취기로 내가 헛것을 볼 순 없었다. 나는 스스로 민망하여 걸음을 재게 옮겼으나 뒤따라 내린 사내가 김성기라는 걸 이내 알았다. 내가 그의 아내를 몰랐다면 별로 신경 쓸 일도 아니었다. 아담하고 야들야들한 여자를 불거진 광대뼈와 큰 키로 억세 보이는 김 화백 마누라로 내가 혼동

할 리가 있나.

　나는 새서학교회에서 홍 집사를 처음 보았다. 쌈빡한 미인은 아니었지만 새초롬한 눈매와 홍조 띤 뺨이 눈길을 끌었다. 아담한 키와 굴곡 있는 몸매에 강단이 붙어있었다. 교회사람들은 그녀를 입방아에 자주 올렸다.

　강북의 한옥마을 귀퉁이에 있던 오래된 교회가 남천교 아래로 분가한 건 최근의 일이었다. 본교회의 장로들 사이에 분쟁이 생겼다. 헌금의 용처와 분배방식이 문제였다. 김 화백도 중심에 섰다. 장로라는 감투가 그를 비켜설 수 없게 한 모양이었다. 신도들이 두 파로 갈라졌고 김 화백과 몇 명의 장로들이 일부 신도들을 이끌고 빠져나왔다. 설교 하나는 들어줄 만하다는 월급쟁이 목사도 영입했다. 회계와 재정을 책임지는 재무장로는 김 화백의 몫이었다. 새서학은 그렇게 생긴 개척교회였다. 여신도들의 힘이 컸다. 홍 집사가 제일 적극적이었다. 그녀는 앞장서서 성가대부터 조직했다. 솔로를 맡으려던 소망을 이윽고 새 교회에서 이루었다. 당당해진 건 덤이었다. 이혼녀 딱지도 잊은 듯했다. 중학생, 고등학생, 두 아들을 기르는 과부의 고단함도 어느새 지워져있었다. 새로운 분위기에서 그녀는 사교에 적극적이었고 명함을 돌리며 자신이 취급하는 보험상품을 소개했다. 장사하러 교회 다니냐는 핀잔에도 더 이상 주눅들지 않았다. 오직 성가대 지휘봉을 잡은 김 화백 덕분이었다.

　김 화백은 호규씨도 성가대 멤버로 끌어들였다. 호규씨는 신기하게도 노래만은 우렁차게 불렀다. 여느때와 달리 쭈뼛거리지도 않았다. 호규씨는 성경 대신 양은도시락 만한 찬송가책을 늘 겨드랑이에 끼고 다녔다.

　내가 새서학교회 사람들을 알게 된 것도 호규씨 덕이었다. 나는 일부러 호규씨에게 접근했다. 그의 이상한 행동에 호기심이 꽂힌 때문이었다. 길어진 감나무 그림자가 파라솔을 비스듬히 덮을 때쯤이면 노랫소리가 들려오다 그쳤다. 그는 언제나 혼자였다. 그가 페인트 묻은 손으로 의자를 당겨 앉으면 기다리던 나는 그의 옆자리를 찾았다.

　－ 교회에 성악반이 생겼는디.

　그가 어눌한 자랑을 늘어놓았다. 목소리가 들떠있었다. 소프라노를 맡은 예쁜 여자도 있다는 말을 할 때 그의 귓불이 붉어졌다. 쉰을 넘긴 사내의 미소가 맑았다. 나는 무신론자라고 하자 성악반은 성가대와 달라 종교와 무관하다고 했다. 대형교회 문화센터를 흉내낸 모양이었다. 일반인들을 끌어들여 전도할 목적이라 해도 그게 대순가. 목사가 예배시간마다 더 큰 집에 주님을 모시자며 건축헌금을 강조한다지만 어딘들 아니겠나. 그 소리가 지겨워 더는 못 나가겠다는 신도들도 더러 보아오던 터였다. 그림이 팔릴 때마다 십일조를 낸다는 김 화백의 자랑질이 평신도들에겐 은근한 압력이겠지만 그 또한 나와는 무관했다. 호규씨와 친하게 지내며 성악을 배워보는 것도 나쁠 건 없었다. 그도 나처럼 늙다리 싱글이라는 점이 동류의식을 자극했다. 회비가 저렴하다지 않나. 특히 괜찮은 여자들도 있다니.

　조금씩, 아주 조금씩 호규씨가 내게 마음을 열었다. 그는 내게 꼬박꼬박 말을 높였다. 신경이 쓰였다. 나보다도 여섯 살이나 위라는데. 말씀 내리시라며 두 번이나 손을 저었지만 효과는 없었다. 말끝마다 고개를 주억거리는 것도 그의 습관이었다. 그가 자신의 과거사를 이야기할 땐 혀를 내밀어 자주 입술을 축였다. 겨우 꺼낸 말도 허리가 자주 잘렸다. 나는 매우 조심스럽게 최종학력을 물었다.

　－ 교육대학 출신이시라던데….

　그는 웃음도 아니고 울음도 아닌 표정으로 미간을 세우다가 마침내 울상이 되었다.

— 괜한 질문을 드렸나봅니다.

— 아니, 꽤 괜찮아요.

괜찮은 것 같진 않았다. 그가 딸꾹질을 했고 나는 그의 앞으로 물 컵을 밀었다. 한참 만에 딸꾹질이 멎었다. 망설이던 그가 침묵을 깼다.

— 열일곱 살이었는데, 열일곱… 겨우.

그는 열일곱을 여러 번 중얼거렸다. 답답해진 내가 숨을 참았다.

고등학교 일 학년이 끝나갈 무렵, 그는 학교 체육관 뒤로 끌려가 린치를 당했다. 유도부 선배들에게 고분고분하지 않다는 이유였다. 선배들이 그의 손목과 어깨를 담뱃불로 지졌다. 신음소리도 내지 못했다. 소리를 내면 곧바로 발길이 명치에 꽂혔다. 더 이상 등교할 수 없었다. 가족이라곤 오래 전 상처한 아버지뿐이었다. 아버지는 외아들이 아침에 책가방을 들고 나가 저녁에 돌아오는 모습만을 여러 날 지켜보았다. 아들은 점점 말수가 줄고 막일로 고단한 아버지는 그저 그러려니 했다.

어느 날 형사들이 찾아왔다. 아들은 집에 없었다. 그들은 장기무단결석으로 아들이 퇴학당했다는 소식부터 전했다. 나라에서는 문제학생들을 모집하여 교육을 시켜준다고 했다. 4주짜리 새마을교육이랬다. 아들에게 실망한 아버지는 교육을 받으면 새사람이 된다는 공무원의 말을 믿어보기로 했다. 다시 학교를 다니게 해주겠다는데…. 두 손을 모아 허리를 꺾었다. 아버지는 교육비가 얼마냐고 물었다. 학비걱정이 이마에 깊은 골을 냈다. 공짜요. 기숙사에서 먹여주고 재워주고 입혀준다니까. 나라에서 내려보낸 사람들이 아버지를 안심시켰다. 다음날 아침 아버지는 아들을 설득하여 경찰서로 보냈다. 결국 제 발로 찾아들어간 교육대였다. 이유를 물을 수도 없었다.

남도에서 사람이 많이 죽었다는 소문에 가을이 서둘러 얼었다. 캄캄한 밤, 트럭 짐칸을 타고 온 사람들이 어딘가에 부려졌다. 장시간 멀미에 시달린 뒤였다. 엄청나게 밝은 빛줄기가 눈을 쑤시고 들어왔다. 영문 모르고 우왕좌왕하는 몸뚱이들 위로 몽둥이가 우박처럼 쏟아졌다. 체육관 뒤에서 당할 때보다 더 아팠다. 너덜너덜한 군복으로 갈아입었다.

– 머리가 허연 분도 있었어요. 술이 깨어보니 잡혀와 있더래요. 울아부지보다 나이가 훨씬 많아 보이더라고. 나 같은 고등학생도 여럿이었고요.

시키는 대로만 하면 4주 후에 집에 보내준다는 말은 복음이었다. 나이보다 웃자란 호규씨가 시범케이스로 자주 걸려들었다. 담뱃불로 지진 자국은 문신과 동급이라는 말이 쌍욕에 무질서하게 섞여 나왔다. 군홧발이 아무렇게나 날아들었다. 대가리 박아, 씨발놈들아. 너희들은 쓰레기야. 복창한다. 나는 쓰레기다. 나는 벌레다. 그렇게 4주가 지나갔다.

개별적으로 불려간 책상 앞에 서서 다시 복창을 했다. B급! 그게 심사였다. 집에 갈 수 없었다. 차돌 같은 믿음이 종이쪽지 하나로 바뀌었다. 6개월 근로봉사 지원서. 복음은 지켜지지 않았고 그는 전방에 배치되었다. 참호를 파고 막사를 짓고 눈을 치우고 맨손으로 돌을 파냈다. 추위에 곱은 손이 터졌다. 갈라진 손등에 드러난 핏줄 속으로 칼바람이 파고들었다. 자살자가 나왔다. 그들은 군기가 빠진 탓이라며 매질을 했다. 궂은 날씨로 더 이상 작업을 진행할 수 없는 때가 있었다. 강제노역이 정신교육으로 대체되는 시간이었다.

빨간 모자들이 군기를 잡았다. 돌아가며 노래를 시켰는데 목소리가 큰 호규씨가 걸려들었다. 그가 아는 노래라고는 고1 때 배운 이태리가곡 하나가 전부였다. 그들은 뽕짝 같은 유행가를 원했지만 아는 게 없었다. 수백 개의 눈들이 그에게 쏠려있었다. 떨고 있는 그에게 달콤한 유혹이 들렸다. 노래 잘하면 오후 작업에 열외다. 귀가 쫑긋했다. '파르티로노 레론디니~ 달미오 빠에세 프렛도 센자 솔레~.' 노래하는 동안은 매를 피하겠지. 기대가 어긋났다. 머리 위로 몽둥이가 떨어졌다. 야이, 개새끼야 누가 그런 거 부르랬어. 무식한 새끼가 고상한 척하기는. 다른 거 해봐. 들어붙은 입술이 떨어지지 않았다. 무서웠다. 오 초 내로 시작 안 하면 죽음이다. 알겠나. 울면서 다시 불렀다. 머릿속이 하얘졌고 입에서는 같은 노래가 나왔다. 달리 아는 게 없었다. 어라, 이 새끼 봐라. 반항하네. 너희들 같은 기생충은 죽여도 된다. 반항하는 새끼들은 모두 흔적 없이 병사(病死)로 묻어버린다. 다시 몽둥이가 떨어졌다. 또다시 그가 시범케이스였다. 공포의 시간이 촛불처럼 꺼졌다.

아직 살아있긴 한 모양이었다. 깨어나긴 했지만 어딘가 이상했다. 귀가조치 되었다. 해방이었다. 병원에서는 뇌출혈이라고 했다. 걸음이 부자연스럽고 말이 둔해졌다. 무엇보다 심각한 것은 무뎌진 방향감각이었다. 집 밖으로 나가기가 두려웠다. 아버지는 얼굴을 들지 못했다. 내가 무식하고 귀가 얇아서 너를 그렇게 만들었다. 윗마을에서는 돈 주고 빠진 놈들도 많았다는디…. 나중에 봉게로 양아치털은 그대로 동네를 싸돌아 댕기더라. 그게 다 대가리 수 채울라는 수작이었어. 아버지의 입에서 더운 숨이 담뱃진에 섞여 길게 빠져나왔다. 그날 찾아온 형사가 승진했다는 소문이 있었다.

삼십 년이 버겁게 흐른 뒤, 한옥마을 공용주차장 준공식에서 축사를 하는 얼굴을 아버지가 알아보았다. 자신의 땅을 일부 내놓았다는 마을 원로였다.

그저 귀가 얇아서…. 아버지는 3년 전에 눈을 감았는데 죽는 날에도 자신의 귀를 낫으로 베고 싶다고 했다.


　호규씨가 다시 딸꾹질을 시작했다. 긴장하거나 곤혹스러울 때 나오는 습관인 듯했다.

　– 미, 딸꾹, 미안, 딸꾹, 해요. 그 뒤부터 이런 게 자꾸 딸꾹.

　나는 다시 물을 권했다.

　– 그런데 그 노래를 왜 불러요?

　끝까지 부르지도 못하게 했던 치욕에 대한 보상심리나 반발이려니. 딸꾹질이 그치자 그가 다시 입을 열었다.

　– 되돌아가는 느낌이 들어요. 열일곱 이전으로….

　내 추측이 빗나갔다. 그는 그 옛날 소년으로 날마다 돌아가고 있었다. 노래를 부르며.

　문득 소년장수의 이야기가 이명처럼 왱왱거렸다. 성자씨의 목소리에 새삼 감칠맛이 돋았다. 착 가라앉은 톤, 내 멋대로 얼굴을 그려보던 어느 성우와도 견줘볼 만했다. 그녀의 내레이션은 시큼한 단맛에 쓴맛이 끼어들다가, 때론 오미자를 우려낸 핏빛으로 내 심장을 두드렸다. 그녀가 개나리 흐드러진 1894년의 혼몽한 봄날로 시간을 되감았다.

　– 소년이 완산칠봉 용머리고개에서 전주천을 내려다보고 있어요. 또래보다 몸집은 컸지만 겨우 열네 살이에요.

　그는 전봉준과 함께 농민군 삼만을 이끌고 온 이복용이었다. 농민군이 전주성을 장악했으나 아쉽게도 그들의 천하는 겨우 한 달 남짓. 전열을 가다듬은 관군의 반격에 소년장수가 죽음을 맞는다. 관군은 사로잡힌 그의 목을 잘라 초록바위에 매달고 몸통에 난도질하며 분풀이를 했다. 농민군은 대장의 죽음을 헛되이 할 수 없었다. 죽음을 각오한 자들이 휘두르는 낫과

쇠스랑이 다시 관군을 밀어붙였다. 일진일퇴에 지친 관군이 이윽고 농민군의 제안을 받아들였다. 이른바. 전주화약(全州和約)이었다. 소년장수 이복용이 남기고 간 집강소(執綱所)가 전라도 곳곳에 설치되었다. 적폐를 청산하고 기강을 바로 세우려던 집강소, 최초의 지방자치기구였다. 백성의 힘으로 심은 대타협의 결과물이 나를 흥분시켰다. 영화를 만들면 묵직한 피날레가 될 것이었다.

호규씨는 성악반에서도 소년이었다. 그는 눈치 없이 큰 노랫소리로 종종 주의를 받았다. 김 화백이 지휘봉을 흔들며 짜증 박힌 얼굴을 드러냈다.

열 명을 넘나드는 회원 중 남자는 나를 포함 셋뿐이었다. 나는 바리톤이었고 호규씨 음색은 테너에 가까웠다. 그는 목을 잔뜩 눌러 성악가처럼 흉내를 내곤 했다. 그는 새로운 악보를 받을 때마다 가사를 읽는 데 애를 먹었다. 하긴 나도 이태리 알파벳을 혀에 붙이는 게 쉽진 않았다. 호규씨는 박자감각도 둔했는데 반주와 어긋나는 바람에 노래가 자주 끊겼다. 합창은 주로 성부를 나눈 찬송가였다. 이태리 아리아나 독일 가곡 등에 비하면 찬송가는 쉬웠다. 내 비위에 맞진 않았지만 나는 특별히 종교적 의미를 두지 않았다. 그것도 뭐 노래니까.

 ─ 죄, 죄송합니다. 딸꾹, 여, 여, 열심히 하겠습니다.

그가 말을 더듬었다. 긴장했나 보았다. 연신 조아리는 그의 이마에 진땀이 맺혀있었다. 호규씨가 도돌이표에서 다시 박자를 놓쳤다. 모두들 기다리는 대목에서 목소리 하나가 우렁차게 튀어나온 것이었다.

 ─ 자넨 다음시간부터 나오지 마.

김 화백이 새된 소리를 질렀다. 신경질 묻은 지휘봉 끝에 호규씨 얼굴이 처량하게 걸려있었다. 그날만 벌써 세 번째 지적이었다.

– 에잇, 오늘은 여기까지.

김 화백도 지친 모양이었다. 호규씨가 그 자리에 굳어있었다. 볕에 그을린 그의 얼굴이 벌게졌다. 딸꾹질 소리가 들렸다. 김 화백이 호규씨 앞을 횡 하고 지나쳐 연습실을 나가버렸다. 냉랭하고 머쓱해진 분위기를 사람들이 슬그머니 빠져나갔다. 홍 집사가 미소를 띠며 호규씨에게 천천히 다가갔다. 그리고는 두 손을 모아 호규씨의 손을 잡았다. 나는 문득, 그녀의 이름을 떠올렸다. 홍춘화. 그녀의 명함에서 보았던, 볼이 발그레한 연변처녀의 수줍은 얼굴에나 어울릴 이름이었다.

호규씨를 따라 처음 성악반에 갔을 때 그녀가 먼저 다가와 인사를 했었다. 나보다 세 살 아래였고 사십대로 들어선 여자치곤 군살이 없었다. 풍성한 굴곡이 슬그머니 훔쳐본 내 눈을 찔렀다. 그녀의 자기소개는 톡톡튀는, 말하자면 이런 식이었다. '싱글이에요. 신경 많이 써주세요. 아이가 둘씩이나 달려있어요. 성경에도 나오잖아요. 과부를 잘 보살펴주라고 호호.' 성악연습실이 교회 부속건물이라 딴은 그럴듯하게 들렸다. '어차피 알게 될 텐데요 뭘.' 그녀가 소리 내어 웃었다. 나도 멋쩍게 따라 웃었다.

춘화에게 두 손을 잡힌 호규씨의 얼굴이 더욱 달아올랐다. 나는 방을 빠져나가며 곁눈질을 했다. 사내의 긴 속눈썹을 적시는 물기를 보았다.


호규씨는 자신에 대해 말을 아꼈고 나는 주로 성자씨로부터 이 빠진 부분을 채웠다. 호규씨는 결혼에 실패한 뒤로 줄곧 혼자였다. 자식도 없었다. 제 집을 찾아올 때도 헤매는 방향감각 장애가 큰 문제였다. 하지만 나는 그에게서 결혼생활이 힘든 또 다른 이유를 발견했다. 잔바람에도 흔들리는 팔랑귀는 천성이었다. 두 해를 못 견디고 떠났다는 여자도 이해할 만했다. 그의 아버지는 얇은 귀와 조그만 집을 함께 물려주었다.

전주천을 따라 걷다보면 강물의 냉기를 벼랑 위로 빨아올리는 한벽당 (寒碧堂)이 홀연히 막아선다. 이도령이 춘향을 찾아 남원으로 접어들기 전에 다리쉼을 했다는, 그 멋스러운 정자의 뒷마을에 숨은 집이 호규씨의 유일한 재산이었다. 산길로 휘어져 오르는 스무 가구도 못 되는 마을에도 방문객이 늘었다. 한옥마을에 놀러온 사람들의 호기심이 거기까지 닿은 것이었다. 시에서는 내친 김에 관광 아이템을 하나 더 늘렸다. 호젓한 산길 진입로에 둘레길 간판이 붙었다. 오솔길을 올라온 사람들은 마을을 둘러싼 대숲에서 땀을 말렸다. 서걱서걱 댓잎 비벼대는 소리가 운치를 더해주었다.

마을은 이미 관광단지의 일부가 되어있었다. 부동산이 들썩거렸고 거간꾼들이 들쑤시기 시작했다. 김 화백도 그 중 하나였다. 그는 호규씨에게 팔천만 원을 불렀다. 한 평에 이백이었다. 십여 년 전만해도 요즘의 서너평 값이면 그곳에 텃밭 딸린 집 한 채를 몽땅 샀을 것이었다. 김 화백이 끈질기게 설득했다. 태를 묻은 둥지였으나 호규씨는 결국 도장을 찍었다. 근처에 싸고 좋은 집이 많다는 말에 귀가 솔깃했다. 둔한 걸음으로 산길을 오르기도 힘이 들던 참이었다. 난생처음 목돈을 쥐고 어찌할지 몰라 그냥 은행에 넣었다. 15만 원짜리 월세방을 찾아 서학동으로 이사를 했다. 석 달 전이었다.


저녁 일곱 시, 성악반 사람들이 교회연습실로 들어오고 있었다. 매주 수요일마다 열리는 모임에 호규씨 목소리가 빠진 게 벌써 삼 주째였다. 새서학교회 성가대원을 겸한 여자들이 수군거렸다. 건축헌금으로 호규씨가 천만 원을 냈단다. 이번 주보에 그렇게 나왔다는 거였다. 나는 귀를 의심했다. 창밖에서 누군가 연습실 안을 기웃거렸다. 호규씨였다. 지난주에도 그는 차마 들어오지 못하고 어슬렁거리다 회원들의 눈을 피해 슬그머니 사라졌을 것이었다. 그가 김 화백에게 야단맞던 모습이 떠올랐다. 나는 그를 낚아채듯 데리고 나갔다. 막걸리나 한 사발 하자며 전주교대 뒷골목을 빠져나와 큰길을 건넜다. 야트막한 언덕길을 올라 미야의 주막으로 들어섰다. 미야가 잇몸을 드러내 와락 반겼다. 초저녁부터 술상을 차지한 객들이 적지 않았다. 미야의 억척스러움이 밉지 않았다.

호규씨에게 들은 이야기는 소문과 다소 어긋나있었다. 나는 상상력을 총동원하여 스토리를 꿰어 맞췄다. 지난 주일 대예배가 끝날 무렵이었다. 다들 눈을 감고 헌금송을 부르며 자기 앞에 바구니가 오기를 기다렸다. 뒷자리에 앉은 호규씨는 천만 원짜리 수표 석 장을 헌금봉투에 넣어 바구니 안에 투입했다. 예배가 끝나고 장로들이 모이는 사무실에 김 화백이 먼저 도착했다. 걷어온 헌금바구니를 당번 청년이 재무장로인 김 화백 앞에 놓고 나갔다. 아직 다른 장로들이 도착하기 전이었다. 흰 봉투 하나가 바구니 밖으로 반쯤 얼굴을 내밀고 있었다. 교회 입구에 비치해두는 헌금봉투엔 기도 제목과 간단히 기도내용을 쓰는 난이 있었다. 노래를 잘 부르게 해달라는 서툰 글씨체가 김 화백의 눈으로 뛰어들었다. 그는 곧바로 알아차렸다. 익명이었으나 호규씨가 틀림없었다. 김 화백은 재빠른 손놀림으로 봉투를 꺼내 바지주머니에 구겨 넣었다.

그날 저녁 김 화백이 감나무카페로 호규씨를 불러냈다. 김 화백이 천만 원짜리 수표 석 장을 꺼내 탁자 위에 올렸다. 그가 그중 한 장을 호규씨 앞으로 밀었다. 헌금은 한 장이면 충분혀. 호규씨가 받기를 주저하자 김 화백이 또 다른 수표 한 장을 흔들며 제안을 했다. 이걸로 내 그림을 사는 조건이여. 어차피 이번에 새집으로 이사하면 그림 하나 정도는 벽에 걸어야 할 것 아닝가베. 이번주부터 성악반 나오소. 솔로데뷔 준비도 하고. 수표 두 장이 도로 김 화백의 바지주머니에 들어갔다. 이틀 후 봉헌자 이름과 액수가 찍힌 주보가 나왔다. 성금은 천만 원이었고 기도제목은 성전증축으로 바뀌어있었다.

호규씨의 목소리에 윤기가 생겼다. 김 화백도 더 이상 그를 나무라지 않았다. 엇나가는 박자감각은 지휘자의 혀끝에서 탁월한 감성으로 둔갑되었다. 춘화도 거들었다.

— 노래란 감정을 전달하는 수단이에요. 박자가 뭐 그리 중요한가요? 우리가 뭐 기계도 아니고. 호규 형제님의 목소리에는 풍부한 이야기가 실려 있다구요.

그녀가 다른 회원들 앞에서 호규씨의 두 손을 잡고 기도를 올렸다. 호규씨의 귓불이 붉어졌다. 연습을 마칠 무렵 김 화백이 호규씨에게 검정색 파일노트를 내밀었다.

— 연습 많이 허소. 남들 앞에서 혼자 부르는 거, 그거 쉬운 일 아니어.

성악반에 남성솔로가 탄생할 모양이었다. 반주자만 잘 맞춰주면 되므로 호규씨에게는 차라리 독창이 쉬울 듯했다. 호규씨가 두 주먹을 쥐고 허리를 꺾었다. 그의 성긴 머리카락이 김 화백의 튀어나온 배를 스쳤다.

성악반 여자들이 쑥덕거리던 이야기가 사실인 것 같았다. 슬그머니 물어본 내게 성자씨도 고개를 끄덕였다. 김 화백이 마누라에게 들켰다는 것이었다. 감나무카페로 들어온 그는 잠을 못 잔 듯 충혈된 눈이었다.

"교회 일로 요즘 힘드시죠?"

부러 '교회 일'에 힘을 얹었다. 아무것도 모르는 표정을 지으며. 내 인사에 그가 대답대신 어색하게 입으로만 웃었다. 평소 같으면 먼저 말을 걸어왔을 그가 푸석한 얼굴로 커피가 다 식도록 창밖만 바라보았다. 억센 마누라가 어지간히 족쳐대었던가 보았다. 다음 상대는 춘화일 게 빤했다. 나의 상상이 교회로 날아갔다. 한 차례 난리 굿판이 벌어질까. 김 화백의 묘수는 무엇일까. 그의 아내도 교회로 바로 찾아가진 않을 것 같았다. 생활터전이 교회와 겹쳐있고 그림 판매도 신도들의 도움이 크다는 걸 그녀가 모르진 않을 터, 아예 갈라설 거라면 몰라도 처음부터 강수를 두긴 쉽지않아 보였다. 사태의 악화를 막아야겠지. 김 화백이라면 분명 방도를 찾아낼 것이었다.

카페에서 만난 호규씨는 싱글벙글이었다. 전날 저녁 독창을 하고 칭찬받은 성악반의 여운이 남은 듯했다. 마당으로 나가 언제나처럼 그의 곁을 파고들었다.

"내가 늦복이 터질랑개비요."

뜬금없이 그가 호기심을 자극했다.

"우리 교수님이 짝을 찾아주시것다는디…."

그가 말하는 교수님이라면 김 화백이었다. 지금 그가 중매나 설 처지가 아닐 텐데. 며칠 전 커피 한 잔을 앞에 놓고 눈만 껌벅이던 사내의 지친 얼굴을 떠올리며 호규씨의 입에서 다음 이야기가 나오길 기다렸다.

"호, 홍 집사님이 과, 관심이 있대요, 나한테."

몹시 쑥스러운 듯 눈길을 옆으로 돌리며 그가 말을 더듬었다. 헤벌어진 입을 다물지 못했다. 김 화백이 드디어 묘수를 찾은 것이었다. 호규씨와 춘화를 묶어주고 결혼설을 흘린다면 자신과의 스캔들은 헛소문이 된다. 분가한 교회를 헐뜯는 본교회 신도들 짓이라고 역공을 펼 수도 있겠지.

홍춘화와 김성기의 관계를 호규씨만 모르고 있는 것 같았다. 말을 해줘야 하나. 나는 갈등했다. 굳이 이 마당에 주차장 목격담을 털어놓을 이유가 있을까. 차라리 내가 잘못 봤더라면…. 아니 그땐 그때고. 춘화가 진짜로 호규씨를 좋아한다면 이야기는 달라지잖아. 그녀가 정에 헤픈 여자일 수도 있고. 가슴속에 두 개의 사랑방을 가진…. 그녀가 호규씨에게 동정심을 느끼는지도 모를 일이었다. 동정심과 사랑이 본질적으로 다르던가. 혼란스러웠다. 두 갈래의 선택이 내 안에서 힘겨루기를 했다. 나는 주제넘은 오지랖을 접었다. 내가 여자를 그렇게 잘 알면 아직도 이 꼴이겠어. 그래도 호규씨가 춘화를 얼마나 알고 있는지는 확인하고 싶었다.

"저어… 사람들이 그러는데…."

"나도 알아요."

그가 막아서듯 말허리를 잘랐다.

"나쁜 사람들이 우리 교수님을 모함하는 거요. 잘 생각해봐요. 그렇고 그런 관계라면 교수님이 뭐 땜시 자기 여자를 나한테 맺어줄라 허겠어요."

호규씨가 발끈하고 일어섰다. 누구든 김 화백을 흉이라도 보았다간 그가 용서하지 않을 태세였다. 긍정성도 타고나는 모양이었다. 그는 김 화백의 호위무사가 되어있었다. 대화는 거기까지가 좋을 듯했다.


나는 문을 다 열기도 전에 습관처럼 카페 안을 훑었다. 부동산 박씨와 김 화백이 창가 구석에서 옥신각신하고 있었다. 카페 손님은 그들뿐이었다. 두 자리 건너 자리를 잡은 나는 무심한 듯 화분 뒤로 몸을 반쯤 숨겼다. 조금만 눈동자를 굴려도 벤자민 이파리들 사이로 박씨의 표정이 잡혔다. 김 화백이 자주 소곤거렸지만 나는 그들의 대화를 놓치지 않았다. 박씨의 큰 목소리 덕분이었다.

"내가 머라등가, 변소 갈 때허고 나올 때가 다르다고 안 혀? 매수인 명의 바꿔서 계약서 다시 쓰자고 허닝게 할매가 더 달라고 펄쩍 뛰지? 웃돈 받고 돌리는 작업, 쉬운 거 아니어. 인자 어쩔랑가. 허벌나게 큰소리 쳐쌓더니…."

박씨가 혀를 차며 돌아앉았다. 김 화백이 머쓱해진 얼굴이 되어 어딘가로 전화를 걸었다.

십 분쯤 지났을까. 문 안쪽으로 등산용 스틱이 먼저 들어왔다. 호규씨였다. 김 화백이 호규씨의 손을 덥석 잡아 자리에 앉혔다.

"어때, 그 집 육천이면 괜찮지? 방은 두 개면 되잖아. 손 좀 보면 깔끔해 질 거여. 그 돈은 잘 있지?"

"하면요."

호규씨가 고개를 주억거렸다.

"여기 차 좀 내오셔어."

주방을 향해 김 화백이 손을 흔들었다.

"글고 말이여 거시기 머시냐. 그 집은 꼭 나한테 고치소잉. 자네도 일해 봐서 잘 알겠지만 요새 자재값이 많이 올랐자녀. 칠 작업은 자네가 맡아야겠지? 인건비도 줄일 겸. 천만 원에 리모델링 해주면 거저 아닌가. 호규 자네니까…. 글고 거시기 또 머시냐. 빅 뉴스가 있어."

김 화백이 이 대목에서 잠시 뜸을 들이다 박씨와 눈을 맞췄다.

"실은 말이여. 여그 박 사장님이 그걸 꽈악 밟아서 오천으로 써주셨어.

욕을 보셨지. 말허자믄 자네는 리모델링을 거저 하는 셈이여. 이참에 내가 받을 공사비에서 절반 뚝 떼어 박 사장님 드릴라네. 자넨 그런 사정이나 알고 있으면 되고. 아참, 거시기 머시냐, 내가 지난번에 말 안 했던가? 급하게 잡아두느라 홍 집사 이름을 빌렸다고."

호규씨가 연신 조아렸다.

다시 문이 열리고 춘화가 들어왔다.

"아이고 이게 누구여. 미인이 들어옹게 사방이 환해지네 그랴."

박씨가 자리에서 일어나며 너스레를 쳤다.

"마침 잘 오셨습니다."

김 화백이 손을 뻗어 앞자리를 권했다. 춘화를 대하는 말투와 몸짓이 자못 사무적이었다. 춘화가 호규씨의 오른쪽 옆구리로 의자를 바짝 붙여 앉았다.

"글고 말이여. 당사자가 온 김에 터놓고 하는 얘긴디."

김 화백이 커피로 입을 축이며 호규씨 쪽으로 얼굴을 돌렸다.

"홍 집사님이 자넬 많이 생각하는 거 같어. 이번에 내가 잘 고쳐서 신혼집 맹글어주고 싶은디. 어찌 생각허능가?"

호규씨가 빨개진 얼굴로 다시 주억거렸다. 흡족한 표정이었다.

"그란디 말여. 계약서에 있는 매수인 이름을 바꾸장게, 그짝서 여엉 협조를 안 허네. 그 참에 더 달라는 것이제."

김 화백이 고민스런 얼굴로 호규씨와 춘화에게 번갈아 시선을 던졌다. 이번엔 박씨가 끼어들었다.

"너무 싸게 팔았다는 거 아니것어? 요번에 그거 놓치면 후회할 거여."

박씨가 찻잔을 들고 주위를 살폈다. 그가 목소리를 오므렸다.

"저어, 그냥 그대로 등기하는 게 워띠여? 어차피 둘이 합칠 턴디…. 웃돈 줌서 이름 바꿀 거 머 있것능가잉. 법이라는 게 원래 지키라고 있는 거 아니겠어. 미등기 전매는 불법이라 잡혀간다고."

박씨가 쉿소리를 내며 '잡혀간다'에 힘을 실었다. 갑자기 딸꾹질 소리가 들렸다. 김 화백이 턱끝을 들어올려 호규씨의 대답을 재촉했다. 호규씨의 얼굴이 오른쪽 어깨로 돌아갔다. 춘화에게 동의를 구하는 것 같았다. 그녀의 눈이 김 화백의 얼굴을 빠르게 훑었다. 호규씨의 둥글게 숙인 뒷머리 위로 시선들이 동시에 날았다. 춘화가 앞니를 드러내며 호규씨의 손을 잡았다.

"그, 그렇다면 그렇게….'

호규씨가 더듬거렸다.

"되얐네."

박씨가 손바닥으로 탁자를 쳤다.

"오우케이!"

동시에 김 화백의 선언이 실내를 가로질렀다. 딸꾹질도 그쳤다. 나는 양손으로 의자의 팔걸이를 밀며 벌떡 일어섰다. 신트림처럼 목구멍을 뚫고 올라오는 화를 못 이긴 탓이었다.

"잠깐만."

그들을 향해 몸을 틀었다. 그들이 동시에 내게 얼굴을 돌렸다.

"지금 뭐 하는 겁니까."

내 귀에도 내 목소리가 너무 컸다. '이건 사기야'라고 이어서 내가 외쳤던가. 아마도 그랬을 것이다. 그 순간 나도 헷갈렸다. 그런 소리가 실제로 실내 공기 속에 섞여들었는지. 차이는 없었다. 갇혀있던 목소리가 저절로 튕겨 나왔다면 그건 본심이었을 것이므로. 박씨가 천천히 내 앞으로 걸어왔다.

"시방 나한테 시비 붙는 것이여? 당신이 뭔디."

아차, 내가 첫마디를 그렇게 던져서는 안 되는 것이었다. 뼈저린 후회가 밀려왔다. 급한 볼 일을 가장하여 호규씨만을 잠깐 밖으로 불러냈어야 옳았다. 주방 카운터에서 성자씨가 얼굴을 내밀었다. 불안한 눈빛이었다. 박씨가 고개를 좌우로 흔들더니 양손을 맞잡고 손가락 관절을 꺾었다. 우두둑 소리가 크게 들렸다. 그가 어깨를 돌리며 훼방꾼이 가소롭다는 듯 가슴을 폈다. 다소 과장된 동작이었다. 무관심한 척 지켜보았을 성자씨를 의식하는 듯도 하고 제 발 저린 자의 변죽 같기도 했다. 이번엔 김 화백이 천천히 일어났다. 굳은 표정이었다. 일순 실내 공기가 얼어붙었다. 나는 짐짓 그를 외면하며 호규씨에게 눈을 맞췄다. 내친걸음이었다. 손바닥을 펴 두 손을 저었다. 안 돼요. 간절한 메시지였다.

"남의 비즈니스에 웬 간섭이여."

박씨가 한 걸음 더 다가왔다. 심장이 쿵쾅거렸다. 뒷감당이 힘들 것 같았다. 박씨의 반격을 받아칠 적당한 구실도 옹색했다. 그래도 호규씨만은 내 진심을 이해하고 낌새를 채리라. 이윽고 호규씨가 자리에서 일어나 내 쪽으로 발을 뗐다. 나는 그의 손을 덥석 잡고 밖으로 나갈 생각이었다. 박씨와 김 화백이 한걸음씩 물러섰다. 주인공에게 상황을 맡겨보자는 심사 같았다. 바투 다가온 호규씨의 얼굴이 곤혹스러움으로 가득 차 있었다. 동시에 손을 뻗으면 악수를 할 만한 거리에서 나와 시선이 얽혔다. 그가 망설이는 것 같기도 했다. 자신이 주인공임을 아는, 그러나 방향을 잡지 못하는. 내가 배우들에게 길 잃은 자의 표정을 요구한다면 바로 저 거지 싶었다. 나는 다시 한 번 고개를 저었다. 다른 사람들의 귀에 도달할 음파는 불필요했다. 침묵이 길어지는 듯했다.

"이봐 호규씨!"

김 화백의 목소리가 낮게 깔렸다. 호규씨가 등 뒤로 고개를 돌렸다. 김 화백 역시 더 이상 음파를 만들지 않았다. 대신 그는 턱을 빠르게 들어 올렸다가 천천히 내렸다. 잔뜩 찌푸려 가늘게 뜬 눈빛이 날카로웠다. 지시였다. 훈련소 유격조교의 눌러쓴 모자챙 밑에서 번뜩이던 명령처럼... 호규씨가 이번엔 어깨를 돌려 각도를 바꿨다. 춘화를 일별하는 것 같았다. 호규씨의 귀 밑에서 턱 근육이 불거졌다. 그제야 길을 찾아 결심한 모양이었다. 그의 얼굴이 벌겋게 달아올랐다. 자신의 여자 앞에서 모욕을 당한, 혹은 한배를 탄 동지들에게 의리를 보여야 하는 사내의 절박한 표정이었다. 그가 다리를 끌어 나와 간격을 좁혔다. 우리가 동시에 큰 숨을 들이쉰다면 배가 맞닿을 성싶었다. 나는 혼란에 빠졌다. 에이 설마…. 그와 함께한 시간들이 빠른 속도로 내 머릿속을 훑고 지나갔다. 심호흡을 했다. 싸늘한 바람이 뱃속을 훑었다. 호규씨가 내 가슴팍을 밀쳤다. 그 투툼한 손으로… 다짜고짜… 장풍처럼…. 나는 엉덩방아를 찧으며 바닥에 나동그라졌다.

도망치듯 카페를 뛰쳐나왔다. 전주교대로 뚫린 사거리에서 걸음을 멈췄다. 담벼락에서 눈에 익은 얼굴이 빠져나왔다. 책방여자가 나를 보며 웃고 있었다. 낯이 뜨거워졌다. 얼핏 무슨 소리를 들은 것 같았다. 훌쩍거리던 진식의 코맹맹이 소리 같았는데…, 아니었다. 파르티로노 레 론디니~. 흠칫 돌아본 등 뒤엔 아무도 없었다. 공중에 매달린 카메라가 비웃듯 나를 내려다보았다. 불현듯, 길을 잃은 느낌이었다.

제8장

표충비

# 제8장

# 표충비

이런 게 참고인진술이라고 했죠? 피해자진술로 바꿔도 되겠지만, 그 친구에겐 나 역시 가해자라는 생각이 듭니다. 전시회 출품작을 지켜주지 못했으니까요. 서학동 예술인마을이 생긴 뒤로 이런 일은 처음이지 싶네요. 내가 무료 봉사자였다는 것만으로는 책임에서 자유로워질 수 없겠지요. 제대로 해결되지 않으면 이런 행사가 다시 열리긴 어려울 겁니다. 아무튼 지금 생각해봐도 내가 곧바로 경찰에 신고한 건 잘한 일 같습니다.

지난번에 불려갔을 때보다는 여기가 백번 낫네요. 경찰서라는 곳이 왠지 불편하거든요. 털리다보면 새삼스런 먼지라도 나올 것 같고. 거기서 담당형사를 마주하면 내가 피해자인지 피의자인지 헷갈려요. 기억이 가물거리면 내가 거짓말이나 지껄이는 걸로 오해받기 딱 좋잖아요.

어때요 고 형사님, 날 따라오기 잘 했죠? 애당초 이런 대폿집에서 만났어야 되는 겁니다. 말이 술술 나오자면 목구멍이 축축해야 되는 거요. 좁은 바닥에서 근무수칙 같은 건 따지지 맙시다. 이 동네 공무원들도 알고 보면 다 아래윗집 선후배들이고 불알친구들 아뇨? 내가 두어 살 위인 것 같은데, 아, 뭐, 그렇다고 유치하게 연줄이나 따져가며 수사에 혼선 줄 생각은 없으니까 걱정 붙들어 매쇼. 나도 눈치 없이 객쩍은 소리나 지껄일 인간은 아니우.

그러고 보니 막 여섯 시가 지났네 그랴. 지금부터는 퇴근한 걸로 치고 편하게 풀어봅시다. 그 얘기가 안주거리로도 쓸 만하다니까. 안 그래요?

자, 시원하게 얼린 막걸리부터 한잔 걸쳐봅시다.

옛날 형사 콜롬보 기억나요? 우리가 초등학교 다닐 무렵이었나 그때가? 인기 좀 끌었지요. 캬아 그 목소리, 한쪽 눈을 찌그려서 말이지. 피터 포크의 연기가 그럴 듯했거든. 아따, 이 술 사라고 안 할 테니 인상 좀 펴요. 살인사건도 아닌데. 눈가에 주름 잡아봐야 콜롬보처럼 멋지지도 않구만. 오늘 내 얘길 듣다보면 사건 하나는 해결될지도 모르잖소. 기왕에 도난신고로 접수했으니 처리는 하셔야 될 거 아니냐고. 솔직히 말하자면 지난번엔 짜증이 좀 났어요. 내 직업을 묻는 대목부터 말입니다. 조서를 꾸미자니 절차상 필요하다는 걸 모르진 않았지만….

그날 내가 시나리오작가라고 했는데 기억나죠? 소설 쓴다고 할까 잔머리 좀 굴렸는데, 사소한 걸로 헷갈리게 해서 시시한 인간되느니 그냥 솔직히 말해버린 거요. 영화감독임네 하며 똥폼 잡는 치들이 많다보니 그런 부류에 휩쓸리긴 싫었던 겁니다. 명함을 박진 않았어도 영화제에 여기저기 출품도 했으니까, 뭐, 틀린 말도 아니죠. 서울서는 단편영화도 몇 편 찍었고요. 관객이 들지 않았지만… 아, 뭐, 그렇게 한심한 눈으로 볼 건 없어요. 독립영화가 상업적으로 성공할 수 없다는 건 다 알잖습니까. 아무튼 내가 소설가라고 안 한 게 다행입니다. 얼결에 소설을 모독할 뻔했지요. 소설가라고 하면 묘하게도, 이 친구가 소설 쓰고 있네. 소설 같은 소리 하고 자빠졌네, 라는 식의 눈빛이 돌아오게 마련이죠. 뭐, 영화 시나리오라고 해서 특별히 다를 것도 없지만 소설만큼은 아닌 것 같습니다. 방귀 깨나 뀌는 인간들이 비리혐의로 잡혀가면 무조건 사실무근임을 주장하잖아요. 나름 억울하다는 거죠. 그들에겐 소설을 끌어들이는 공통점이 있더군요. 소설 같은 이야기라느니, 언론이 소설을 쓰고 있다느니…. 애꿎은 소설이 죄인취급을 받는다니까요. 소설이 허구에서 진실을 끌어내는 효과적 도구라는 걸 그들이 알 리 없죠. 그런 인간들과 어찌 문학과 예술을 논하겠습니까. 웃기는 세상이죠.

자, 자, 얼굴 펴요. 소설 같은 허구로 시간낭비나 시키진 않을 테니까. 고 형이 소설보다 다큐를 선호한다는 것쯤은 나도 압니다. 어차피 그쪽에서도 추가로 조사할 게 있다고 하지 않았나요? 내가 할 이야기가 더 있다고 오늘 아침 전화 드렸을 때 말이오. 지난주에는 사건 개요만을 육하원칙으로 채워드리기도 급했습니다. 첫 대면이라 나도 긴장 좀 했고요. 돌아와 생각해보니 내가 정작 중요한 부분들을 놓쳤더라고. 그래서 편한 데서 보자고 한 겁니다. 출장조사 한 번 더 나온 셈 치세요. 솔직히 그렇고 그런 사건이라면 나 같은 사람이 불러낸다고 경찰이 이런 데로 나오겠습니까. 퇴근까지 미루시고.

참나, 매스컴이라는 게…. 워낙 띄우니까…. 아무튼 그 물건을 만든 작가조차 종적을 감춰버린 게 영 거시기하단 말씀이오. 여태 오리무중이라니까요. 고 형도 그 친구에게 전화를 해봤으면 아시겠지만.

아무래도… 내가… 실종신고도 해야겠지요?

각설하고, 한 잔 찌클어 봅시다.

근처에 먹을 만한 안주가 뻐근하게 깔리는 술집이 있다는 건 축복 아닙니까. 그 덕분에 식사비가 따로 들진 않으니까요. 한 주전자 추가할 때마다 안주 한 상을 다시 깔아주는 방식, 캬아, 이거야말로 전주인심 아니겠소. 김이 오르는 족발을 보는 데서 뜯어주니까 대접받는 느낌이 팍 오는구먼. 짭조름한 홍합국물이 죽여주네. 이런 막걸리집이 한옥마을 관광구역 안으로 되돌아온 건 반가운 일이지요. 전에 있던 대폿집들이 모두 외곽으로 쫓겨나갈 때 나도 많이 아쉬웠어요. 가파르게 오르는 월세를 견딜 수 없었겠지요. 그렇다고 안줏거리를 줄이자니 단골들이 외면할 건 빤하니까.

관광객들도 그동안 아까운 택시비만 들였지요. 외곽으로 빠져나간 대폿집 앞에 줄을 서곤 했는데 이젠 몇 집만 더 되돌아오면 그럴 필요 없겠어요. 이 집 주인이 서울사람이라지 아마? 전에 하던 사람이 팔았대요. 곧 프랜차이즈가 되겠죠? 대폿집 프랜차이즈라. 주말엔 이틀 전에 예약이 마감된답니다. 주중에도 오늘처럼 빈자리가 없으니 조만간 술값 좀 오르겠네. 세상 이치가 그러니 곧 익숙해지겠지만 흐흐. 그래봐야 건물주 좋은 일만 시키겠다고요? 나도 처음엔 그렇게 생각했지요. 그런데 그렇지도 않아요. 목 좋은 건물마다 주인이 여러 번 바뀌었지요. 차액이 발생할 때마다 따먹고 나갔으니 상투 쥔 사람은 세를 올려봐야 별 볼 일 없죠.

내가 왜 이런 말을 늘어놓느냐고요? 이 지역 상황이 변하고 있다 이거요. 서울 인사동을 닮아간다는 말씀이오. 전통? 전통 같은 소리 작작 하라고 하쇼. 고 형도 한 바퀴만 돌아보면 아시겠지만 전주스런 흔적이 어디 남아있기나 합니까. 겨우 이런 대폿집에서나 그런 걸 찾아야 하니. 전시관도 돈 안 되면 끝장이오. 내가 이번 전시회 장소 때문에 얼마나 애 먹은 줄 아쇼? 딱 일주일만 빌리자는데도, 내 참 더럽고 치사해서….

에잇, 술이나 먹읍시다. 쭈욱 드쇼. 처음 석 잔쯤은 거푸 들어가야 스토리에 이빨이 먹히고 미끈하게 기름이 발라지는 거요.

아, 글쎄 한 달 전부터 내가 전시회 장소를 구하러 다니지 않았것소. 홍화백이 느닷없이 감나무카페로 나를 부르더란 말이오. 서학동 예술인마을 촌장님 말입니다. 시간 좀 내라더군요. 그 냥반이 내 고등학교 선배다보니 거절할 수가 없었어요. 십이 년 위면 넙죽 엎드려야 되는 할아버지죠. 지방도시의 서열문화는 조직에서 일하는 고 형이 나보다 더 잘 아실 테고.

이 좁은 바닥에서 어깃장 놓았다간 찍히기 딱 좋으니 나라고 별 수 있것소. 고향으로 되돌아와 해를 넘기는 동안 나를 알아보는 얼굴들이 시나브로 늘어갑디다. 잊었겠지 했는데 그게 아니더라고. 대학을 서울로 간 지 이십하고도 오 년이 되었는데…. 바쁘다는 핑계를 대기도 뭣하더라고요. 알 만한 사람은 다 아는데. 내가 여동생네 게스트하우스 뒷방에서 언제 찍을지 모르는 영화대본이나 끄적이는 신세라는 거….

이번 전시회 행사진행을 맡아달라는 주문이었습니다. 오픈 행사 때 마이크 들고 사회나 봐달라는 게 아니었어요. 전시회 준비는 말할 것도 없고요. 일주일 내내 전시관을 지키고 어설픈 지식으로 도슨트까지 해야 되는 따분한 일이었습니다.

서학동 예술인들의 작품을 찍은 사진파일부터 모았죠. 도록을 인쇄하고 관람객들에게 나눠주는 일도 내 몫이었는데 그게 간단치 않아요. 출품자들 중에는 화가, 도예가뿐 아니라 조각가와 수공예품 작가들도 있었습니다.

서학동 화가라야 열 명이나 될까요. 그들의 그림만으로 강당만 한 공간을 채우자니 조금은 다른 전시형식이 필요했던 겁니다. 촌장님 혼자 모든 연락을 하기가 벅찼지요. 그 분이 도에서 행사지원금을 끌어왔어요. 몇 달전부터 청사로 출근하다시피 했는데, 더운 날씨에 물살 많은 몸으로 땀띠 좀 났을 겁니다. 그 냥반의 끈기에 문화관광담당자가 두 손 두 발 다 들었다더군요.

나는 회원들에게 연락하는 역할을 맡았습니다. 연고가 닿는 지인들에게는 촌장님이 손수 연락을 취했고요. 그래봐야 와서 작품을 사줄 사람은 드물겠지만, 흐흐. 원래 다 그런 거 아닌가요? 소문난 잔치에 먹을 게 없는.

그런데 우리 행사는 소문내기조차 쉽지 않았어요. 지역신문에만 코딱지만 하게 기사형식으로 광고가 나갔죠. 광고를 내자는 회원들의 요구는 많았지만 광고비를 누가 부담하느냐가 늘 문제지요. 이러다보니 출품작을 모으기도 만만치 않았습니다. 내가 일일이 찾아가 설득을 했어요. 광고도 제대로 못 내는 행사에 관객인들 오겠냐고 한마디씩 김을 빼더군요. 촌장이 자기얼굴 내는 짓인데 도와줄 거 뭐 있느냐는 반응도 있었습니다. 촌장 선거때 누가 누굴 찍어줬는지 대충 알겠더라고. 전임자에게 밀릴 순 없으니 실적 때문에 하는 행사라는 말은 그나마 좀 나은 축이었어요. 마지못해 출품들을 한 거죠. 그러니 다들 대표작을 내놓을 거라곤 기대할 수 없었습니다. 권위도 없는 전시회에 출품했다가 물건 값만 떨어질 것 같은 느낌 아시죠? 역시나 애매한 작품들만 꺼내놓더라고요. B급 정도 되는 걸로. 뭐 그렇다고 영 시원찮은 걸 내놓진 않아요. 동료들에게 쪽팔리긴 싫으니까.

나도 보는 눈은 좀 있지요. 촌장이 왜 내게 행사진행을 맡겼는지 눈치 챘습니까? 우선 나는 화가도, 도예가도 아니니까 이권과 구설수에 휘말릴 염려가 없다는 게 첫 번째 이유였습니다. 영화판에서 얻은 미적 감각으로 일반인들에게 간단히 작품설명을 해줄 수도 있고요. 작가들한테 조금만 귀동냥을 하면 되니까요. 미대 후배들에게 섣부른 열정페이를 강요했다간 요즘 고소당하기 딱 좋잖아요. 큐레이터나 도슨트를 따로 고용할 수도 없는 형편에 내가 제일 만만했던 겁니다.

뭐 그렇다고 내가 남 좋은 일만 한 건 아니에요. 촌장님 양해 하에 동영상을 만들었습니다. 전시장 안에서 주구장창 틀어댈 생각으로. 이 지방의 문화예술을 소재로 영화 좀 만들자는 거였죠. 물론 나를 좀 밀어달라는 뜻이었지만…. 아, 그러니까 오픈행사에 눈도장 찍으러 온 인간들도 이 떠오르는 영화감독을 알아봐야 되지 않느냐고요. 내가 요즘 전주영화제에 눈독을 들이고 있거든요. 아시겠지만 거긴 다큐멘터리 작품들이 벌떼같이 몰립니다. 다큐라는 게 원래 그래요. 예술성을 살려내기가 정말 어렵습니다. 팩트에 신경쓰다보면 르뽀처럼 밋밋해져버린다 이겁니다. 관객이 겪었거나 경험중인 현대사의 한 토막을 소재로 끌어오다 보면 신선하지도 않고요.

창의적 허구성이 예술의 핵심 아니겠습니까. 그런데 팩트와 예술성은 다른 방향으로 뛰는 두 마리 토끼라 이겁니다. 리얼리즘의 역설이죠. 다큐가 허구성을 배제한다지만 작가의 시각과 철학마저 밀어낼 순 없어요. 결국 팩트와 창의성을 전주비빔밥처럼 조화시키는 게 성공 노하웁니다.

고 형도 영화 좋아하죠? 바빠서 못 본다고요? 그래도 이런 말을 들어두면 어디 가서 아는 척하긴 좋을 겁니다. 시나리오는 건축설계와 같아요. 말이 되는 인과관계를 만들자면 뿌리가 중요합니다. 진행형 서사에 과거사를 양념처럼 버무려야 입체감이 생겨요. 나는 이렇게 잘 아는데 왜 히트작이 없나 모르겠네, 흐흐. 고달파도 어쩌겠습니까. 예술의 길은 멀고 내게 아직 때가 오지 않은 걸….

아참, 전시장에 틀어놓은 거 아직 못 봤죠? 없는 살림에 쥐어짰지만 봐줄 만해요. 이번 행사에 맞추느라 내가 좀 바빴습니다. 영화 예고편 같은 건데요. 감나무카페 성자씨한테 들은 실화에 조미료를 좀 쳤지요. 일제 때 동경으로 유학한 송여란이 주인공입니다. 이 동네 출신이니까 고형도 알지싶네.

미색으로 소문난 여란은 대대로 이어온 지주 집안 따님이에요. 한학자이자 한량이던 갑부 아버지가 예인들을 집안에 들여 공연을 즐겼지요. 그걸 보며 자란 여란이 말보다 춤을 먼저 배웠으니 그 방면으론 타고난 재원이죠. 느지막이 얻은 딸의 재롱이 얼마나 귀여웠겠어요. 여학교를 다니던 딸이 뜻을 이루겠다며 단식투쟁을 했고 결국 아버지가 졌어요. 유학을 보낸 겁니다. 때마침 딸을 피신시켜야 할 사정도 생겼으니까요. 현해탄을 건넌지 8년, 정식으로 서양식 무용을 배워 활동하던 그녀가 공연 중에 비보를 접해요. 아버지가 종친의 독립운동에 연루되어 고초를 당했다는 겁니다. 그녀는 귀국할 수밖에 없었습니다. 돌아와 보니 아버지가 죽고 가족이 뿔뿔이 흩어진 뒤였어요. 이젠 살아남는 것만이 목표가 됩니다. 제국주의전쟁에 끌려들어간 반도에서 그녀라고 별수 있나요. 때마침 신여성의 미모에 반한 일본인 사내가 끈질기게 공을 들여요. 가산을 되찾아주겠다며 당근도 제시하지요. 동양척식주식회사 아시죠? 담보대출로 조선땅을 죄 거둬들이던. 거기 간부였어요. 여란은 결국 그의 첩이 됩니다. 얼마 후 전쟁이 끝나고 허겁지겁 떠난 사내의 재산은 그녀의 차지가 되요. 그의 약속이 지켜진 셈이죠.

여기까지는 흔한 스토리죠. 그런데 꿈을 버리지 못한 여란이 해방된 땅에 남겨진 예인들을 모아 유랑극단을 만듭니다. 물려줄 자식도 없는 그녀가 가진 걸 예술혼에 실어 낙엽처럼 태웁니다. 그 뒤로 또다시 전쟁이 터지고, 난리 통에 극단인들 성할 리가 있나요. 고향으로 되돌아온 그녀는 완산칠봉 중턱의 외딴집을 구해 칩거에 들어갑니다. 텃밭을 가꾸며 근근이 살아가죠. 동네 사람들은 마을로 내려오지 않는 그녀가 중병에 걸렸다고도 하고 미쳤다고도 합니다. 나도 어릴 적, 산발한 노파가 산속에 살더라는 이야기를 동네 어른들한테 들은 것 같아요. 어스름 저녁의 공동묘지나 을씨년스런 대나무 밭이 배경이면 영화적 분위기는 살겠지요.

그러다가 운명처럼 찾아온 사내아이가 그녀에게서 춤을 배웁니다. 댓잎 스치는 바람이 스승과 제자의 춤사위에 스며듭니다. 늙은 여란은 그의 품에서 조용히 눈을 감아요. 어떻습니까, 말 되죠? 그러니까 여기가 예향이 아니겠냐 이 말씀이오.

입구에 책상 하나 갖다놓고 그 위에 도록을 쌓아두고 온종일 앉아있자니 따분합니다. 둘째 날부터 조진식 화백을 불러냈지요. 안 나올 순 없었겠죠. 한동안 잊고 지내긴 했어도 나하곤 인연이 삼십 년인데. 더구나 그도 이번에 출품을 했으니까요. 넓은 갤러리의 벽을 에둘러 채우자니 무조건 일인당 석 점씩은 의무사항이었어요. 조 화백이야 제 작품 팔자고 시간을 낸 건 아니었고요. 혼자 자리 지키는 내게 오줌 누러 갈 짬이라도 주려는 거였죠. 첫날이야 바글거리는 법이지만 다음날부터가 문제 아니겠습니까. 객도 없는 공간에서 나도 청승 떨긴 싫었던 겁니다.

굳이 뭣 때문에 그렇게 넓은 장소를 임대했냐고요? 비싸게 빌렸다고 생각하는 거죠? 사실은 그 반댑니다. 그래서 내가 칭찬 좀 받았습니다. 비용 조금 아끼자고 서학동에 멍석 깔아보세요. 한옥마을 남쪽으로 강 건너 찾아올 관객이 몇이나 되겠어요. 가뜩이나 시큰둥한 작가들이 작품인들 내놓겠습니까. 작업실이 강남으로 밀려난 것도 억울한데 작품까지 촌구석에 걸고 싶진 않겠죠. 마음이야 늘 서울 인사동에 가 있으니까요. 거기엔 최신의 정보와 감각이 흐르는데다 봐주는 눈들이 많잖아요. 이번에 빌린 곳은 일제 때 섬유공장 돌리던 자립니다. 건물이 낡았지만 한옥마을 안쪽이라 유동인구가 깔려있죠. 경기전이 닿을 듯 보이는 골목이라 초행에도 찾아오기 좋을 것 같았습니다. 이성계가 조상의 초상화를 걸어두던 명당 옆 갤러리라. 흐흐 뭔가 의미 있어 보이지 않습니까?

그 공장엔 그 뒤로도 다른 제조업이 들어서고 주인도 여러 차례 바뀌었다더군요. 수지가 안 맞았던 모양입니다. 시내 중심가에서 공장을 돌리다보니 규제도 심했겠지요. 최근 매각이 됐어요. 내가 새 주인을 만나봤습니다. 경기도 과천사람인데 켄터키치킨 매장에 지팡이 들고 서 있는 노인을 닮았더군요. 그는 막상 거기에 뭘 할지도 못 정한 상태였습니다. 시세보다 싼 맛에 투자는 했는데 수익을 올려줄 업종이 떠오르지 않았던 거죠. 웃을 때 감춰지는 작은 눈이 계산속은 빠르겠다 싶었는데 의외였어요. 시세차익 노리는 부자들에겐 당장의 용도 따위가 중요하진 않나봅니다.

내가 찾아갔을 때는 그저 텅 빈 공간이었습니다. 오랫동안 방치한 기계설비들을 빼낸, 내장 들어낸 고래뱃속 같은 느낌이랄까. 흑백사진처럼 음침하고 어둡더군요. 여기에 뭘 하실 거냐고 물었죠. 전통식품 매장이나 할까 궁리중이라는, 끝을 얼버무린 대답이 돌아왔습니다. 이렇게 칙칙해서야 누가 찾아오겠습니까. 우선 분위기부터 살려봅시다. 그렇게 시작한 홍정이 서학동 작가들을 위한 전시장소로 탈바꿈한 겁니다. 딱 일주일간이라 그런지 큰 부담은 안 느끼는 눈치더라고요. 임대료요? 흐흐 지방정부지원금이 얼마나 되겠습니까. 나라에서도 돕는 일이니 협조해달라고 조아렸습니다. 그가 잠깐 눈을 껌벅이더니 고개를 끄덕이더라고요. 객지에 내려와 굳이 관에 각을 세울 건 없다는 판단을 했나봅니다. 가장 골치 아플 것 같았던 장소문제가 그렇게 쉽게 풀려버렸습니다. 신기했지요. 홍 화백을 모시고 가서 곧바로 계약서를 썼습니다.

다음날 아침부터 하얀 벽을 굽이굽이 세우고 조명을 달았지요. 가벽 등 기본 시설은 임대업체를 이용했습니다. 그래도 근처의 다른 곳보다 훨씬 저렴했습니다. 장소 임대료가 공짜나 다름없었으니까요. 폐쇄회로카메라 말이죠? 당연히 설치했죠. 이미 보셨잖아요. 한 군데 늘릴 때마다 비용이 만만치 않았습니다. 들어가는 출입구 위에 그걸 달지 못한 게 정말 후회스럽네요. 안쪽 공간에 신경을 쓰다 보니….


자 듭시다. 나도 한잔 먹고 후회를 털겠습니다.

모두 열아홉 명이 협조를 해줬습니다. 내 구두굽이 닳은 결과지요. 명단에 없는 사람까지 만나봤습니다. 스스로 예술가라고 믿는 자들을 한 번씩은 다 접촉한 셈이지요. 홍 화백이 나를 불러냈듯이 저에겐 진식이 최후의 보루였습니다. 하지만 솔직히 그는 설득하기가 좀 애매했어요. 그 친구는 팔릴 수 있는 그림을 그리지 않거든요. 미대에 입학하자마자 걸개그림 사건으로 빵에 들어갔다 나왔어요. 우직한 실천가입니다. 여전히 그런 걸 그려요. 그 친구가 술자리에서 한 말을 기억해요. 세상 걱정을 다 끌어안은 얼굴로 말이죠. 예술은 정치와 무관해야 한다는 의견 자체가 대단히 정치적인 것이라나. 조지 오웰의 주장이었다는데 진식이 보는 세상도 여전히 동물농장인 거죠.

이번에는 바다를 그렸어요. 바다 밑이요. 큰 배가 가라앉은 칙칙한 바다 속 말입니다. 배 안에 갇힌 어린 인어들이 헤엄을 쳐요. 그런데 모두 얼굴이 없어요. 눈요기나 하는 일반인들은 수족관을 그렸나 하겠죠 뭐. 높으신 분들이야 그런 데까지 관심이 있겠어요. 개관식에서 마이크 쥐어 드리고 기자 불러서 사진 한 장 잘 찍어드리면 되지 않겠습니까.

에라 모르겠다, 그냥 걸었습니다. 제일 안쪽에요. 관람객의 동선을 따라가다 마지막으로 지루할 때쯤 보이는 벽면이죠. 현장 확인 차, 고 형도 와서 직접 보셨겠지만 걸개그림이라 엄청 커요. 그걸로 한 쪽 벽을 덮었죠. 완성하는 데 시간 좀 걸렸을 겁니다. 그런데 그게 팔리겠어요? 작가도 먹고 살아야 하는데…, 참 답답한 친구죠. 그래서 내가 도움을 좀 주려고 다른 걸 요구했어요. 나머지 두 점은 누군가 부담 없이 사줄만한 걸로 내놓으라고. 혹시 아나요? 내가 열심히 설레발을 치다보면 흐흐. 그래서 개관식 전날 밤 급히 그 친구의 작업실로 가서 도자기 두 점을 빼앗다시피 가져왔습니다. 급했죠. 다음날 아침이 오픈이라.

화가에게 웬 도자기냐고요? 글쎄 들어보세요. 그날도 모래 씹는 표정이더라고요. 아지트를 보여주고 싶지 않았던 거죠. 하지만 등 떠밀어 앞장세웠어요. 내가 눈에 쌍심지를 세워 벌컥 화를 냈죠. 다들 소극적이라 떨떠름해진 행사에 너마저 이럴 거냐고. 뒷머리 긁어가며 작업실 겸 숙소로 안내하더군요. 그렇잖아도 순한 놈이 시키면 눈썹 아래로 굵은 눈망울을 굴리며 고민하는 모습이라니. 고 형도 봤어야하는 건데….

홀쭉한 볼에 핏기 없는 얼굴이 안쓰럽기도 했어요. 밥이나 제대로 챙겨먹는지 원. 혼자 사는 놈에게 느끼는 연민인지도 모르겠습니다. 나도 같은 신세다보니…. 그 친구도 참. 어지간히 낯을 가린다니까요. 언제나 혼자였지요. 피붙이가 어디에 살아있긴 하는지. 오래 전에 여자가 있었다는 말을 듣긴 했어요. 자식도 없이 살다 헤어진…. 사진파일도 걸개그림만 겨우 이메일로 받았어요. 인쇄 들어가기 직전이었죠. 결국 막판에 가져온 도자기 두 점은 도록에 끼워주지도 못했습니다. 휴대폰 사진이라도 찍어둔 게 그나마 다행이네요.

이번 행사가 아니었으면 그 친구의 공방을 구경도 못할 뻔했지 뭡니까. 내가 그 친구를 다시 만난 지 두 해가 다 되어 가는데 말이죠. 그 도자기를 내가 거기서 발견한 겁니다. 이번 사건의 주인공이죠. 작업실이 서학동골목 안쪽 귀퉁이에 처박혀 있더라고요. 고 형이 거기도 가봤습니까? 왜, 그 교회 뒷골목 있잖아요. 네 맞아요, 그 집. 새로 생긴 마트 뒤쪽 고추밭 사이로 휘어 들어가면 나오는 막다른 기와집. 이끼 낀 토담이 반쯤 무너져 있는데 손대면 바스러질 것 같더라니까요. 참나, 어지간히 궁했던 가봅니다. 그런 폐가는 또 어떻게 구했는지. 거저 빌리다시피 했겠죠 뭐. 함석물받이가 썩은 서까래 끝에 겨우 매달려있는데 거기서 벌건 녹물이 흘러요. 마당에는 잡초가 사람 키를 넘고, 올려다보면 지붕엔 와송이 자라고. 작업실 꼴이라니. 마루가 꺼질까봐 아무데나 디딜 수도 없었어요. 납량특집 배경으로 딱이죠.

컴컴한 방구석에 다행히 전깃불은 들어옵디다. 뼈대는 그럴듯해요. 전에 힘 좀 쓰는 사람이 살았던지 솟을대문에 대들보도 굵고. 넓은 마루에서 걸개그림 그리긴 좋겠습디다. 안방쯤 되는 공간엔 작은 거 몇 점 걸어놓고요. 그래봐야 '나홀로 전시관'이겠지만….

뒷문을 열었는데 부엌으로 쓰던 공간이 나와요. 예상 밖의 광경이 펼쳐졌죠. 그가 도자기를 만드는 줄은 몰랐거든요. 발로 차서 돌리는 구식 물레가 있고. 나는 첫눈에 알아봤습니다. 대단한 물건이었어요. 컴컴한 부엌이 갑자기 밝아지는 느낌 있죠. 상아색 도자기가 조선의 달항아리를 닮긴했는데 생긴 게 좀 특이했습니다. 허리에서 엉덩이까지 곡선이 자연스럽게 빠진 여자의 몸, 실물크기였지요. 양 볼기 사이의 홈이 돌아앉은 여인의 도발적인 자태를 그대로 드러내고 있었습니다. 허리 위로는 항아리의 주둥이로 열려있었죠. 갈대와 함께 들국화 몇 송이를 길게 꽂아두면 멋지겠다 싶었습니다. 형태뿐 아니라 기능에도 신경 쓴 흔적이 역력했어요. 도예가는 화가보다 상업적으로 유리한 측면이 있긴 합니다. 그릇이라는 도자기 고유의 기능 덕분이죠. 뭔가를 담을 수 있는 물건이라 특히 여인네들이 애지중지하니까요.

그 작품은 작가에게 애인이었어요. 부엌바닥에 등산용 매트를 깔아놓았는데 거기서 잠도 자는 것 같더라고요. 작품에 뺨을 대고 눈을 지그시 감으며 쓰다듬더군요. 첫날밤 여인의 젖가슴을 어루만지듯…. 내겐 손도 못 대게 하면서 말이죠. 도자기에 쏟는 열정도 회화만 못해 보이지 않았어요.

반쯤 감은 그의 눈에서 언뜻 물기를 봤어요. 황홀경에 빠져드는 표정이었습니다. 재료를 반죽할 때 모래처럼 굵은 입자를 섞어 넣었다고 했어요. 항아리 안에 물을 담으면 표면에 물기가 맺힙니다. 초벌구이를 마치고 유약을 발라 다시 구워냈는데도 미세한 구멍을 통해 수분이 밖으로 빠지는 거죠. 실내에 두면 습도 조절기능이 있어요. 땀을 흘리는 사람의 피부처럼.

조 화백이 드디어 팔릴 수 있는 물건을 만들어낸 겁니다. 그가 몹시도 쑥스러워합디다. 자기도 그걸 염두에 두긴 했던지. 내가 그걸 들여다보는 순간 사랑하는 남자에게 마음을 들킨 소녀처럼 얼굴을 붉히더라니까요. 나는 감탄과 칭찬을 쏟아내는데 오히려 그는 죄 지은 사람마냥 고개를 못 드는 겁니다. 그 표정이 지금도 선해요. 도시의 어느 카페로 불려나와 난생처음 맞선을 보는 시골처녀가 그런 얼굴일까요. 정말 이래도 되나 싶은, 호기심과 부끄러움과 형태 모를 죄책감이 섞여있는…. 평생을 걸어온 길을 두고 외도를 하려니…. 갓난아이 혀끝처럼 연약하고 숫처녀 속살처럼 수줍은 마음이었을 겁니다.

그가 도예를 겸하는 건 회화작업의 순수성을 지키려는 눈물겨운 결단 이었을 겁니다. 끝까지 붓을 놓지 않으려면 어쩌겠어요. 돈 나올 구멍은 있어야겠고. 그가 동네에서 인테리어 공사도 몇 번 맡은 적이 있어요. 알음 알음으로. 결국 빚구덩에 빠지고 말았지요. 공사비만 떼이고…. 아는 사람들이 더 무서워요. 성실하면 뭐 합니까. 모질게 돈 받아낼 성격도 못 되는데.

회화보다 도예가 결코 쉬운 분야라고 말할 순 없겠죠. 하지만 이미 예술의 특정분야에서 감각을 기른 자는 유사 장르에 비교적 쉽게 다가갈 수 있지 않을까요. 죽기살기 식으로 몇 년 정진하면 어지간한 단계는 가능할 성싶더군요. 일반인들의 눈으로는 전문가와 얼핏 구별이 어려운 수준까지는 말입니다. 전통방식으로 꼼꼼히 빚어낸 작품을 부끄러워할 이유가 뭐 있겠습니까. 남들은 조수를 두고 찍어내듯 대량생산도 해대는 세상 아닙니까. 추석선물용으로 기업에서 수백 점씩 주문받은 다기세트에 유명 작가의 이름을 새기죠. 그래야 싸구려가 안 되니까요. 하긴 남이 대신 그려준 그림에 제 이름만 써넣는 인간도 있는데…. 새로운 창작방식이라고 우긴다면 할 수 없죠. 애꿎은 엔디 워홀까지 들먹이면서 말이에요. 포스트모더니즘이라나 뭐라나, 나 참 더러워서. 나 같은 비전문가가 옳고 그름을 따지는 게 좀 주제넘나요? 쩝.

진식은 싸인 대신 도자기 바닥에 자신의 지문을 찍었더군요. 흙일을 많이 하다 보니 닳아서 지문이랄 건 없었지요. 하지만 그의 특이한 손가락 모양이 정확히 찍혀있었어요. 엄지를 뺀 오른쪽 네 손가락이 모두 동원됐지요. 약지가 중지보다 더 길고 검지는 매우 짧은. 안중근 의사처럼 마디 하나가 없는데 그는 오른 손 검지였죠. 공장에서 잘라먹었다고 했어요. 손가락을 잘라 밥을 먹었다는 뜻이겠죠. 감옥에서 나와 프레스공장에 들어갔던가봅니다. 거기서 노조 만들다 또 잡혀 들어가고.

　이튿날 아침부터 부슬부슬 비가 왔어요. 막걸리에 빈대떡이 당기는 날씨였죠. 지금처럼 말입니다. 그 분위기로 되돌아가자면 우리도 한잔 쭈욱 걸치는 게 좋겠어요. 사는 게 어차피 길 가는 일인데 얼큰하게 걸어가도 나쁠 거 없잖아요.

　개관 다음날이라 보러오는 사람이 줄어들 건 예상했지요. 얼굴 내밀 사람들은 첫날 이미 눈도장들을 찍고 갔으니까요. 초가을로 접어들어 날씨까지 우중충합디다. 화끈한 비도 아닌 게 오락가락하니 나도 집에서 우산을 들고 나왔어요. 평일이라 누가 오겠나 싶었지만 준비를 안 할 순 없잖아요. 대충 청소도 해야 되고요. 인건비를 아끼자니 별 수 있나요. 직접 청소기를 돌리고 있는데 조진식 화백이 들어왔어요. 전날 내가 진지하게 부탁했고 그도 약속을 지킨 거죠. 평소 말수가 적은 친군데 오전 내 심심했던지 예술정신에 신세한탄을 비벼서 길게 늘어놓더라고요. 불러낸 죄로 어눌하고 지루한 강의를 들어줬지요. 그다지 싫진 않았습니다. 그럭저럭 오전이 지나가는 효과도 있었으니까요. 조 화백은 제 작품들이 배치된 자리를 맘에 들어 하는 눈치였어요.

　아참, 내가 그의 도예작품을 두 점 전시했다고 했지요? 나머지 하나에 대한 설명을 깜박했네요. 실물크기의 발이었어요. 농부의 발처럼 굳은살이 박힌 상처투성이의 발을 빚어낸 거죠. 검붉은 유약을 바른 화병에 녹슨 쇠의 질감을 살려놓았어요. 종아리 부분이 열려있으니까 거기에 꽃을 꽂을 수도 있겠지요. 고 형도 그건 봤죠? 그거 이미 팔렸어요. 그 작품은 전시관 안쪽 걸개그림의 우측하단에 배치했습니다. 무릎높이의 받침대 위에 올려놓았죠. 그림을 훑어 내리다가 거기에 시선이 탁 걸리도록 한 겁니다.

받침대 모서리쯤에 조그만 명찰도 붙였어요. '고생한 발'이라고. 작품이름은 내가 급히 지었는데 썩 맘에 들진 않았습니다. 작가 자신도 생각해둔 게 없었던지 딱히 불만 같은 걸 말하지 않았어요. 팔릴 거라는 기대도 크게 하지 않았던 것 같습디다. 남들 붙이는 가격표도 안 붙여요. 예술품에 값을 매기는 게 무슨 죄라도 되는 양 말이죠.

문제는 그의 또 다른 작품 즉, 땀 흘리는 항아리를 어디에 놓을 것인가, 였어요. 용기를 냈죠. 홍 화백의 그림 옆으로.

출입문을 열고 들어와 곧바로 안을 들여다볼 수 없게 칸막이를 설치하는 게 관례입니다. 사람들은 그 칸막이를 돌아 오른쪽으로 들어와서 시계반대방향으로 돌아나가는 거지요. 행사용 도록의 표지에 대표자인 홍 화백의 그림을 넣었습니다. 바로 그 그림을 전시관에서 만날 첫 작품으로 배치한 거죠. 출입문을 열자마자 곧바로 보이는 칸막이벽에 터억 걸어놓으니 폼이 납디다. 내가 다른 작가들 눈치를 안볼 순 없었지만 어쩌겠어요. 그래도 그 분이 고생해서 정부보조금을 받아왔는데. 늘 그렇듯 늘어진 턱살을 흔들며 동그란 얼굴로 싱글벙글 합디다. 백 호짜리 크기라 벽이 여백으로 많이 남았죠.

홍 화백 그림 우측 하단에 슬며시 조진식 작가의 백자를 갖다놓았어요. 아래쪽에는 나무받침대 대신 민가에서 사용하는 장독 뚜껑을 뒤집어 받쳤습니다. 바닥이 젖으면 안 되니까요. 매일 아침 물을 적당히 채우고 땀을 흘리게 할 생각이었어요. 사건이 생긴 날에도 그렇게 했습니다. 물론 작품 뒤의 하얀 벽면에는 명찰을 붙였지요. 작가가 생각해둔 몇 개의 이름이 있긴 했지만 이거다 싶은 게 없었어요. 그래서 머리 좀 굴렸지요. 내가 '표충비'라고 써 넣었어요. 아시죠? 비석 말이에요. 임진왜란 때 승병을 일으킨 사명대사 비석에 대해서는 들어보셨죠? 국가에 환란이 생기면 구슬땀을 흘린다는. 명찰을 붙여놓고 으쓱했어요. 어느 보살님의 애국충정을 보여주는 것 같기도 하고요. 작품엔 의미부여가 중요한 거 아닌가요? 작가는 겸연쩍어 했지만 까짓것 사명대사가 아니면 어때요.

개관 첫날 홍 화백 눈치를 좀 보긴 했는데 그가 조 작가의 작품에 신경을 안 쓰는 눈치였어요. 날씨가 맑고 손님도 북적거려서 그랬는지도 모르고요. 흡족했겠지요. 자신의 작품이 좋은 자리에 걸려있었으니. 더구나 그건 자화상으로 보이는 인물화였으니까요. 벽에 붙은 핀조명이 위에서 비스듬하게 얼굴부위를 맞춰주고요. 들어오는 사람마다 홍 화백의 그림에 대해 한마디씩 했어요. 하지만 그림의 오른쪽 아래엔 눈길이 머물러주지 않았습니다. 도록에도 없는 작품이라 그렇게라도 빛내주고 싶었는데…. 기자녀석도 홍 화백의 그림에만 열심히 카메라를 맞추더라니까요. 그 케이블티비 기자는 내 중학교 후배였어요. 개관식 보도 좀 해달라고 두 손 비벼가며 불러냈습니다. 말하자면 그 녀석은 진식과도 동문인데 내가 손가락으로 표충비를 가리키는데도 시큰둥하더라고요. 섭섭했지만 어쩌겠어요.

첫날은 그렇다 쳐도 이튿날부터 곧바로 기대를 접을 순 없는 노릇이었습니다. 잔뜩 찌푸린 날씨였는데 점심시간이 지나자 별안간 출입문 쪽이 시끌벅적합니다. 헛웃음이 끼어있는 홍 화백의 목소리를 따라 사람들이 우르르 들어오는 겁니다. 빗방울 소리가 그들을 따라 실내로 들어왔어요. 예닐곱 명쯤 되는 중년여자들이 어깨에서 물방울을 털어가며 왁자하게 안으로 걸어와요. 홍 화백의 지인들이었죠. 나는 벌떡 일어나 손바닥을 펴 팔을 길게 내밀었어요. 동선을 따라 서달라고. 막 설명을 시작하려는데 홍화백이 손을 저어요. 미술품에 조예가 깊은 사람들이니 설명은 생략하자는 뜻이었어요. 후배들이랍디다. 미대출신도 있는 것 같더군요. 단지 지금은 활동을 멈춘 듯한.

홍 화백이 지점장 사모님이라고 소개한 여자는 말이 많았어요. 혀 짧은 소리로 작품평을 하면서 말이죠. 홍 화백이 직접 그녀들을 안내했어요. 자신의 다른 작품이 걸려있는 곳으로. 나는 어정쩡하게 무리의 뒤를 따랐습니다. 광고로 눈에 익은 핸드백들이 여자들의 허리께에서 덜렁거리며 시선을 빼앗더군요. 주춤거리다가 돌아보니 진식은 앉은 채로 천정만 쳐다보더라고요. 생각이 많은 얼굴이었어요. 그녀들이 경쟁하듯 홍 화백의 작품에 빨강 딱지를 붙이고 나갔습니다. 팔렸다는 표시죠. 나는 출입문밖까지 그들을 안내하며 앞서나갔어요. 그렇게라도 첫 판매실적을 올려준 게 고맙기도 했지요. 진식도 마냥 앉아만 있긴 뭐했던지 큰 키를 어정쩡하게 세워 구부정한 어깨로 따라 나오더군요.

그 순간 못 볼 걸 본 겁니다. 그들이 표충비에 꽂아둔 우산들을 뽑는 거예요. 우산 끝에 붙은 뾰족한 금속들이 작살처럼 날카로워 보였습니다. 그것이 작가의 예민한 자존심을 찔러 터뜨려버린 것 같았어요. 진식이 그 자리에서 딱 굳어집디다. 비석처럼 서버리더라고요. 연인, 아니 자신의 속살이겠죠. 그곳을 찔린 자의 핏기 빠진 얼굴이 푸르스름하기까지 했어요.

홍 화백도 표충비에서 우산을 뽑았어요. 멈칫하더니 진식을 일별해요. 벽에 붙은 명찰을 본 거죠. 우산꽂이가 아니었다는 걸 그제야 깨달았는지도 모릅니다. 홍 화백이 찰나의 긴장을 어색한 미소로 뭉갭디다. 그리고는 돌아서서 그들과 잰걸음으로 나가더군요. 헛웃음을 흘리면서 말이죠.

여자들의 수다가 빠져나간 출입구 안쪽 가벽에 빨간 딱지가 붙어있었습니다. 홍화백의 이름이 있는 명찰에 말이죠. 백 호짜리 인물화는 그들이 들어올 때 팔린 거죠. 그 옆에서 도자기가 진땀을 흘리고 있었습니다.

진식이 출입문 밖에 한참을 서있더군요. 내가 그의 어깨를 두드렸어요. 내 손바닥이 창호지처럼 얇고 가볍게 느껴졌는데 홑겹의 색 바랜 점퍼 안에서 그의 마른 팔뚝이 힘없이 흔들립디다. 고개를 떨어뜨린 그의 입에서 긴 숨이 빠져나왔어요. 그건 원망이나 분노가 아니었습니다. 차라리 후회였죠. 반성에 가까운…. 그는 처절하게 자기점검을 하는 것 같았어요. 나는 잠깐 사이에 그의 표정에서 많은 걸 읽었습니다. 내 헐거운 위로는 무의미했지요. 나는 조용히 문을 열고 안으로 들어왔습니다. 담배를 빨아대던 그가 말없이 사라졌어요. 여전히 표충비에서는 땀이 흐르고.

다음날 아침, 전시회장 문을 열자마자 가슴 한쪽이 떨어져나가는 줄 알았습니다. 표충비가 없어진 겁니다. 진식이 전화를 받지 않아요. 문자 메시지를 반복해서 보냈죠. 무반응인 거예요. 전날 다시 돌아와 제 작품을 들고 갔을지도 모르지만 확인할 방법이 없었습니다. 아까도 말했지만 거기엔 카메라를 달지 못했으니까요. 목격자도 없고요. 도난의 가능성을 배제하진 못하니 내 입장에서는 경찰에 신고할 수밖에요. 전시회 셋째 날은 이렇게 시작부터 심란했죠. 온종일 불안하고 관객이 와도 반갑지 않더라고요.

답답한 마음에 케이블티비 그 후배 녀석에게 전화를 했어요. 방송에서 도움을 줄지도 모른다는 기대가 있었습니다. 형! 그 작품이 도대체 뭔데 그래. 떨떠름하게 전화를 받더군요. 별거 아닌 걸로 내가 호들갑을 떤다는 거죠. 가격을 매길 수 없는 보물이라고 받아쳤어요. 나도 오기가 발동한 거죠 뭐. 은둔하는 작가의 미스터리적 환상을 심어준 겁니다. 녀석이

득달같이 달려왔어요. 카메라기자까지 대동하고 말입니다. 거창하게 취재를 시작하는 거예요. 오히려 내가 당황할 정도였습니다. 그날 저녁뉴스에 미술품 분실사건이 뜬 겁니다. 루브르박물관 모나리자 등 역대 미술품 도난 사건들까지 곁들인 보도였어요. 특종이 어떻게 만들어지는지 알겠더라고요. 머쓱했죠. 보도는 표충비라는 작품명의 상징성에 맞춰졌습니다. 사라진 미술품이 졸지에 대단한 의미를 지니게 된 겁니다.

그 다음날부터 물건을 찾지 못했다는 속보가 아침저녁으로 나갔습니다. 그건 고 형도 보셨죠? 지역신문에서도 그 뉴스를 덜컥 물었잖아요. 온라인 뉴스에도 댓글들이 달리기 시작했습니다. 소문이 전국으로 순식간에 퍼질 수밖에요. 은근히 겁이 납디다.

그 때부터 작품을 도로 가져가겠다는 작가들이 나타나기 시작했습니다. '내 것도 분실하면 당신이 책임질 거냐.'는 항의전화는 차라리 점잖은 편이었고요. 김 화백도 어지간히 꼴통이에요. 아참, 그 냥반 아시나? 지난번에도 촌장선거에 나섰다가 중도하차한. 마당발이라 이 동네에서는 김성기라는 이름을 모르는 사람이 없어요. 어이구야, 직접 달려와서 미간을 바짝 세우는데 안 그래도 각진 턱과 염소수염이 더 고집스러워 보입디다. 정 그러시면 갖고 가시라 했더니 그땐 또 누그러져요. 참나. 잘 지켜달라는 뜻이었다나. 그럴 거면 형님도 나랑 같이 여길 지킵시다. 관람객들에게 작품홍보 좀 하시고…. 바쁘답디다. 젠장. 그 뒤로도 작가들 몇이 더 왔는데, 겨우 설득해서 돌려보냈어요. 내 손가락으로 폐쇄회로 카메라를 가리키면서 말이죠. 다음날 김 화백이 교회 사람들을 잔뜩 데리고 왔더군요. 빨간 다트를 두 개나 붙여놓고 갑디다. 오죽하겠어요. 장로님 작품인데.

부산한 날들이 지나가고 예정된 일주일에서 이제 딱 하루를 남겨놓은 날이었습니다. 날이 개어 관객들이 제법 왔어요. 오전에만 서른 명쯤 다녀갔나. 뭐 대충 그랬어요. 도난사건을 묻는 전화를 받느라 짜증이 좀 나기도 했습니다. 잘 모른다는 대답을 온종일 반복하는 기분 아시죠? 하루라도 앞당겨 문을 닫으려고 적당한 명분을 궁리할 때였습니다. 승복 입은 남자가 들어왔어요. 머리를 파르라니 깎은 걸로 봐서 어느 절에 계신 분인가 싶었는데 명함을 내밀어요. 남중사 주지스님이래요. 남중사라면 근방에서는 제법 큰 절인데 주지스님이 몸소 찾아오셨으니 어인 일인가 싶었죠. 표충비를 물어요. 못 찾았다고 했더니 작가를 만나게 해 달래요. 연락이 안 된다고 했죠. 물건을 찾으면 사겠대요. 가격은 얼마든지 줄 테니 염려 마시라며.

자, 목 좀 축이고 계속합시다.

일주일째 되는 날이었어요. 예정대로라면 전시회를 마감해야 되는 거였죠. 점심때가 됐는데 그 때까지도 방문객이 하나도 없는 거예요. 그날이 일요일이라 한옥마을은 관광객들로 북적이는데 말이죠. 뭐 이제 올 사람은 다 왔나보다 했지요. 대낮인데도 밖이 어둑해지고 오늘처럼 구름이 낮게 깔렸어요. 낮술이 어울리는 날씨였죠. 이제부터는 고 형이 귓바퀴 좀 세워야 될 겁니다. 뭐 그렇다고 긴장하라는 말씀은 아니고요. 막걸리처럼 텁텁하게 가라앉은 속내를 끌어올려 보자는 거죠. 걸쭉하게.

자장면 한 그릇 후다닥 시켜 먹고 테이블을 치우고 있었지요. 사십대 후반이나 오십대 초반쯤으로 보이는 여자들이 우르르 들어오더라고요. 절 이름은 말을 안 하는데 신도회 멤버들이래요. 대충 짐작이야 했지만 굳이 묻지 않았어요. 조진식 화백의 다른 작품을 보자는 거예요. 그래서 걸개 그림을 걸어둔 안쪽으로 데려가 '고생한 발'을 보여줬죠. 아, 그땐 이미 고생한 발이 아니었어요. 내가 이름을 바꿔 달았거든요. 주지스님이 표충비를 원했을 때 내가 감을 잡았죠. 진식의 다른 작품도 팔리겠구나. 그래서 스님이 나가자마자 '고생한 발'을 떼어내고 '바라나시'로 바꿔 달았어요. 보드가야의 보리수 아래에서 깨달음을 얻은 붓다가 육백리 길을 맨발로 걸어가 설법을 전했다던 바로 그곳. 그는 자신의 발을 고생시켰죠. 그를 떠났던 도반들에게 도를 전하려고 터지고 갈라지는 고통을 참으며 걷는 거룩한 마음을 이 작품 속에 고스란히 빚어 넣었습니다.

카야, 이런 설명을 곁들이고 나니 내 자신이 대견스러워지더라고. 흐흐. 예술품이란 역시 적절한 의미부여를 통해 재탄생하는 거니까요. 여자들이 서로 다투며 가져가겠다는 겁니다. 나는 작품을 조심스레 뒤집어 발바닥을 보여줬어요. 뒤꿈치에 작가가 손가락으로 눌러 찍은 특이한 싸인. 아무도 흉내 낼 수 없는 조진식만의….

일단 주문을 받았습니다. 전시회가 끝나고 작가의 허락이 떨어지면 보내주기로. 그러니까 내 능력으로 판 첫 작품이죠. 그녀들 앞에서 이름표에 빨간 딱지를 붙였어요. 뿌듯하더라고요. 그런데 갑자기 그녀들이 모두 그 작품을 하나씩 사겠다는 거예요. 세 개를 주문하는 여자도 있었어요. 개당 백만 원씩 모두 열세 개를 예약 받았습니다. 작가에게 답을 듣지 못했으니까 가격은 그냥 내가 받아주고 싶은 만큼 부른 겁니다. 작가에게 부탁해서 똑 같은 걸 만들어달라더군요. 수능시험이 다가오면 값이 뛸 거라고 자기들끼리 속삭이더니…. 조진식 작가의 몸값이 뛰어오르는 소리가 마구 들리는 거 있죠. 그녀들이 나가다 문 앞에서 되돌아오더니 다른 작품들도 보고싶다는 거예요. 그러세요, 했죠.

가격표가 붙은 다른 작가들의 그림 석 점이 즉석에서 또 팔렸습니다. 깎지도 않더라고요. 내가 작가들에게 전화로 흥정해줄 필요도 없었죠 뭐.

계약금도 현금으로 받았습니다. 그녀들이 빠져나가자마자 진식에게 다시 전화를 걸었어요. 낭보를 미룰 이유가 있나요. 역시나 꺼져있더군요. 제기랄. 맥없이 입맛을 다시다가 엉뚱한 전화만 걸어댔어요. 좀 전에 팔린 작품 주인들에게 하릴없이 생색이나 내면서. 한 잔 사라는 둥.

그리고는 십 분도 안 지나서 홍 화백 전화를 받았습니다. 전시회를 연장할 방법을 찾아보라더군요. 전시작품들의 수준이 갑자기 높게 평가되고 있다는 거였어요. 사라진 작품을 두고 언론이 떠들어준 효과였습니다. 그런 대단한 예술품이 속한 전시회라면…. 그러고 보니 회원들의 항의전화가 잠잠해졌더군요.

잠시 후 아는 얼굴이 들어옵디다. 켄터키프라이드 영감 말입니다. 전시회 덕분에 자기 건물이 유명해졌다고 엄지손가락을 치켜들어요. 뉴스는 열심히 보고 있었던 모양입디다. 여기 더 쓸 생각 없어요? 그냥 더 써도 되는데…. 이러더군요. 그렇게 해서 얼결에 다음 주까지 두 주일이 더 연장된겁니다. 전시회 끝나면 그곳을 전통예술품 매장으로 꾸며볼 생각이라나. 전시회 덕분에 가장 유명해진 작품은 영감탱이의 낡은 건물이더군요. 세상이 참 거시기하죠?

뜬금없이 작품들이 팔리니까 나도 보람이 있습디다. 출품한 작가들 모두 이미 한두 점씩은 빨간 딱지를 붙여봤을 겁니다. 처음처럼 따분하지도 않아요. 전시회장에 나와 달라고 부탁할 필요도 없어요. 스스로 알아서 나옵니다. 숨겨놓았던 대표작들도 들고 나오고요. 팔리는 즉시 그 자리를 채워요. 행여 다른 작가가 자기 자리 차지할까 불안한 상황이 된 거죠. 내가 신경 쓸 일도 그만큼 줄었지요.

재미난 얘기 하나 해드려요? 흐흐. 넓은 공간을 채울 요량으로 급히 끌어들인 신입회원이 있어요. 혁필가였는데. 아, 왜 있잖아요. 가죽 붓으로 그림도 그리고 칼라풀하게 글씨도 써주는 사람 말이에요. 한옥마을 번화가에서 그거 하잖아요. 펩시콜라 파라솔 펼쳐놓고 플라스틱 탁자 위에서 이름 써주고 장당 몇 천 원씩 받던데. 고 형도 지나다 본 적있죠? 맞아요, 그 대머리아저씨. 그거 돈 되겠더라고, 흐흐. 마침 그 사람이 서학동에 주소가 있다기에 가입하라고 했어요. 이번 기회가 아니면 그런 재주로는 예술인 명함 박기 힘들 겁니다. 길거리 장사꾼을 끌어들인다고 기존 회원들의 반대가 심할 테니까. 그이도 눈치는 있어서 고분고분합다. 매일 출근해요. 아예 자기가 사용할 탁자와 의자를 갖고 왔어요. 전시회장 안에서도 열심히 그려주고 돈 벌고. 살판났죠 뭐. 방문객마다 화선지에 제 이름을 그려달라고 하니…. 행사장 분위기 띄우는 데는 그 사람의 기여도가 크죠. 작가들이 앞 다퉈 데스크를 지켜주고 손님맞이를 하니 나는 화장실 갈 걱정 안 합니다. 인사동 갤러리에서도 다녀갔어요. 명함들이 쌓여갑니다. 그런데… 출품 작가들의 얼굴이 환해질수록 묘하게 내 속은 두엄자리가 되어가네요. 여전히 진식에겐 연락이 안 되고요.

할 수 없이 그의 작업실을 다시 찾아갔어요. 어제 아침에요. 부엌에 들어가 표충비가 놓여있던 자리를 물끄러미 바라보았습니다. 거기에 볼을 비비던 젖은 눈…. 가슴이 뭉클합다.

마당으로 나오는데 하얀 나비 떼가 잡초 사이에서 풀썩 날아올라요. 수류탄 터지듯 한꺼번에 말이죠. 들어올 땐 못 본 광경이었습니다. 나비들이 내 머리 위를 둥글게 도는데 몽롱해집다. 꿈속 같았어요. 정신을 차리려고 눈을 부릅떴습니다. 꽃 한 송이를 발견했어요. 마루 끝 토방 위의 댓돌 옆이었는데 빗물이 깊게 들이치지 않으면 말라죽을 자리였지요. 어디서 씨가 날아왔겠죠. 구절초, 희디흰 꽃잎에 핏물 들지요. 자라면서 아홉 번 꺾인다는 이름이 문득 가슴에 꽂히더군요. 작고 볼품없는 그 꽃에 물을 주었더라고요. 접시만한 동심원을 동그랗게 그려서. 왜 그런 게 눈에 밟혔는지… 좀 청승맞은 느낌이었죠. 비엉신, 하려다가 문득 그를 그렇게 부를 자신이 없어집디다. 흔적은 있는데 사람이 보이지 않으니 더럭 겁이 나는 거예요. 그 순간 그가 흘리듯 해준 말이 퍼뜩 생각났습니다. 도자기를 운암 어딘가에서 구워온다고. 호수가 내려다 보이는 산 중턱에 가마가 있다고 했거든요.

전시관은 혁필가에게 맡겨두고 무조건 택시를 몰았어요. 운암호까지 가달라고.

팔달로를 빠져나가 장승배기길을 탔습니다. 모악산과 구이저수지 사이로 접어드는데 급한 마음에도 아, 가을이구나 싶더군요. 임실과 전주를 오가는 농어촌버스가 뒤를 따라옵디다. 진식을 종점까지 태워다준다던 그 버스 말입니다. 내가 잘못 듣지 않았다면 그는 여우치의 분교 앞에서 내렸을 테죠. 그렇게 택시가 사십 분쯤 달렸어요. 이윽고 호수가 나타났습니다. 건너편 첩첩 골짜기를 돌아오는 물길이 눈썹 위에서 까마득해요. 어릴 때 빙어 잡던 그 맑은 물이 어제는 어찌나 어둡고 깊은지. 수면에 찍힌 파란 하늘이 물속으로 빨려들고 있었습니다. 호수가 워낙 커서 길 찾기가 쉽지 않았어요. 차창을 내려 지나가는 노인에게 물었습니다. 마을 뒷산에 구식 가마터가 있냐고.

짜증내는 택시운전사를 돌려보내고 무작정 걸어 들어갔습니다. 비온 뒤라 무른 땅에 발이 푹푹 빠지고 구두에 진흙이 엉겨 붙어요. 만나는 사람마다 물었지요. 진식이라면 현대식 가스 가마나 전기 가마를 사용하진 않을 것 같았습니다. 그런 걸로 도자기를 구우려면 굳이 산속일 필요가 있나요. 그렇게 찾아낸 곳이 호수가 내려다보이는 마을 뒷산이었습니다. 대여섯 호나 될까요. 아직도 그런 곳에 사람이 살긴 하더군요. 노인들뿐이었지만.

마을에서 이어진 오솔길을 십여 분 더 올라갔습니다. 허리까지 올라오
는 풀밭을 헤치다 보니 마침내 불그스름한 가마가 모습을 드러냅디다. 구
식 오름가마 말입니다. 큼지막한 표주박을 엎어놓은 모양의 황토 가마 주
변에는 아름드리 떡갈나무가 팔을 뻗어 바람을 타고요. 솥을 건 막대기와
구멍 난 텐트가 그늘에 세워져있더군요. 그 안에 허름한 옷가지 등이 널
브러져 있었는데 최근까지도 사용한 흔적이었습니다. 페트병 안에는 마
시다 남은 물이 있고요. 허리를 굽혀 입 벌린 가마 안을 들여다보았습니
다. 입구가 부서져 있었어요. 일부러 때려 부순 듯 곡괭이 한 자루가 그
옆에 버려져 있고요. 몸을 오그려 가마 안으로 들어갔습니다. 컴컴한 동
굴 속으로 들어온 빛줄기 끝에서 반짝이는 물건들이 보였어요. 열 개도
넘는 빈 소주병이었죠.

그 자리에서 그걸 만났습니다. 깨진 표충비 말입니다. 부서진 몇 조각
을 잇대보다가 바로 알아보았지요. 순간 내 몸이 부들부들 떨려오는데 가
만히 있으려 해도 억제가 안 되더군요. 그가 깨뜨린 것은 단순히 예술품
이 아닌 듯했습니다. 사심(邪心)이 끼어들어 외도했던 자신을 때려 부순
것이라는 생각이 들어요. 가마 속 쿰쿰한 흙냄새에 쉬 바래지 않는 들꽃
향기가 배어 있었습니다. 감옥에 드나들고 손가락이 잘리면서 지켜온 향
기. 사람은 누구나 칼끝이 닿으면 터져버리는 예민한 부위가 있지요. 그
제야 나는 진식에게서 그런 구석을 본 겁니다. 아둔한 내 발등을 찍고 싶
고. 내가 친구 맞나. 되돌아오는 길에 다리가 후들거려 걷기가 어려웠어
요. 나는 머리를 흔들어 방정맞은 생각들을 연신 털어냈어요. 물속을 들
여다보지 않으려고 고개를 외로 꼬면서.

이 조각 하나가 거기서 주워온 겁니다. 바닥면이죠. 네 손가락 찍힌 게

보입니까? 후우, 주전자에 술 남아있죠? 허어 잔 날아 가겄소. 내 한숨이 고 형에게 전염된 모양이오. 자, 자, 마저 비웁시다. 그렇게 천정만 바라보지 마시고…. 전통막걸리집의 귀환, 이런 게 축복 아니겄소. 따지고 보면 예술도 고향 같은 거라서…. 돌아오겠죠? 아주 간 게 아니라면 설마…. 대폿집도 이렇게 돌아왔고…. 이 막걸리…, 그 친구가 참 좋아했는데…. 맛이 쓰네.

아 참, 이제 수사의 방향을 바꿔야 되지 않을까요? 작품 도난사건에서 작가 실종사건으로.

제9장

낫

# 제9장

# 낫

잠결에 무슨 소리를 들은 것 같았다. 언제 팔릴지 모를 시나리오를 주무르다 동틀 무렵 겨우 청한 잠이었다. 쇠 도막 부딪히는 소리가 거푸 났다.

"계세요?"

누군가 문고리를 흔들어대고 있었다.

"아직 주무세요?"

댓돌 위의 신발을 보았을 터. 안으로 들여놓을 걸 그랬나. 코 고는 소리가 들렸는지도. 에잇, 후회와 짜증이 기어이 아침잠을 쑤셔놓고 말았다. 문지방을 앞질러 넘어온 목소리가 설지 않았다. 나는 잔뜩 찌푸린 눈으로 방문을 밀쳐 열었다.

"죄송해요. 급해서."

춘화였다. 이미 토방으로 올라온 여자는 가슴께가 늘어진 분홍색 티셔츠 위에 바바리코트를 걸친 모습이었다. 앞마당의 서리 먹은 가을공기가 방안으로 훅 끼쳐들었다. 나와 눈이 마주치자 그녀가 서둘러 앞단추를 채웠다. 무채색 추리닝 바짓단과 삼선슬리퍼를 꿴 맨발 사이로 하얀 발목이 드러났다. 푸석한 얼굴, 그녀도 잠을 설쳤나보았다. 평소와 달리 화장기도 없었다.

"호규씨가 갑자기⋯."

목소리의 톤이 다를 뿐, 익숙한 느낌이 귓바퀴를 돌아 내 기억 속으로 파고들었다. 나는 네 번이나 바뀐 계절을 거꾸로 돌렸다.

그러니까 감나무카페에서 내가 느닷없는 봉변을 당하고 한 달 가까이 지난 때였다. 그날도 춘화의 방문은 예고가 없었다. 전화부터 하면 내가 피할까봐 그런 것 같았다.

— 호규씨가⋯ 가보라기에⋯.

어색한 방문 이유였다. 그 인간이 가보랬다고? 개뿔. 속으로 구시렁대는 내 표정을 읽었는지 그녀가 말을 바꿨다.

— 성악반에도 안 나오시니.

안 그래도 수요일 정기 연습을 세 번이나 거른 터였다. 그때까지 나는 게스트하우스 뒷방 구들장을 짊어지고 실없는 가슴을 앓고 있었다. 감나무카페에서 호규씨가 나를 밀쳐 넘어뜨린 날로 시간을 맥없이 되감곤 했다.

내 속도 모르고 정말⋯. 하지만 시간이 지날수록 그에 대한 원망 속에서 궁금증이 자라났다. 내가 정말 주제넘은 짓을 한 건가. 야바위꾼들에게 집을 빼앗길까봐 내가 나서준 걸 정말 몰랐을까. 인간이 아무리 단순해도 그렇지. 나와 함께 했던 시간들은 맹물이냐고. 더구나 우리는 성악반에서 호흡을 맞춘 사이가 아니냔 말이다. 그가 지휘봉을 잡은 김 화백한테 구박을 당하고 창밖에서 기웃거릴 때 내가 가련한 손을 덥석 잡아준 걸 잊었을까. 내가 대폿집에 데려가 내준 술값이 얼마였더라. 춘화가 나를 찾아온 시각에 나는 이런 유치찬란한 생각을 곱씹고 있었다. 그렇잖아도 후일담이 몹시 궁금하던 참이었다. 그 집은 이미 춘화에게 넘어갔겠지. 그녀와 호규씨는 어떤 관계로 흘러갔을까. 귀 얇은 자의 종말은 비극 아니겠나. 그녀가 호규씨를 버리고 도망쳤을까. 소유권을 확보한 그녀가 급매로 집을 되팔면 한몫 챙기긴 어렵지 않았을 것이고. 호규씨가 배신감에 칼을 갈아 사생결단을 할 건 뻔한 이치. 총연출을 맡은 김 화백이 뒷감당을 할 수나 있었을까. 끔찍한 상상이 꼬리를 물었다. 호규씨가 괘씸했다가 안쓰러워지다가….

속절없는 마음이 시계불알처럼 양극단을 오갔다. 그러다 문득 춘화에 대한 가느다란 믿음 같은 것이 생겨나기도 했다. 그녀가 설마 김 화백을 저버리겠나.

— 저어, 할 얘기가….

그녀가 쭈뼛거렸다. 몹시 계면쩍은 얼굴이었다. 당당하고 활기차던 그녀가 맞선보는 여자의 표정으로 바뀌어있었다. 이 여자에게도 이런 구석이 있었나. 긴히 할 얘기라니. 춘화에게 어정쩡 끌려가는 모양새였으나 실인 즉 내 호기심이 그녀를 앞질러 감나무카페에 들어섰다.

출입문에 매달린 작은 종이 딸랑거리자 쏴 하던 수돗물 소리가 멎었다. 성자씨가 주방과 홀을 나눈 카운터 너머로 얼굴을 내밀었다. 춘화가 카운터 쪽으로 자리를 잡았다. 성자씨가 우리의 대화를 엿들어도 된다는 뜻이었다. 성자씨는 내가 봉변을 당한 그 현장에도 있었으므로 새삼스러울 건 없었다. 그 사건 이후 나는 날마다 들르던 카페에 발길을 끊었다. 쑥스러워서였다. 성자씨가 나를 얼마나 시원찮은 사내로 보았을까. 그 민망함이란…. 하지만 그녀는 예전 그대로였다. 자리에 앉자마자 멋쩍은 눈동자를 천정에 굴리며 구석구석 거미줄이라도 찾는 쪽은 오히려 나였다.

─ 우리 감독님이 다시 오실 줄 알았어요.

성자씨가 내게 살가운 인사를 건넸다.

─ 아 네에….

얼결에 어색함이 사라졌다. 빠져나간 시간들도 슬며시 틈이 좁아졌다. 나를 찾아온 춘화 덕분이었다.

─ 속상할 때마다 여기 와서 언니에게 다 털어놔요.

성자씨는 그녀를 위한 귀가 되어있었다.

─ 보험 하나 팔아보려고 들르던 게 이렇게 됐네요. 사는 게 힘들다보니….

춘화가 긴 숨을 뱉어냈다. 생뚱맞은 신파조였다. 무슨 말을 꺼내려고 이러나 싶었다. 그녀가 동네를 떠나지 않은 건 확인 된 셈이었다.

─ 돈이나 챙겨 떠나버릴까 싶은 마음도 있었지요. 하지만 차마….

설명하지 않아도 짐작되는 구석이 따로 있었다. 이 동네와 교회에 투자한 시간과 인맥을 포기할 수 없었겠지. 성가대와 성악반 솔리스트는 또 어떻게 움켜쥔 자린데. 김 화백과의 관계도 청산이 쉽지 않았을 테고. 내 생각이 여기까지 닿았을 때 그녀는 대뜸 호규씨 이야기를 꺼냈다.

─ 저 호규씨랑 살기로 했어요. 그리고…, 호규씨를 용서해주세요.

뒤통수가 띵해졌다. 나는 잠시 뜸을 들여 생각을 정리했다. 그렇다면 이 여자가 정말 숫기 없는 사내를 대신해서 내게 온 건가.

─ 용서하고 말게 뭐 있나요. 그가 오해한 것뿐인데….

시큰둥하게 말을 튕겨놓고 보니 좀 더 진지해질 필요가 있을 성싶었다.

자세를 고쳐 앉았다.

― 듣고 보니 저도 오해를 한 것 같네요. 홍 집사님을 의심했으니까요. 그 분이 집사님을 짝사랑하는 줄로만 알았거든요.

이 말을 하면서 나는 양팔을 겹쳐 슬그머니 팔뚝에 돋은 닭살을 훑었다. 여전히 그녀를 믿을 수 없었다. 구들장의 열기로 사타구니가 묵직해 질때면 그녀의 발그레한 얼굴을 떠올렸지만 달아오른 피는 금세 식었다. 영악해 보이는 여자의 눈매가 내 허벅지 안쪽을 서늘하게 훑어 내렸다. 어김없이 그녀 앞에서 나동그라지던 기억이 되살아났고 찬바람이 내 등 골을 뚫고 꼬리뼈로 빠져나갔다. 그 느낌은 그날 감나무카페의 얼어붙었 던 공기와 매우 닮아있었다. 그녀 앞에서 또다시 작아지긴 싫었다. 호규 씨의 느닷 없는 행동을 이해할 것도 같았다. 그저 수컷들이란…. 그녀는 호규씨가 내게 한 행동을 후회하더라고 했다.

그 다음날 나는 다시 성악반에 나갔다. 연습이 시작된 뒤에 슬그머니 들어간 나는 시선을 지휘자에게만 고정시켰고 호규씨는 내게 눈을 맞추 려했다. 몹시도 어색한 웃음을 흘리는 그의 이마에 땀이 송골송골 맺혀있 었다. 그는 여전히 솔리스트였지만 전보다 음정이 불안했다. 연습이 끝 나자 그가 뒤뚱거리며 다가왔다. 그가 내 소매를 끌었고 우리는 다시 미 야의 주막으로 향했다.

자리에 앉자마자 그가 막걸리 한 주전자를 시켰다. 안주가 상을 덮었 다. 미야가 옆에 앉아 볏짚 연기로 그을린 양념족발을 먹기 좋게 뜯어주 었다. 단골이 늘어나는 이유였다. 다 비우기도 전에 내 잔이 거푸 채워졌 다. 이번엔 술값을 그가 냈다.


삼선슬리퍼 안에서 빨간 매니큐어를 바른 춘화의 엄지발가락이 꼼지락거렸다. 아침잠을 깨워 부탁을 하자니 적잖이 계면쩍은 모양이었다.

"호규씨가 낫을 들고 나갔어요. 아버지 묘를 벌초한다고 추석 때 사둔 건데. 아침에 일어나보니 숫돌에 갈고 있더라고요. 벌초한 게 엊그젠데 또 하러 갈 리가 없잖아요. 가슴이 덜컥 내려앉는 거예요."

"그이가 알고 있습니까?"

내가 물었다. 자신에 관한 소문들이 내 귀를 비켜갈 리 없음을 그녀가 짐작할 터, 나를 깨워 동행을 부탁하는 이유였다. 비밀을 공유한 자에 대한 동류의식이 작용했을 것이었다. 그녀가 말없이 고개를 끄덕였다. 그녀가 호규씨에게 자백을 한 것이었다. 잠이 멀찌감치 달아났다.

그녀가 진식과 인연을 맺은 걸 나는 성자씨를 통해서 알았다. 춘화가 제 발로 감나무카페에 들어와 털어놓고 위로를 구했나보았다. 나 역시 춘화의 허물없는 상대가 되어있었지만 좀 더 은밀한 이야기는 여자끼리가 편할 것이었다. 춘화 부부(그들이 혼인신고를 했는지는 내가 굳이 알려고 들지 않았다.)에 대해 부족한 부분은 성자씨의 옆구리를 찔러 아귀를 맞추면 되었다. 장애를 가진 남자가 당돌한 여자를 만나 함께 살아가는 이야기가 내 안에서 한 편의 영화로 조립되고 있었다.

춘화에겐 확실히 매력적인 구석이 있었다. 게다가 육감적이기까지. 김 장로의 여자였다가 호규씨의 여자가 된 것인데 이젠 동시에 진식의 여자일 수도 있는 아릇한 상황, 언감생심 나까지 끼어들 틈은 없어보였다. 나는 먹은 게 없힌 듯 속이 답답해지곤 했다. 불끈 달아오른 정의감만으로 설명되지 않는 증상이었다. 그건 시기심과 매우 닮아있었다. 호규씨를 옹호하던 내 초점이 슬그머니 진식에게 옮겨 붙은 것이었다. 새삼스러울 것도 없는 느낌, 언젠가 책방여자를 두고 일었던 증상이었다. 이성의 꼬리 쯤에 붙어있던 알량한 의리가 질투심에 흔들려 허둥댔었는데, 이번에도 마찬가지였다. 속앓이 해봐야 나만 모양 구겨질 건 빤한 일. 쩝, 죽은 자식 불알 만지기지, 뭐. 진식에게 늦복이 터진 건지도 모르고. 포기라도 빨라야 정신건강에 좋을 성싶었다. 그렇지 않나? 아니다 싶을 땐….

솔직히 말하자면, 성자씨에 대한 부채감이 적잖이 작용했다. 여기저기 집적대는 내게 그녀가 실망할지도 모를 일이었다. 성자씨의 얼굴이 떠오를 때마다 혼란스런 느낌이 되살아났다. 나의 부채감은 애인 몰래 바람피우는 자의 죄책감과 닮아있었다. 나는 실소를 날리며 허탈한 가슴을 털었다. 대신에 나는 영화쟁이의 호기심으로 빈 가슴을 채워나갔다. 열패감에 빠진자의 보상심리라 해도 어쩔 수 없었다. 비루먹은 자존심에 오기도 섞여 있었다. 도톰하게 살을 붙이거나 한 바퀴 더 꼬아보면 그럴듯한 시나리오가 탄생할 것도 같았다. 한 여자의 남성편력을 넘어선 좀 더 복잡한 갈등요소들이 내 머릿속에서 파리 떼처럼 윙윙댔다.

나는 그간 모아둔 한옥마을 주변의 사연들을 촘촘히 더듬었다. 책장 넘기듯 한 사람씩 떠올리며 캐릭터의 특징과 역할을 맞춰보았다. 전통과 탈근대가 맞물린 동네에서 사람들은 저마다 활로를 찾고 있었다. 스토리들을 엮어 전주비빔밥 같은 조화를 만들 순 없을까. 그들의 땀과 욕망을 한 줄로 꿰어줄 중심서사가 필요했지만 잘 구워진 굴비 한 마리가 제 발로 밥상 위에 올라올 리 없었다. 자괴감에 시달렸다. 상다리 휘는 '전주식 백반상'에 젓가락 들고 덤비는 꼴이라니. 내가 진수성찬에 홀려 배부른 고민을 하는지도….

성자씨는 춘화와 호규씨의 개인사를 뚜르르 꿰고 있었다. 거기엔 둘이 합치게 된 결정적인 이유도 빠지지 않았다. 사연들이 시나리오를 염두에 둔 거친 초고 형태로 내 노트북 컴퓨터에 저장되었다.

소유권을 넘겨받은 춘화가 처음엔 그 집을 팔고 도망칠 생각을 했단다.

하루에도 열두 번씩 그런 충동을 느꼈나보았다. 그 와중에도 김 화백이 맡은 리모델링은 예정대로 진행되었다. 공사기간은 호규씨가 그 집의 잔금을 넘긴 이튿날부터 한 달이었다. 김 화백은 처마와 담 사이로 부엌과 화장실을 욱여넣었다. 부엌이 있던 자리에 안방이 들어섰고 대문 옆에서 측간이 사라졌다. 낡아빠진 가옥에 이어붙이는 불법공사였지만 누가 남의 살림집을 들여다보랴. 울타리 안에서 뚝딱 해치우는 일에 건폐율을 따져 물을 사람도 없었다. 덕분에 원래 두 개였던 방이 셋으로 늘었다. 김 화백의 배려였다. 도망치려던 춘화의 마음이 서서히 바뀌고 있었다.

— 에잇 손해가 막심혀.

김 화백의 불만 같은 생색이었다. 낡은 문짝을 뜯어내는 김 화백의 손이 바빴다. 반쯤 샌 머리 위로 거미줄과 먼지가 뽀얗게 붙어있었다. 춘화의 귓바퀴에 그의 목소리가 한참동안 맴돌았다. 등이 땀으로 얼룩진 초로의 사내를 물끄러미 바라보았다. 그에 대한 서운함과 고마움이 두서없이 밀려왔다 빠져나갔다. 호규씨와 묶어준 그가 주위의 시선을 의식하여 잠시 내외하자는 걸로 알았다. 그런데 그 뒤로는 더 이상 곁을 주지 않았다. 둘만의 시간을 허락하지 않는 사내가 한겨울 새벽녘에 살점 떼어가던 문고리보다 차가웠다.

— 누구 망하는 꼴 보고 싶어?

여기까지는 이해할 것도 같았다. 그는 막 일어나는 교회의 장로 아닌가.

언젠가 그가 아내에 대한 고백을 했었다. 술기운에 불콰해진 얼굴이었다.

— 아이고 징혀. 독한 여자여.

그가 달고 있는 해외파 화가라는 훈장은 순전히 아내의 희생에 기댄 결과였다. 그를 필리핀으로 유학 보낸 아내는 임신 중이었다. 그녀는 아파트 신축공사장 현장 식당으로 출근했다. '설거지로 번 돈이었더라고.' 아내를 버리지 못하는 이유였다. 사내가 상습적으로 써먹는 레퍼토리일 수도 있었지만 춘화가 반박할 구멍이 막혀 있었다.

— 뭘 더 바래?

그가 두 눈을 부릅떴다. 춘화는 몸이 오그라드는 느낌이었다. 남의 돈으로 생색을 냈지만 어쨌든 내가 준 선물 아니냐는 거였다. 선물이 이별에 대한 보상으로 둔갑하고 있었다. 이제 그만 내 등에서 내려가라는. 게다가 '호규가 어때서'라는 후렴까지. 그래 내가 미친년이지. 선물이든 보상이든 게워낼 용기는 없었다. 김 화백을 내려놓았다.

춘화의 아들 녀석들이 공사현장을 수시로 들락거렸다. 말려도 소용없었다. 방도 자기들끼리 정해버렸다. 아이들의 소원이 이뤄진 셈이었다. 뭉클했다. 안도감 속에서 칙칙한 기억이 똬리를 틀었다. 깨진 콘크리트에서 비어져 나온 철근마냥 굵고 억센 기억들…. 억지로 버텨온 나날이었다. 주먹질에 노름빚까지 안겨주던 사내가 건달들의 칼을 맞고 죽었다. 지금은 고등학생이 된 큰놈이 초등학교에 다닐 때였다. 자유의 몸이 되었지만 두 아들과 살아낼 날들이 그녀의 어깨 위에 얹혀있었다. 월세 밀린 집에서 쫓겨나 여관방에서 아이들과 블루스타 위에 라면을 끓이곤 했다. 보험회사에서 다그치는 실적 스트레스로 머리카락이 한 움큼씩 빠져나갔다.

성자씨는 내게 춘화의 사연을 들려줄 때마다 눈 주위를 붉혔다. 허망하게 놓쳐버린 아들이 가슴 언저리를 뚫고 나오는 모양이었다.

— 그저 어미란….

성자씨는 이 한마디로 춘화가 그 집을 팔 수 없었던 사정을 압축했다.

내가 상상했던 모든 이유를 다 합쳐도 거기에 댈 순 없을 것 같았다.

삶의 그래프에 굴곡이 심할수록 등장인물은 빛나는 법. 나는 점점 춘화에게 빨려들었고 호규씨와 짝을 이룬 그녀의 톡톡 튀는 역할을 작품 속에 앞질러 그려 넣었다. 내 가슴이 하릴없이 부풀어 올랐다. 춘화 역을 화끈하게 소화시킬 여배우 몇이 눈앞에 어른거렸다. 주연급 조연인 호규씨 역엔 누가 좋을까. 나는 어눌한 듯 우직한 인상을 가진 남자배우 서너 명을 수첩에 적었다. 진식의 이미지는 고민을 더 해봐야할 것 같았다. 고지식한 선비와 탈속한 선승, 그 사이 어디쯤을 나는 뒤지고 있었다.

― 장가도 안간 남자가 짐작하긴 어렵겠지만….

성자씨가 쓸쓸한 미소로 말끝을 흐렸다. 노총각을 놀리는 소리가 아님을 금세 알았다. 나는 그녀의 눈 밑 잔주름으로 번지는 물기를 보았다. 그 순간 나는 다 키운 아들을 산에서 잃어버린 그녀가 가슴으로 그렸을 그림을 상상했다.

성자씨가 본래 입 가벼운 여자가 아님에도 내겐 예외였다. 그녀는 가만히 듣기만 하다가도 한번 입을 열면 모아두었던 이야기들을 쏟아냈다. 그녀는 나의 글 작업을 이해해주었고 나는 종종 자판만 두드렸다. 그녀가 조리 있게 맥락을 짚어나갔으므로 내가 굳이 말허리를 뚫어 길을 내지 않아도 되었다. 교단에 오래 섰던 그녀다웠다. 얼결에 호규씨 문제에 얽혀든 내게 그녀가 따로 감출 진실은 없을 것이었다. 그녀 나름의 명분도 있었다.

― 이왕 합친 마당에 사이좋게 해로해야죠.

호규씨가 내 말엔 귀를 기울일 거라는 기대도 붙어있었다. 그가 나와 가깝게 지내기도 하거니와 내게 부채감 같은 걸 느끼고 있을 거라는 게 성자씨의 판단이었다.

– 불안해요, 시한폭탄이라….

호규씨와 함께 사는 춘화의 느낌이 성자씨에게도 전달되고 있었나. 남자인 내겐 차마 꺼내지 못한 하소연도 끼어있었다.

– 그이가 틀림없어요.

카페 안에 다른 손님이 없었는데도 성자씨가 내 귀에 입을 붙였다. 춘화가 만났다는 남자로 진식을 지목하고 있었다. 성자씨가 진식을 모를 리 없었다. 귀향 후 내가 진식을 처음 만난 곳도 감나무카페였다. 떠들썩했던 작가 실종사건이 감나무를 비켜갈 리가 있나. 온갖 소문이 참새 떼처럼 내려앉는 곳인데. 성자씨가 춘화에게 들었다는 진식의 소식에 내 심장이 벌렁거렸다. 전시장에서 홀연히 사라진 조진식 화백이 살아있다니.

성자씨의 속삭임이 이어졌다. 춘화가 운암 호숫가에서 진식을 만난 건 지난봄이었다. 그러니까 그가 사라지고 반년쯤 지났을까. 호규씨과 합친 뒤로 그녀가 더 바빠졌다. 호규씨는 전보다 더 부지런히 일감을 찾아다녔고 그가 페이트칠로 벌어온 일당은 모두 춘화의 손에 쥐어졌다. 살림이 늘어났다. 춘화가 난생처음 느껴보는 감칠맛이었다. 그녀는 발품을 팔아 인맥을 늘려나갔다. 본당에서 갈라져 나온 새서학교회는 개척교회나 다름없었다. 전도에 열을 올렸지만 작은 동네에서 신도수를 늘리는 데는 한계가 있었다. 보험도 다들 한두 개씩은 지니고 있었다. 겹치기 가입은 권유가 쉽지 않았다. 새로운 아이디어가 떠올랐다. 나라고 못할 게 뭐 있나, 그녀는 토요산악회를 조직했다. 그녀에게 생명보험을 들어준 고객 몇 사람을 구슬렸다.

– 진짜 보험은 운동이잖아요, 호호.

성자씨가 이 대목에서 옥타브를 올리더니 웃음소리를 또르르 굴려 말꼬리에 매달았다. 그녀의 춘화흉내가 뒤뚱거렸지만 춘화의 거침없는 사연이 내 귀로 매끄럽게 옮겨 붙었다.

춘화가 교회이름을 끌어왔단다. 회원들에게 전도도 할 겸. 그렇게 새서학 산행동호회가 생겨났다. 그녀는 연전에 고등학교 교감으로 은퇴했다는 남자를 회장으로 받들었다. 점잖은 데다 유머감각도 적당히 갖춘 그가 제격이었다. 다행히 반대하는 회원이 없었다. 자천타천으로 춘화가 총무를 맡았다. 싫을 게 없었다. 회원관리와 연락이 주된 역할이었다. 매주 토요일을 투자한 효과가 서서히 나타났다. 회원이 서른 명을 넘어가면서 오르는 산도 다양해졌다. 상춘객이 늘고 있었다. 지리산 천왕봉을 목표로 우선 주변의 산들을 타보기로 했다. 가깝고 높이도 적당한 모악산이 익숙해지자 다음으로 고른 코스는 오봉산이었다.

하산길, 국사봉 전망대에 올라섰다. 운암호수가 발밑으로 깔렸다. 지느러미를 물속에 드리운 붕어섬이 자태를 드러냈다. 한눈에 잡힌 호수면을 흐드러진 철쭉이 핏빛으로 물들였다. 산길이 끝나는 자그만 언덕에 외딴집이 보였다. 시나브로 경사를 낮춘 언덕이 그 끝자락을 물밑으로 집어넣었다. 어른 가슴 높이에 올라앉은 집은 이미 풍광의 일부였다. 열린 대문 안으로 아담한 텃밭이 드러났다. 그 집에서 스무 걸음 남짓 내려온 물가에 노파가 평상을 펴놓고 막걸리를 팔고 있었다. 쪽진 흰머리로 보아 여든 이쪽저쪽인 듯했다. 동그랗게 굽은 허리에 헐렁한 몸빼를 추켜 입은 노파는 다리를 절었다. 회장이 평상 쪽으로 회원들을 끌어당겼다.

— 주(酒)님 모시고 천당 갑시다.

회원들은 성경말씀이라도 들은 것처럼 고개를 주억거려가며 썰렁한 유머를 받들었다. 다리가 노곤한 아홉 명이 평상에 한쪽씩 걸터앉았다. 노파가 평상 옆에 놓인 막걸리 단지 속으로 표주박을 넣어 휘휘 저었다. 회원들 눈치를 살피던 춘화도 긴장을 풀었다. 우린 교회모임도 아닌데 뭘.

술이 저절로 목구멍을 타고 넘었다. 늙은 호박만한 단지가 금세 바닥을 드러냈다.

- 기똥차구먼.

너나 할 것 없이 술맛을 칭송했다.

- 집에서 직접 담은 것이구먼요.

흡족해진 노파의 입이 열리고 앞니 빠진 잇몸이 드러났다. 하산주 맛을 트집잡는 사람은 없었다. 노파가 허름한 외딴집 마당을 향해 둔한 걸음을 옮겼다. 손을 흔들어 안에 있는 사람을 부르는 것 같았다.

- 내가 관절이 안 좋아서….

되돌아온 노파가 계면쩍게 웃었다. 술 배달이 늦어도 봐달라는 뜻이었다. 길게 썬 오이를 묵은 된장에 찍어 으적으적 씹고 있는데 문 열리는 소리가 들렸다. 젊은 사내가 술독을 들고 나왔다.

- 저 사람 없으믄 이 짓도 못혀. 전주서 살다왔는디. 밭일도 다 히주고.

귀향한 아들인가 싶었지만 노파가 그를 대하는 말투가 좀 달랐다. 그를 어려워하는 듯도 하고. 그가 농사뿐 아니라 낚시꾼이나 등산객들을 상대로 노파의 용돈벌이도 돕는 것 같았다. 춘화는 문득 소변이 마려워 사내를 따라 집안으로 들어갔다. 채마밭 주변으로 봄꽃이 흐드러진 마당을 지나 뒤란으로 측간을 찾다가 문득 마루를 올려보았다. 거기에도 꽃이 피어있었다. 그가 캔버스를 세워두고 그림을 그리는 중이었다. 흘끗 들여다본 방안에도 온통 그림이었다. 사내는 검게 물들인 군복을 입고 있었다. 요즘 그런 걸 누가 입으랴 싶었다. 눈여겨 본 사내의 바지에 유화물감이 잔뜩 묻어 있었다. 익숙한 모습이었다. 호규씨의 작업복에서 보던 얼룩들. 그러고 보니 사내가 낯익은 듯도 했다. 서학동 골목어귀에서 마주친 적이 있었나.

　- 그 사람 같죠?

　감칠맛 나게 춘화역을 소화하던 성자씨가 미간을 좁혀 내게 다시 물었다. 나 역시 그가 진식이라는 확신에 이르렀고 그의 소재까지 대충 감을 잡았다. 작년 가을 그의 가마를 찾아가던 길에서 그리 멀지 않은 곳. 성자씨의 말이 끝나기 무섭게 나는 춘화에게 전화를 걸었다. 그녀는 한옥마을 안의 전통찻집에서 고객을 기다리는 중이라고 했다.

　- 일단 만나서 얘기합시다.

　그녀에게로 부리나케 달렸다.

　- 아따, 내 친구라니까 그러시네.

　진식의 소재를 알려주지 못할 이유도 없건만 그녀가 망설이는 태가 역력했다. 중학교 시절의 인연부터 표충비 도난사건까지 자세한 설명을 곁들여야 했다. 정확한 소재를 파악하고 가려니 하는 수 없었다.

　봄이 익은 모악산이 등 뒤로 빠져나가자 운암호수가 다가왔다. 짜아식, 뛰어봐야 벼룩이지, 멀리 가지도 못했구먼. 낚싯바늘에 걸린 물고기를 건져 올리는 기분이었다. 춘화에게 들은 오봉산 등산로를 찾아 들었다. 스마트폰은 이럴 때 쓰라고 생긴 듯했다. 호수에서 등산로로 이어지는 길이 구글지도에 나와 있었다. 쌀쌀한 공기가 봄볕을 뚫고 얇은 재킷 안으로 파고들었다. 마이산 자락에서 솟아나 굽이굽이 계곡을 핥고 내려온 눈 녹은 물이 제법 높은 곳에 몸을 풀어놓은 때문이었다. 여기서 흘러나간 물은 섬진강댐을 넘어 남해로 빠져들 것이었다.

　호숫가 평상이 먼발치에서도 썰렁했다. 막걸리 판다는 노파가 보이지 않았다. 평일이라 등산객이 드문데다 낚시허가 풀리는 시즌이 아닌 모양이었다. 산길 초입에 키 낮은 지붕이 보였다. 언제 얹었는지 모를 슬레이트에 함석처마를 잇댄 집이었다. 군데군데 구멍 난 녹슨 처마가 곧 부서져 떨어질 것 같았다.

반쯤 열린 대문을 밀어 부러 소리를 냈다. 작업 중인 그림이 마루 위 거치대에 세워져있었다. 수면 위로 연초록을 흘리는 수양버들, 그 사이로 노란 개나리가 흐드러진 호숫가. 조화백의 작품에서 못 보던 풍경화였다. 색감도 밝아져 있었다. 화폭의 위쪽에 얼굴을 반쯤 돌린 여자가 보였다. 나무 둥치 뒤로 어깨를 감춘 그녀는 나신(裸身)이었다. 모델이 누군지 알 것도 같았다. 헛기침을 했다. 안에서 인기척이 빠져나왔다.

방문이 열렸다. 밥상을 사이에 두고 마주앉은 노파와 사내가 동시에 내 쪽으로 얼굴을 돌렸다. 기다렸다는 듯 사내는 놀라지도 않았다. 알은체도 그가 먼저였다. 그가 벌떡 일어나 내 어깨를 두드렸다. 까맣게 그을린 얼굴의 반이 수염이었다. 흰털 섞인 턱수염도 제법 길었다. 광대뼈 아래로 강퍅하게 꺼졌던 볼이 메워지고 배도 좀 나온 듯했다. 그래서인지 큰 키에 구부정했던 허리가 반듯해져 보였다. 변한 건 외모만이 아니었다. 진식은 말투가 차분해졌고 전보다 자주 웃었다.

― 친한 동무요, 어머니.

숟가락을 놓고 한 손으로 무릎을 짚으며 일어난 노파가 술을 내왔다. 개다리소반 위에 많은 이야기가 차려졌다.

― 팔자 늘어졌구먼.

― 그렇게 보이지?

― 이 사람아, 동무라믄서 어쩜 그럴 수가 있당가, 나한테껴정 말이여.

낮술 덕에 어린 시절로 되돌아간 기분이었다. 노파가 슬그머니 마당으로 나갔다. 나는 기어이 참았던 소리를 내뱉고 말았다. 점잖은 사설은 건너뛰었다.

– 야, 이 조진자식아 너 땀시 내가 올매나 고생한 줄 아냐? 뉴스에 나오고 난리도 아니었어 새꺄. 내가 너 돈 조께 벌어줄라고 좆빵이 치다가 계약금 돌려줌서 싹싹 빌고. 니기미 여편네들 앞에서 모냥 다 빠졌어 임마. 아, 근디, 뭔 지랄 났다고 항아리는 때려 부쉈냐. 니가 얼마를 날린지 알기나 혀?

표충비를 사겠다던 스님이며 바라나시로 이름 바꾸고 주문을 열세 개나 받아두었던 발모양 도자기며, 나는 손발까지 동원하여 한참을 주절거렸다. 그는 말없이 미소만 지으며 내 술잔을 채웠다. 나는 은근히 약이 올라 빈정거렸다.

– 참나, 신선이 따로 없구먼. 니 똥 굵다 이 스발늠아.

진식이 고개를 뒤로 재껴 목젖 빠지게 웃었다. 그의 얼굴이 확 열렸다. 처음 보는 표정이었다. 그 뒤로 전시회가 어떻게 되었는지, 자기의 작품값이 얼마였는지 궁금하지도 않는 모양이었다.

– 근디, 너 워치케 알고 왔냐?

한참을 웃던 그가 겨우 꺼낸 질문이었다. 나도 가르쳐주지 않았다. 대신 신비로운 미소를 폼 나게 던져보려 했는데 잘 되지 않았다. 상을 물리고 나왔다. 늦봄의 노란 햇살이 마당에 널려있었다.

– 어디 계셔?

– 밭에 가셨나벼. 엄니나 마찬가지여, 나를 거둬주셨응게…. 그날 많이 마셨어. 나 자신이 저주스러워서….

작품과 작가가 동시에 종적을 감춰버린 뒷이야기였다.

– 어둑해진 저녁 물가에 자빠져있는데 누가 내 어깨를 두드리더라고…, 새벽이슬에 풍 맞는담서. 난 아주 가더라도 할 수 없지 싶었어, 딴 세상을 기웃거린 죗값잉게로…. 글고 보믄 내가 아조 복쪼가리 없는 놈은

아닝게비여 흐흐. 썩어가는 삭신에 바람들까 걱정해주는 사람도 있고.

　독거노인과의 동거는 피붙이 하나 없는 그에게 축복인 듯했다. 술도 깰 겸 같이 걸었다.

　– 너 화풍을 바꾼 것 같더라?

　– 으응, 맘이 편헝게.

꽃그림에 둘러싸인 그가 동양화 속 신선처럼 보였다.

　– 근디 너 언제부터 여자를 그렸냐?

　– 그게 좀… 그렇게 됐어.

　– 전주엔 안 내려올 거냐? 영영?

　– 우체국 소포가 여기까지 들어와.

필요한 물건들을 그렇게 조달하는 모양이었다.

　– 네가 자주 와라, 경치 좋은 데서 내가 빚은 술맛도 볼 겸.


　나는 게스트하우스 관리실 벽에 걸린 구 서방의 차키를 빼냈다.

"타쇼."

　춘화가 조수석에 앉아 안전벨트를 맸다. 시동이 걸렸다. 그녀가 이마 위에 달린 거울을 내려 들여다보았다. 니기미, 이 와중에 거울은 무슨. 하여간 여자란…. 나는 말꼬리를 잘라 삼켰다. 호규씨는 이미 택시를 잡아탔을 거었다. 발바닥에 힘을 실었다. 코란도가 먹따는 소리를 내며 속도를 높였다. 사오십 분이면 도착하겠지. 장승배기길을 타고 전주시내를 빠져나와 모악산을 오른쪽으로 끼었다. 차창 밖으로 코스모스가 분홍과 흰빛을 섞으며 빠르게 몸을 떨었다. 구이저수지로 휘어져 갈라진 길에 구절초가 하얗게 깔렸다.

"하아 좋네."

춘화는 급히 차에 올라탄 이유를 잊은 듯했다. 경계에 실패한 여자가 꽃구경을 즐겨? 속으로 구시렁거리던 나는 기어이 눌러놓았던 침묵을 깼다.

"어쩌다 노출됐어요?"

수동태를 사용했지만 나는 그녀에게 왜 그리 멍청한 짓을 했냐고 묻고 있었다. 춘화의 갸름한 얼굴 위로 문득 성자씨의 쑥스러운 표정이 겹쳤다. 내 불안한 짐작이 맞아떨어지던 날, 성자씨가 윗니로 아랫입술을 누르며 제 가슴에 주먹을 갖다 댔었다.

— 여기에 요만하게 매달려있던 돌덩이가 뚝 떨어져나가더래요 글쎄.

춘화가 진식 덕에 얻은 효과였다.

— 쩝, 그게 그렇게 참기 힘드나….

홀로 늙어가는 성자씨에게 나는 혼잣말하듯 은근슬쩍 동의를 구하고 있었다. 그러게요, 쯤의 대답을 기다리며 눈알을 모로 굴렸다. 갱년기를 일찍 맞은 듯한 여자의 콧잔등에 주름이 잡혔다.

— 춘화는 아직 젊잖아요.

성자씨의 대꾸에 나는 고개를 갸웃했다. 성자씨가 진지한 표정으로 말을 이었다.

— 여자라고 다르겠어요? 사람마다 정도의 차이도 있고요

'호규씨 있잖아' 했더니 대뜸 '언니는 몰라' 하더란다. 나는 모든 걸 춘화에게 바치는 호규씨를 생각했다. 은근히 화가 났다. 잔금 넘기던 날 그 집을 차지하려고 호규씨의 두 손을 잡고 요사스런 눈웃음을 흘리던 그녀가 아닌가.

— 피를 빨면 됐지 뭘 더 바랜답니까.

— 꼭 그렇게만 볼 일도 아니에요.

성자씨가 춘화를 이해하려 나름 애쓰고 있었다. 그녀가 앉은 허리를 펴고 목을 가다듬었다.

– 이런 이야기 알아요? 어릴 때 할머니한테 들은 건데….

성자씨가 만두꼭지마냥 오므렸던 입술을 천천히 열었다. 그녀의 눈길이 아득한 곳을 더듬고 있었다. 오래 숙성시켜둔 말인 듯했다.

양반가에 시집 온 새댁에게 3년이 지나도록 태기가 없었다. 마을사람들이 수군거렸다. 남편은 불능이었다. 숫기 없는 사내는 입을 봉했다. 그렇다고 새댁이 먼저 발설할 수도 없는 노릇, 그녀가 시름시름 앓기 시작했다. 얼굴로 열이 뜨며 가슴에 돌덩이가 매달린 듯 무겁고 두통과 불면이 지속되는 증상이었다. 백약이 무효였다. 손이 귀한 집에 아이는 고사하고 당장 며느리를 잃을 판국이었다. 때마침 시어머니가 희소식을 들었다. 오봉산 중턱 암자에 기거하는 스님이 영험한 도력을 가졌다는 소문이었다. 시어머니가 먹지도 못하고 말라가는 며느리를 절에 보냈다.

완쾌되어 하산한 여인의 병은 시간이 지나면 도지곤 했다. 그럴 때마다 여인은 불공을 드리러 집을 나섰다. 그러던 중 태기가 생겨 옥동자를 낳았다. 아이가 자라는 중에도 여인은 꾸준히 절을 찾았다. 부부는 사이좋은 오누이처럼 지냈고 금슬 좋기로 소문이 났다.

시간이 흘러 아홉 살이 된 아들이 동무들과 운암호에서 물놀이하다 빠져 죽었다. 물가에서 소복 차림으로 석 달 열흘을 울던 여인은 아이를 따라 깊은 곳으로 걸어 들어갔다. 상심한 남편도 아내를 그리워하다 무작정 집을 나섰다. 방랑하던 그가 찾아간 오봉산 암자는 무너져있었다. 불행한 소식이 산사에 전해진 뒤였다.

시시했다. 어린 손녀가 이해할 만한 얘깃거리도 아닌 듯했다. 어릴 적 기억이란 버무린 봄나물 같지 않나. 성인의 욕망과 기대가 시큼한 양념으로 스며들기 마련이니까. 물을 조심하라고 할머니가 겁을 준 거겠지 뭐.

하지만 그 뒤론 어찌된 일인지 춘화를 만날 때마다 차갑고 축축한 기운이 내 어깨를 감싸곤 했다. 직접 보기라도 한 것처럼 운암호에서 죽은 여인의 자태가 몽롱하게 떠오르는 것이었다. 결국 나는 영화 속에서 이 부분을 어떻게 처리할 것인지 고민을 거듭해야 했다.

– 나 그렇게 모진 년 아니어요. 호규씨 착한 거 나도 알아요. 내 아이들과도 곧잘 어울리고요. 그이에게 딸린 자식이 있나 모실 부모가 있나. 나만 잘 하면 아쉬울 것도 없는 살림인데….

성자씨가 춘화의 목소리를 흉내 냈다. 그대로라면 춘화는 호규씨에게 동정심을 느끼는 듯했다. 방향감각이 부실한데다 다리도 성치 못한 사내를 차마 버릴 수 없다는 뜻이었다.

– 귀 얇은 호규씨의 지갑이 더 이상 얇아질 일도 없겠죠.

나는 빈정거렸고 성자씨는 춘화를 두둔했다. 옥신각신한 끝에 우리는 춘화 부부의 비밀을 좀 더 긴밀히 공유하게 되었다.

성악반이 끝나면 나는 호규씨와 미야네 주막을 자주 찾았다. 호규씨가 내게 속을 자주 열었다. 감나무카페에서 내 가슴팍을 밀쳐낸 죄로 술을 사기 시작하더니 그는 미안하다는 말을 입술에 달아놓았다. 김 화백의 지시를 거부할 수 없었다는 이야기가 안주로 따라붙었다. 뭘, 방해꾼을 밀어내고 춘화에게 잘 보이고 싶었겠지. 나는 속으로 삐딱하게 맞장구를 쳤다.

하지만 그가 치루는 대가는 솔찮았다. 그럭저럭 살림도 합쳤지만 속궁합이 문제인 듯했다. 아홉 살 아래의 건강한 여자. 춘화의 거침없는 성격 탓만 하기도 뭣한 성(性)의 격차를 어떻게 극복할 것인가. 호규씨의 고민이었다.

– 혹시 그거… 어떻게 좀….

그가 어수룩한 표정으로 내게 물었다. 그의 속눈썹이 술잔에 길게 내려와 있었다.

– 병원 가기가 여엉 거시기해서.

의사의 처방전 없이 비아그라를 구할 방도를 찾는 것이었다. 전날 큰 맘먹고 찾아간 동네약국에서 발을 돌려 나온 모양이었다. 내가 대신 임포텐스를 가장하여 병원에 다녀오고 싶었지만 그냥 웃고 말았다. 주눅든 사내의 심리적인 문제려니…. 그 후로도 호규씨는 자신의 남성을 살려보려 애썼지만 여의치 않은 듯했다. 그녀에게 문전박대를 당하는 것도 아니었다.

– 그게 문 앞에서 글쎄….

발기부전이라기보다는 허무한 조루였다. 그가 내 앞에서 뒷머리만 긁었다. 이젠 더 이상 시도조차 못하게 되었다는 것이었다. 반년을 못 버티고 그가 손을 들어버린 셈이었다. 자청하여 거실 소파 신세가 된 듯했다. 새삼스럽게 춘화의 얼굴이 우울해 보였다. 성악반에서 그녀의 노랫소리가 처량하게 들린 것도 그때부터였다.


군내버스를 추월했다. 차가 기우뚱하며 출력을 높이자 불현듯 현실감을 찾은 듯 춘화가 말을 꺼냈다.

"괜찮겠죠?"

걱정스런 눈빛으로 그녀가 미간을 좁혔다.

"도대체 왜 그랬어요?"

나는 대답대신 그 질문을 다시 꺼냈다. 괜찮을 겁니다, 라는 무의미한 대답은 건너뛰었다. 흉기란 대게 겁을 주려는 목적일 뿐 실제로 사용되는 일은 드무니까. 하지만 그런 생각도 그녀에게 위로가 되지 않을 듯했다. 그녀의 가는 손가락들이 떨고 있었다. 호규씨의 단순하고 욱하는 성격이 걱정되긴 나도 마찬가지였다.

"거짓말까지 하면서 살고 싶진 않았어요."

"그렇다고 다 불어버려요?"

"분 거 아니에요. 그가 알아낸 거지."

얼마 전 그가 춘화의 뒤를 밟은 모양이었다. 방향감각 무딘 사람에게 쉽지 않은 일이었을 것이다.

"그게 그러니까…."

춘화가 그간의 사정을 토해내기 시작했다. 내 예상대로였다. 춘화가 그곳에서 만난 진식에게 호감을 느끼고 혼자서 다시 찾아갔단다. 함께 술을 마시며 많은 이야기를 나누었고 그녀는 진식의 모델이 되어주었다. 진식은 그녀가 올 때마다 미리 그려둔 조그만 스케치를 선물했다. 엽서 안에 그녀가 있었다. 화가의 심경에 따라 연필화의 배경과 모델의 표정이 조금씩 변해갔다. 그녀도 화가에게 빠르게 적응했다. 이윽고 그녀는 모델 이상의 의미가 되었다. 진식이 책방여자에 이어 또다시 사랑에 빠져든 성싶었다. 그림 속엔 언제나 산과 호수가 있었다. 운암호 주변의 오솔길과 들꽃과 물에 닳은 돌들이 조금씩 엽서 안으로 옮겨졌다. 화가는 그림 아래에 서명과 한줄의 메모를 곁들였다. 여기까지는 내가 충분히 상상할 수 있는 수순이었다. 문제는 다른 데서 불거졌다. 춘화는 그림엽서들을 자신의 방 한쪽 벽에 가지런히 붙여놓았다. 전시를 하듯. 호규씨가 알아도 상관없었다. 차라리 그렇게 되길, 그가 현실을 자연스럽게 받아들이기를 바랐다.

"다른 남자를 만나냐고 묻더군요. 힘들게 입을 여는 것 같았어요. 대답

대신 나는 오히려 그에게 물어봤죠. 내가 떠나주기를 원하는지….”

그게 바로 어젯밤이었나 보았다. 침묵이 끼어들었다. 춘화가 조수석 창문을 내려 찬바람을 끌어들이며 가라앉은 목소리를 이었다.

“그 사람은 내가 잡아떼길 원했는지도 몰라요. 아마 그랬을 거예요. 나를 미행한 것도 내색하지 않았으니까요. 엽서를 그려준 사람이 어디에 사는지만 알아두고 슬그머니 돌아온 거죠. 하지만 난 달라요. 속이면서 살긴싫어요. 껍데기와 살고 싶지 않다고요.”

춘화가 갑자기 새된 소리를 질렀다. 나는 묵묵히 앞만 바라보고 운전을 했다. 민망해 할까봐 오른쪽으로 고개를 돌릴 수 없었다. 흐느끼는 소리가 들렸다. 숨이 토막으로 끊어지는 울음이었다. 나는 그녀가 말한 껍데기가 궁금했다. 그녀가 가슴속에 두 개의 방을 만들어놓은 것 같았다. 두 사내가 사이좋게 들어앉을 각각의 방을. 그것이 실패할 경우 호규씨는 껍데기가 되는 것이었다. 그녀가 벗어던지고 떠나야하는….

“제겐 둘 다 필요해요. 동정심도 사랑 아닌가요? 아껴주고 싶은 마음은 같잖아요.”

그녀는 자기가 왜 양자택일을 해야 하는지 묻고 있었다. 춘화의 볼멘 질문에 나는 똑 떨어지는 답을 내놓지 못했다. 실인즉 내게도 켕기는 구석이 있었고 혼란스럽긴 마찬가지였다. 여전히 성자씨에 대한 내 마음을 종잡을 수 없는 탓이었다. 나 또한 사랑과 동정심 사이를 헤맨 지 오래였다. 여자의 멍한 시선을 좇을 때마다 가슴 한쪽이 시려왔다. 그녀가 먼저 거론하지 않는 한 민감한 화제를 꺼내기도 조심스러웠다. 세상의 어떤 언어도 구멍 뚫린 어미의 가슴에 위로가 되지 못할 것이었다.

나는 무력감에 종종 거울을 들여다보았다. 스스로에 대한 연민과 혐오가 얽히다 풀리기를 반복했다. ‘모든 걸 놓아버리면 미움도 남지 않는다.

그러므로 나 자신에 대한 혐오마저도 삶을 움켜쥔 연민의 또 다른 이름이다.' 두 개의 감정은 뿌리가 하나였고 수시로 뒤집히는 손바닥이었다. 사랑과 동정심도 그렇지 않을까. 차라리 사귀어보자고 할까. 내 자신을 확인할 좋은 방법이 될 것이었다. 하지만 몇 해를 앞서가는 그녀의 연륜이 나의 덜여문 시도를 허락하지 않을 성싶었다. 때론 그녀가 혼자 살기로 결심한 사람 같아 보였다. 화장으로 기미를 가린 무심한 얼굴에 나는 적잖이 주눅이 들었다. 나도 모르는 내 마음을 상대한테 확인하는 게 가당키나 한가. 비춰보는 거울도 아니고. 거절당한다면 무안함을 어찌 견뎌낼 것인가. 감나무카페는 영영 멀어지겠지. 어설픈 궁리는 곧바로 '내 주제에 무슨'에서 멈춰 섰다.

이차선 도로를 빠져나와 호수 쪽으로 휘움한 시멘트길로 접어들었다. 산이 보이는 오르막이 끝나는 곳에서 오른쪽으로 핸들을 돌렸다. 젖은 풀밭에 바퀴를 올렸다. 땅이 무르지 않아 다행이었다. 뿌연 안개 사이로 외딴집이 형태를 드러냈다. 잔자갈과 모래가 깔린 물가로 천천히 차를 붙였다. 잔돌 으께지는 소리에 놀란 물새 한 마리가 아침 호수 위로 푸드덕 날아올랐다. 인적 없는 평상에 호규씨가 걸터앉아있었다. 코란도의 엉덩이를 그에게 향하여 무심한 듯 삐딱하게 차를 세웠다. 차창을 안경 크기만큼 내려 시야를 열었다. 우리가 들어앉은 차와, 호규씨가 앉아있는 곳과, 외딴집의 위치는 삼각형의 서로 다른 모서리 위였다. 우리는 가장 먼 꼭짓점에 자리를 잡은 셈이었다.

엔진을 멈추자 고요가 찾아들었다. 그가 우리 쪽을 일별하더니 무표정한 얼굴을 다시 원래대로 돌려놓았다. 이쪽이야 쉬어가는 낚시꾼으로 보이겠지. 선팅 짙은 차안에서 사랑을 나누는 아베크족으로 여길 수도 있고. 나는 물가에 놓인 평상과 처마 낮은 집의 열린 대문을 번갈아 지켜보았다. 평상다리에서 두어 발짝이면 물이었다. 찰랑거리는 물결이 가장자리의 조약돌 위에 거품을 게워놓곤 했다. 초라한 지붕 아래 부지런한 진식이 깨어있을 것이었다. 그가 지금쯤 노파와 조반상을 놓고 마주앉아 있을지도 몰랐다. 모자가 도란거리는 소리가 들려오는 듯했다. 호규씨가 오른손에 쥐고 있던 낫을 평상에 내려놓았다. 미끈하게 벼린 날에 아침햇살이 반사되었다. 나는 어깨를 움츠리며 팔뚝에 돋는 소름을 비볐다.

춘화가 내리려고 몸을 일으켰다.

"잠깐."

그녀의 무릎을 손바닥으로 눌렀다.

"그냥 지켜봅시다."

그녀가 나가면 안 될 것 같았다. 호규씨가 내 가슴을 밀치던 순간이 총알처럼 머릿속을 뚫고 지나갔다. 사랑하는 여자 앞에서 튀어나오는 사내의 충동이 두려웠다. 그거야말로 불필요하게 증폭되는 행동모드가 아닌가. 호규씨의 시선이 멀리 호수 건너편에 걸려있었다. 산등성이 위로 떠오른 해가 그의 두툼한 몸피를 비스듬히 비추었다. 서른 걸음 정도의 거리에서도 그의 옆모습이 도드라져 보였다. 페인트 묻은 청색 작업복의 어깨가 구부정했다. 그가 자주 눈을 찌푸렸다. 생각 많은 얼굴이었다. 나는 가슴이 눌린듯 답답해 양쪽 차창을 손바닥 넓이로 내렸다. 그의 둥그런 얼굴이 조밀한 표정으로 다가왔다. 누런 햇빛이 그의 뭉툭한 콧날 위에서 하얗게 반짝였다. 소리 없는 시간이 이십여 분쯤 나를 비켜가고 있었으므로 먼저 도착한 그는 더 오래 그 자리를 지킨 거였다. 그는 정물처럼 굳어있었다. 서늘한 바람이 차 안으로 들어왔다 빠져나가곤 했다. 이따금씩 물새가 끼룩거렸고 수면 위로 솟은 물고기가 포물선을 그리다 철썩, 습기 먹은 공기 속으로 음파를 던졌다.

이윽고 그가 내려놓았던 낫을 들고 몸을 일으켰다. 바지 엉덩이가 평상에서 묻은 물기로 얼룩져있었다. 그가 외딴집을 향해 완만한 오르막으로 한쪽 발끝을 끌었고 그때마다 이슬 젖은 은빛 땅에 줄이 생겼다. 여기저기 판자가 뜯겨나간 문짝은 여전히 기우뚱하게 열린 채였다. 나는 차문을 조용히 열었다.

"내가 나가볼게요."

춘화의 무릎을 다시 눌렀다. 호규씨가 마당으로 들어갔다. 나는 뒤꿈치를 세워 잰걸음으로 따라붙어 대문 밖에 몸을 바짝 숨겼다. 안을 들여다보다가 여차하면 뛰어들 생각이었으나 다리가 후들거렸다. 그가 마루를 바라보며 잠시 멈췄다. 작업 중인 그림을 보았을까. 그도 그림 속 낯익은 여인과 먼저 눈을 마주쳤을지 몰랐다. 방에서 인기척을 느꼈는지 지게문이 밖으로 열렸다. 노파가 가을볕에 그을린 괴죄죄한 얼굴을 내밀었다. 호규씨가 낫을 뒤로 숨겼다. 자루를 쥔 거친 손가락이 등 뒤에서 꼼지락거렸다.

그와 몇 마디를 주고받은 노파가 이내 밖으로 나왔다. 자리를 비켜주려는 것 같았다. 노파가 검정고무신을 꿰어 허청걸음을 뒤란으로 옮겼다. 호규씨가 닳아빠진 운동화를 벗고 마루에 올랐다. 진식의 낮은 목소리와 함께 문턱 위로 빠져나온 손짓이 객을 안으로 이끌었다. 문지방을 넘는 호규씨의 오른손 밑에서 반원형 금속이 또다시 빛을 반사했다. 방문이 닫혔다.

나는 마당을 빠르게 건너 토방까지 다가섰다. 내 심장이 마구 달리기 시작했다. 이마의 진땀이 눈으로 흘러들어 따끔거렸다. 기둥을 붙잡고 머리를 흔들어 문득 다가온 현기증을 뿌리쳤다.

뛰어들어야 하나. 곧 우당탕 부서지는 파열음, 또는 거친 욕설, 그것도 아니면 아악 하는 외마디 소리가 터져 나올 것 같았다. 영화적 상상이 거침없이 앞서 달렸다. 날선 긴장이 마루 위에 내려앉았다. 나는 허리를 꺾어 마루 밑을 빠르게 훑었다. 맨손으로 덤벼보기엔 무력했다. 행여 굴러다닐지 모를 부지깽이나 부러진 곡괭이자루를 찾아보았다. 야구방망이를 챙겨오지 않은 걸 잠시 후회했으나 막상 그걸로 뭘 할 수 있을지는 또 다른 문제였다. 응급신호를 감지하면 늦을 것 같았다. 오금이 저리고 샅이 오그라들었다. 이럴 거면 그가 먼저 마당에 들어섰을 때 냉큼 뛰어가 손목을 비틀어 그놈의 흉기를 빼앗았어야 옳지 않았나. 재게 달렸다면 그의 둔한 다리를 붙잡지 못할 것도 없었다. 따라 내리려는 춘화를 목젖 누른 중저음으로 말리긴 했으나 벼린 낫의 퍼런 서슬에 나는 적잖이 주눅 들어있었다.

닫힌 방문 아래로 붉은 액체가 흘러나오나 싶었을 때, 이윽고 목소리가 들렸다. 서로가 누군지 아는 눈치였고 통성명은 불필요한 듯했다. 두 사내의 대화는 오히려 차분했고 나의 속된 예상을 단숨에 뛰어넘었다. 진식이 먼저였다.

"그래 내가 어찌하면 좋겠소?"

그리고는 다시 조용해졌다.

"장담컨대 춘화씨는 선생을 떠나지 않을 겁니다."

진식이 한마디를 덧붙였다.

"하하, 한 가지만 약속해주시면…."

호규씨가 더듬거리며 입을 열었다. 방안이 다시 고요해졌다. 이번엔 진식이 호규씨의 말이 이어지길 기다리는 것 같았다. 그 순간 날카로운 것으로 뭔가를 찍는 소리가 창호지를 빠져나왔다. '찍'과 '퍽'의 중간쯤이었는데 짧은 공명이 동반되었다. 뾰족한 금속이 얇은 판자 같은 물체에 꽂히는.

"내려오시면 주, 죽는 거요. 우리 중에 하나는 이, 이걸로….."

나는 긴 숨을 몰아쉬었다. 사위가 다시 조용해졌다. 나는 머릿속의 그림을 빠르게 수정했다. 모자이크 조각들이 개연성의 자리를 찾아 제각각 움직였다. 동시에 맞지 않는 부품들이 밑그림을 거부하며 튕겨져 나갔다. 나는 풋내기 감독의 어리바리한 상상력을 원망하며 영화보다 다이나믹한 현실을 온몸으로 받아들였다.

달그락, 사기그릇 부딪히는 소리가 더딘 침묵을 깨뜨렸다. 진식의 목소리가 낮게 깔렸다.

"한잔합시다."

방안 어디쯤에 술이 있었나보았다. 개다리소반에 꽂힌 살기를 안주삼아 두 사내가 목울대를 꿀럭이는 소리를 들은 것도 같았다.

"나, 나는 춘화씨 없으믄 모 못 살아요."

호규씨가 코를 훌쩍이며 딸꾹질을 했다. 일편단심을 토해내는 중에도 젖은 목소리가 자주 끊겼다. 두 사내의 열기로 더워진 방안에서 진식이 호규씨의 두 손을 잡았을 것이었다. 진식에겐 어려울 것도 없는 맹세일 터, 한옥마을 전시관을 떠난 순간 속세와 연을 끊어버린 그였다.


낮술이 미끼처럼 목구멍을 간질였으나 나는 조용히 발길을 돌렸다. 이름 모를 흰 새 한 마리가 내 눈을 호수면으로 끌어당겼다. 물수제비로 닿을 만한 거리에서 새의 조그만 눈동자가 까맣게 반짝거렸다. 나는 조심스레 동작을 멈췄고 새는 재빨리 몸을 거꾸로 세웠다. 자맥질하는 꽁지깃이 물속으로 하얗게 빨려들었다. 잔물결이 동심원을 그리며 가장자리로 밀려왔다. 물비늘이 은빛으로 어룽거렸다. 눈이 부셨다. 불현듯 수면이 둥글게 뚫리고 아래로 틈이 생기는 것 같았다. 그 안에서 소복 입은 여인이 떠올랐다. 반투명의 치맛자락이 물 깊은 곳으로 뿌옇게 끌려가다 전설처럼 희미해졌다.

나는 굳어진 발을 떼어 호숫가에 세워둔 차로 다가갔다. 차창이 내려가며 반쯤 열렸다. 또 다른 여인이 초조한 얼굴로 이쪽을 내다보았다. 물기 고인 그녀의 눈에 호수가 담겨있었다. 나는 그 안에서 무수한 언어들을 읽어야했다.

아무래도… 내 시나리오는 대폭 수정되어야 할 것 같았다.

제10장

그리고…

# 제10장

# 그리고…

그의 죽음은 뜻밖이었다. 허망하기도 하고. 주검이 발견된 아침, 단출한 방에 외부인의 침입이나 자살 흔적은 없었다. 칠순잔치가 닷새 전이었는데….

얼마 전부터 나는 마구잡이식 그물치기를 멈췄다. 그렇게 해서는 모아둔 얘깃거리마저 흩어져버릴 것 같았다. 그 대신 그럴듯한 소재 하나를 지렛대 삼아 독하게 날을 세워볼 작정이었다. 아침마다 집중과 선택을 구호처럼 외치며 눈을 떴다. 한옥마을 남쪽 사람들 몇이 내 꿈속을 드나들었다.

그 중에 봉수영감이 끼어있었다. 쉽사리 떨치지 못한 내 호기심이 그를 자주 불러낸 것이리라. 베트남을 다녀온 뒤 해가 두 번이나 바뀌었지만 그의 미간에서 그늘이 쉬 걷히지 않았다. 대인기피증이 갈수록 심해지는 것 같았다. 내가 그와 드물게 마주친 곳도 편의점이나 좁은 골목이었고 그것도 늦은 밤이었다. 나는 입조심을 해야 했다. 성자씨가 주위를 살피며 입술에 검지를 세우곤 했다.

흰 눈썹을 치켜 올린 늙다리가 숨을 몰아쉬며 감나무카페로 뛰어들었다. 봉수영감과 같은 건물 삼층에 사는 집주인 곽씨였다. 내가 성자씨의 아침청소를 거들고 공짜커피를 얻어 마시던 참이었다. 이틀간이나 인기척이 없는 게 이상했단다. 곽씨가 아래층 방문을 따고 들어간 이유였다. 성자씨가 헐레벌떡 맞닥뜨린 봉수영감은 눅눅한 장판 위에 써늘하게 식어있었다.

장례식을 주도한 성자씨는 친딸보다 더 자식 같았다. 그녀의 부탁으로 나와 춘화 부부가 문상객들을 위해 잡일을 거들었다. 육개장은 춘화가 날랐다. 호규씨도 그녀를 도와 모조지를 깔고 술상을 차렸다. 성자씨의 눈밑이 사흘 내리 발그레하게 부어있었다. 그도 그럴 것이, 봉수영감이 제 자식에게도 꺼내놓지 못한 사연들을 어루만져준 사람도 성자씨였다. 빈소는 봉수영감의 딸이 지켰다. 부지런히 움직이는 성자씨에 비해 상주는 손님 같았다. 그녀는 멀뚱한 표정으로 조문객의 인사를 받다가 빈소 뒷방으로 들어가 좀처럼 나오지 않았다.

대전에 산다는 그 딸이 아버지의 칠순잔치에는 아예 나타나지 않았었다. 굳이 이해하자면 딸이 마련한 잔칫상은 아니었다. 제안자는 성자씨였다. 봉수영감과 부녀처럼 지낸 사이라 크게 이상할 것은 없었다. 그녀가 감나무카페로 몇 사람을 불러냈다. 그게 보름 전쯤이었다. 나와 수경, 홍 화백까지 넷이서 빙 둘러앉았다. 성자씨가 조심스럽게, 아주 천천히 말을 꺼냈고 수경이 눈치 빠르게 치고 나왔다.

– 회원들에게 사발통문 돌리고 분위기 띄워달라 이거지?

홍 화백이 큰 눈을 끔벅이며 고개를 주억거렸다.

– 경서씨도… 아시죠?"

성자씨가 내게 눈을 찡긋하며 매듭을 지었다. 거절하면 안 될 것 같았다. 늘 그랬듯 나는 장소 정하고, 초청장 만들고, 찬조금 걷고, 현장에서 사회나 보면 되는 거였다. 나의 하루를 감나무카페에서 마무리하는 일이 잦아졌다. 성자씨와의 대화가 늦은 밤까지 꼬리를 물었다. 성자씨는 얘기를 하다말고 슬그머니 뺨을 붉히곤 했다. 내 눈치가 빗나가지 않았다면 그녀가 나를 사내로 대하는 듯도 했다. 그도 그럴 것이, 수경이 뜬금없이 동네 여자들의 수다를 내게 전해주었다. 주변을 돌며 봉수영감의 칠순잔치 초청장을 나눠주고 소원으로 돌아온 저녁이었다.

– 단둘이 속삭이는 모습이 그림 같더래.

우리를 묶는 소문이라면 응당 성자씨의 감나무에 먼저 내려앉았을 것이었다. 궁금증이 일었다. 그녀의 본심을 엿볼 기회였다. 다음날 아침 카페를 찾아가 그녀의 얼굴부터 유심히 살폈다. 아무렇지도 않은 듯 여전히 반가운 표정이었다. 그녀가 태도를 바꿔 데면데면하게 대하면 어쩌나 싶던 걱정이 한순간에 휘발되었다. 나는 슬그머니 되돌아와 달뜬 가슴을 누르며 수경을 찔러보았다. 숙박부를 정리하던 수경이 눈동자를 희게 굴렸다.

– 여태 몰랐어?

한심하다는 표정이었다. 한마디만 더 물었다면 귀에 못이 박힌 핀잔이 튀어나올 기세였다. '그러니까 아직도 그 모양 그 꼴이지….' 아무튼 나에 대한 성자씨의 호감은 에둘러 확인한 셈이었다. 내가 소심증을 넘어설 차례였다. 동정심과 사랑이 윤곽을 갖춰 구별되기 시작했다. 형태가 존재를 지배하는 법. 형태를 갖추지 못한 사랑은 사랑일 수 없었고 행동으로 진화하지 못한 사랑은 무용했다. 속에서만 꿈틀대던 연민을 연소시켜줄 촉매가 필요했는데…, 그 역할을 이미 수경이 하고 있었다. 고맙게도.

나는 어느새 성자씨의 허물없는 말벗이었고 내 호칭도 감독님에서 경서씨로 바뀌어있었다. 나도 슬그머니 그녀를 사장님에서 누나로 바꾸었다. 그녀는 그냥 이름을 불러달라고 했지만 삼 년의 나이차를 뛰어넘기엔 내 넉살이 부족했다. 그녀의 잔심부름을 자원하기에도 그쪽이 무난했다. 그녀는 종종 내게 가게를 맡기고 멀리 장을 보러 나갔다.

내가 그녀의 단골손님으로만 머물 수 없었던 데에는 호규씨 부부가 적잖이 작용했다. 남의 사생활을 함께 들여다보며 귀엣말을 주고받는, 우리는 곧 비밀을 공유하는 사이가 된 것이었다. 내가 호규씨를 대변할 때 성자씨는 춘화가 되었다. 우리는 서로 다른 입장을 주장하면서도 결론은 하나로 모았다. 그들이 헤어지면 안 된다는 것. 우리는 그들 부부를 이어줄 끈을 발견하려고 애를 썼다. 얼굴을 맞대고 고개를 끄덕였다. 마치 그 끈이 우리 것인 양…. 꼬집어 말하기 뭣한 유대감이었다. 가까워진 만큼 내가 따로 얻는 것도 있었다. 나는 카페운영에 필요한 각종 노하우를 전수받았다. 아메리카노는 물론이고 카페라떼, 에스프레소, 스무디 만드는 법까지.


봉수영감을 졸라 전화번호를 받은 성자씨가 대전으로 연락을 취했다. 되돌아온 반응은 내 예상을 크게 벗어나지 않았다. 불편한 언어들을 주고받았단다. 전화기 너머의 목소리가 데면데면했나보았다. 어린 시절부터 동네에서 아는 처지였고 성자씨의 여고 후배라는 건 그다지 도움이 되지 않았다.

– 형편이 안 되나 봐요, 잔치에 참석만 해달라는데도….

전화를 끊은 성자씨가 이내 상황을 수습했다. 난감하고 멋쩍은 표정이었다. 그녀가 내친김에 속을 털어놓았다. 옛집을 헐고 감나무카페를 만들 때부터의 사연이 꼬리를 물었다. 애프터서비스는 걱정 마시라던 건축업자는 잔금을 챙기자 꼬리를 감췄다. 배관공사도 겨울에 얼어붙는 날림이었다. 시도 때도 없이 수도관이 터져 카페주방에서 물을 퍼내곤 했다. 그녀가 믿을 건 봉수영감의 손재주뿐이었다. 막힌 변기 속을 막대기로 쑤셔대다가 한밤중에 그를 불러대기도 여러 번. 그는 구세주였다. 철물점을 운영할 때 익혀둔 그의 전기 기술도 혼자 사는 여자에겐 쓸모가 있었다. 깜박거리는 형광등은 말할 것도 없고 폭염에 멈춰서는 에어컨 수리도 모두 봉수영감 몫이었다. 언젠가부터 그는 일을 마치기가 무섭게 손사래를 치며 사라졌다.

– 돈을 안 받으니 어쩌겠어요.

성자씨가 동의를 구하는 얼굴로 좌중을 둘러보았고 우리는 고개를 주억거렸다. 장수시대에 머쓱하기도 했지만 칠순잔치는 성자씨가 찾아낸 변제방식이었다.


나는 미야를 먼저 찾아갔다. 주막을 빌려 쓰기에는 객이 뜸한 낮 시간이 좋을 듯했다. 그녀가 흔쾌히 수락을 했다.

– 안주만 팔아주세요.

좋은 일에 막걸리는 기증하겠다는 뜻이었다. 점심에 낮술들을 얼마나 마실까 싶었지만 미야의 마음이 갸륵했다. 그녀의 온몸에서 활기가 배어나왔다. 얼굴엔 온통 웃음이었다. 앞마당에 펼쳐놓은 세 개의 천막 안이 떠들썩했다. 아직 해가 서산 등성에 얹혀 있었으나 관광객으로 보이는 청춘들이 제법 드나들었다.

'장사 잘 되죠?' 시답잖은 내 인사에 그녀는 '돈 많이 벌어요.'로 반응했다. 그녀와 아퀴를 맞추고 돌아 나오다 안에서 바삐 움직이는 두 사람을 발견했다. 나는 고개를 갸웃했다. 주방은 방과 후 엄마를 돕는 두 딸의 공간이 아니었나. 몸피 작은 미야의 작은딸을 금세 알아보았으나 스포츠머리에 어깨 구부정한 사내는 낯설었다. 그가 홀쭉한 허리에 앞치마를 두른 채 쓰레기봉투를 들고 밖으로 허정허정 걸어 나왔다. 나와 눈이 마주치자 그가 고개를 까딱하며 양 옆으로 입꼬리를 당겼다. 처진 눈밑 주름으로 보아 쉰은 넘긴 듯했다. 볕에 그을린 뺨이 도시사람 같진 않았다.

볕이 좋았다. 천막 옆구리를 말아 올렸다. 스무 명이 족히 넘었다. 베트남엔 연락을 취하지 않았다. 봉수영감이 말리기도 했거니와 부질없는 짓일 듯했다. 대전 딸은 기어이 오지 않았다. 그래도 올 만한 사람들은 다 모인 것 같았다. 수경과 홍 화백이 불러 모은 사람들도 잔치의 주인공을 모를 리 없었다. 다들 영감에게 한 번쯤은 신세를 졌을 터였다. 성자씨가 그의 팔을 부축하듯 이끌어 마당 가운데 놓인 평상에 앉혔다. 자식을 둘이나 둔 노인이 홀로 상을 받았다. 좌중이 수군거렸다. 구 서방이 대전에서 건축일을 한다는 사위를 들먹였다. 그는 한때 한옥마을에서 봉수영감의 집수리 작업을 돕던 총각이었다. 딸은 아버지의 반대를 무릅쓰고 그 총각과 도망치듯 동네를 떠났단다.

— 영감이 그 놈 뺨을 후려쳤다등만. 딸이 보는 앞에서 말이여.

곁에서 구서방을 거들고 나섰다. 철없는 남녀가 전주를 떠나기 직전의 사건인 듯했다. 나는 부녀가 살갑게 지내지 못하는 이유를 짐작해보았다.

– 요새는 아파트 베란다에 샷슈 달고 댕긴다던디?

– 즈그 여편네 밥이나 안 굶기나 몰러.

– 그놈이 동양화를 좋아했지 아마. 흐흐

– 그걸로 큰집 구경하고 나왔자능개비?

오지 않은 딸과 사위가 좌중의 도마 위에 올랐다. 수위가 좀 높지 싶었다. 봉수영감이 술잔을 내려놓으며 헛기침으로 목구멍을 긁었다. 그가 핏기 없는 얼굴을 옆으로 돌려 긴 숨을 뽑았다. 수경이 영감을 일별하며 뒷담화에 끼어든 구 서방의 옆구리를 찔렀다. 눈치 빠른 김성기 화백이 축사를 빙자하여 화제를 틀었다. 일 순배를 돌린 그가 마이크를 잡았다. 내가 힘들여 빌려온 노래방 기계가 이윽고 진가를 발휘했다. 뽕짝이 울려 퍼졌다.

김 화백의 앙코르곡이 끝나자 미야가 마이크를 들었다. 소개할 사람이 있단다. 모두의 시선이 그녀의 손끝으로 몰렸다. 미야의 작은 딸이 앞치마 두른 사내의 손을 잡고 부엌에서 나왔다. 며칠 전 내게 눈인사를 하던 자였다.

– 다시 잘 해보기로 했어요.

미야가 사내의 손을 쥐고 수줍게 얼굴을 붉혔다. 사람들이 서로의 얼굴을 번갈아 바라보며 고개를 주억거리거나 빙긋이 웃었다.

– 이 냥반 술 끊었어요.

미야가 한마디 더 보탰다. 술잔들이 높이 솟았다.

– 글믄 주먹질도 끊었것지?

구 서방이 좌중을 살피며 슬그머니 추임새를 넣었다.

– 옛날의 미야가 아니자녀어.

수경이 말을 받았다. 사내가 좌중을 향해 허리를 깊숙이 꺾었다. 박수가 쏟아졌다.

─ 아따 그라믄 한 곡 뽑아야 허덜 않컸는가? 내 노래도 공짜가 아닌
디.

김 화백이 다시 바람을 잡으며 사내에게 마이크를 옮겼다.

─ 타향살이 몇 해든가 손꼽아 헤어보니~.

웬 구닥다리? 하지만 목소리에 진심이 묻어있었다. 미야를 위해 특별
히 고른 노래려니. 뜬금없이 그가 순박해보였다. 수경을 통해 캐롤리나
의 소식도 들었다. 기숙사가 있는 대안학교에 다닌다고 했다. 돈 많이 번
다는 미야의 말을 믿기로 했다.


바람이 장례식장 진입로를 쓸며 황사먼지를 몰고 다녔다. 조문객이 적
지 않았다. 의외였다. 말년에 거의 두문불출했으나 줄곧 한 동네를 지켜
온 봉수영감이 인심을 잃진 않은 모양이었다. 김성기 장로가 데려온 교인
들이 한참동안 찬송가를 합창하고 빈소에서 내려왔다. 열댓 명쯤 되는 여
신도들이 벗어놓은 신발을 꿰고 허리를 폈다. 그중 하나가 낯이 익었다.
한복집 여자였다. 그녀가 교인들과 함께 빠져나가다 멈추고 내게 고개를
까딱했다. 쑥스러운 표정이었다.

"교회 다니시는 줄 몰랐는데…"

"시간도 남고 마음도 뒤숭숭해서, 그때부터…."

강북의 양두식 건물에서 밀려난 때를 말하는 것 같았다. 그녀는 결국 서
학동 주택가에 월세 30만 원짜리 가게를 얻었다. 비어있지 않았지만 권
리금 따위는 없었다. 옷 수선을 다시 시작했다. 관광객 없는 골목이라 한
복대여는 잊어야했다. 개업식이랄 것도 없는 자리에 그녀가 나를 불렀고
나는 양란을 들고 갔었다. 가게가 좁아 화분 놓을 자리가 마땅치 않았다.

한복가게에 걸려있던 월하정인은 더 이상 보이지 않았다.

"언니 괜찮지?"

성자씨가 배웅을 하며 한복의 손을 잡았다.

"응 그럭저럭. 난 그 시절로 돌아간 거야, 양 사장 덕분에….."

엄마랑 마주앉아 옷 수선하던 재미를 되찾았단다. 그녀가 이를 드러내 소리 없이 웃었다. 편안한 얼굴이었다.

삶의 무게를 달아볼 수 있을까. '삶'이란 '사람'을 한 글자로 줄여놓은 거라는 생각이 들었다. 사람이라는 동물에게는 바윗덩이도 어느 순간 모래알처럼 가벼워지나 보았다. 저울 또한 제각각이고….

문득 한순간도 내려놓지 못하는 내 삶의 무게를 느껴보았다. 작가란 단순히 글 쓰는 사람을 뜻하는 게 아니었다. 좋은 글을 써야한다는 강박증에 늘 시달리는 사람을 말하는 것이었다. 영화감독도 마찬가지. 시나리오 작가를 겸한 나는 말할 것도 없었다. 변죽만 울린 초고들이 내 명치끝에 무겁게 매달렸다. 편리한 저울을 갖지 못한 내 요령부득을 탓할 일이었다. 뒷골이 지끈거렸다.

한복이 장례식장을 떠난 뒤 나는 접객실 구석에서 차가운 맥주로 숨을 가다듬었다. 눈을 감고 습관처럼 영상 하나를 떠올려 기분전환을 시도했다. 허전한 내 가슴을 풍성하게 채워주는 비장의 무기였다. 한옥마을 어귀의 오래된 백반집, 다시 가본 그곳은 내 어릴 적 그대로였다. 메뉴판도 없었다. 다들 그냥 백반이라 불렀다. 만 원이면 배가 불렀고 혼자 가면 정말 미안했다. 카운터 지키는 할머니가 눈치 주진 않았지만 셋쯤은 몰려가야 주문하는 목소리에 힘이 실렸다. 파전이나 황포묵, 호박볶음, 도라지무침은 기본이고 젓갈도 토하젓, 조개젓, 황석어젓으로 구색을 갖추고 있었다. 조기구이, 육회에 홍어찜과 생합찜도 빠지지 않았다. 홍어삼합

곁에는 광어회가 상륙했다. 꽃게무침과 토란탕은 얼마나 잘 어울리던가. 묵은 된장으로 끓인 찌개는 또 어떻고. 젓가락질 사이에 싱건지로 입가심을 해야 각각의 맛을 제대로 볼 수 있었다. 잠시 떠올린 그림이 이 정도였다. 반찬 가짓수를 다 꼽아볼작시면 손가락이 열 개는 더 필요할 듯했다. 그런데 젓가락 닿는 횟수가 반찬마다 달랐다. 어느 것 하나 놓칠 수 없는 맛이었지만 집중 공략하는 타깃이 따로 있었다.

그래, 나도 스타플레이어를 만들자. 등장인물의 비중에 따라 순서를 붙여보았다. 미야, 성자, 순옥, 동학, 봉수, 두식, 양순, 진식, 춘화, 호규, 그리고 송갑석과 책방여자, 한복여자. 만만찮은 인물들이 한꺼번에 덤벼들었다.

캐릭터들이 마구 뒤엉켰다. 색색의 털실을 감아놓은 공이 손에 잡힐 듯 달아났다. 같은 공기를 마시는 사연들은 닮은 듯 달랐다. 합쳐지며 무지개빛깔을 띠기도 했고 때로는 여러 마리의 토끼가 되어 제 갈 길로 뛰었다. 하지만 열두 폭짜리 병풍에도 표지그림이 필요한 법. 내게도 대표선수가 간절했다. 누구의 사연을 대들보로 다큐멘터리의 얼개를 맞출 것인가. 제작비 고민은 뒷전이 되었다. 또다시 집중과 선택이라는 구호가 죽비처럼 어깻죽지로 날아들었다. 정신이 번쩍 들어 눈을 떴다.

어떻게 알았는지 개구리군복에 빨간 스카프 두른 늙다리들이 삼단국화를 들고 왔다. 희끗한 머리를 숙여 조문을 마친 사내들이 봉수영감 딸의 손을 잡고 위로를 건넸다. 중학생만 한 키에 꽁지머리를 한 딸이 무심한 표정으로 고개를 까딱였다. 성자씨가 출입구까지 객들을 따라 나가 일일이 배웅했다. 딸에게 아비의 죽음을 알린 사람도 성자씨였다. 베트남에도 기별을 했는지 내가 물었다. 성자씨가 연락처를 알 것 같아서였다. 그녀가 고개를 가로저으며 떨떠름하게 입맛을 다셨다. 칠순 때 봉수영감이 말리던 기억을 떠올리나보았다.

　발인을 하루 앞두고 나타난 봉수영감의 사위는 마지못해 끌려온 사람 같았다. 검은 넥타이에 양복은 걸쳤으나 밑은 해지고 때 묻은 운동화였다. 반쯤 부러져 변색된 앞니 하나가 눈에 거슬렸다. 조의금 함을 지키던 그가 불쾌한 얼굴로 제 마누라에게 자주 툴툴거렸다.

　밤늦게 양 사장이 장례식장을 찾아왔다. 검은 바탕에 남색 체크무늬를 띤 싱글양복, 여전히 백구두였다. 한복이 먼저 다녀간 게 다행이었다. 양 사장이 이웃들을 둘러보며 동의라도 구하듯 첫 마디를 툭 던졌다.

　"자다가 죽었는디 호상 아녀?"

　양두식다운 발상이었다. 그에게 봉수영감의 사위가 뛰어나가 알은체를 했다. 구면인 듯했다. 양 사장이 빈소에서 내려오자 사위가 다시 굽실거리며 접객실로 안내하고 술을 따랐다. 강북에서 임대료만 다달이 이천씩 챙긴다는 양 사장이 두고 간 봉투에 사위가 한쪽 눈알을 박았다. 그가 흰 봉투에서 만 원짜리 두 장을 뽑아 흔들며 상스러운 욕설을 뱉었다. 노인 몇이 등을 돌려 혀를 찼다.

　곽씨도 늦은 조문을 왔다. 재배를 올리고 빈소에서 내려온 그가 음식을 나르던 성자씨에게 손짓을 했다. 그가 주위를 획 둘러보더니 성자씨에게 누런 서류봉투를 내밀었다. 봉수영감의 유언장이었다. 심장마비를 예감했던 것일까. 떠날 준비를 오래전부터 해왔는지도. A4 용지 한 장에 성명 주소 주민등록번호가 자필로 꼼꼼히 적혀있었다. 빨간 인주 선명한 날인까지, 법적효력에 문제는 없어 보였다. 하단에 작성날짜가 있었다. 그가 베트남에 다녀온 지 얼마 되지 않은 날이었다. 그 뒤로 시름시름 말라갔으므로 그때의 충격이 그를 꺾어놓은 것 같았다.

날마다 조금씩 죽어간 자의 유언은 간단했다. 화장해서 나무 밑에 거름으로 묻으라는 것과 장례 치르고 남은 돈을 아들에게 전해주라는 거였다. 그런데 그는 이 모든 일을 성자씨에게 부탁한다고 적어놓았다. 자신의 딸이 아니고….

그의 재산은 셋방 보증금이 전부였다. 유언장을 곽씨에게 맡겨둔 이유였다. 장례비와 최근 몇 달간 밀린 월세를 공제하면 고작 천만 원쯤 남을 터였다. 곽씨가 밀린 월세를 받지 않겠다고 했다. 일주일 내로 방을 빼주는 조건이었다. 그가 콧방울을 벌름거리며 감정을 잡더니 망자와 호형호제하며 지낸 옛정 때문이라고 했다. 성자씨가 망자의 딸에게 다가가 잠시 몇 마디를 주고받았다.

"그런 거 필요 없으니 알아서 버려주세요."

딸이 손사래를 쳤다. 아버지가 쓰던 물건을 가져가라고 했나보았다. 거기까지는 그런대로 순조로웠다. 갑자기 딸이 곽씨에게 보증금반환을 요구하고 나섰다. 그는 딸에게 유언장을 보여주며 성자씨를 향해 턱짓을 했다.

"이것이 보통 돈이 아니여. 내가 이거라도 지켜줄라고 진땀 깨나 뺐당게."

일부를 빼달라는 세입자의 요구를 거절했나보았다. 그렇다면 그가 베트남을 방문하기 직전이었을 것이었다.

"내 손해가 얼만지 알기나 혀? 오십이 넘는다고."

곽씨가 턱을 올려 다시 생색을 냈다. 밀린 월세와 공과금 등을 까지 않은 것만도 고마운 줄 알라며. 그리고는 이웃 간의 정과 효도에 대해 일장 훈시를 했다. 언성이 높아졌다.

"자식은 난데 이런 경우가 어디 있대요."

새된 소리가 천정을 찔렀다. 그녀의 동그란 얼굴에서 동그랗게 오므린 입술이 참새부리처럼 튀어나왔다. 춘화가 눈을 홉뜨며 달려왔고 그녀 주변을 맴돌던 호규씨가 부자연스런 걸음으로 뒤따라왔다.

"낸들 아나? 여기 이렇게 적혀있으니 법대로 해야지."

곽씨도 지지 않았다.

"성자는 뭐고 베트남은 또 뭐에요?"

"죽은 사람에게 물어보든지…."

자정이 가까워지자 조용해졌다. 올 만한 사람은 모두 다녀간 듯했다. 옆 빈소에서 넘어오던 흐느낌도 잦아들었다. 곽씨는 보이지 않았다. 골칫거리를 성자씨에게 떠넘기고 꽁무니를 뺀 모양이었다. 빈소 구석에 쪼그려앉아 구시렁거리던 딸이 벌떡 일어나 밖으로 나갔다.

"어쩌죠?"

성자씨가 굳은 얼굴로 내게 눈을 맞췄다.

"유언대로 해야죠 뭐."

시큰둥하게 대답은 했지만 내 눈은 출입문을 향하고 있었다. 예상대로였다. 봉수영감 딸이 담배를 피우러 나갔던 제 남편을 데리고 접객실로 들어왔다.

사내가 우리 앞에 섰다. 시큼한 구취에 섞인 술 냄새가 확 다가왔다. 다부진 체격이 싸움질 좀 해본 듯했다. 그가 재킷을 벗고 소매를 걷어올렸다. 팔뚝에 새긴 문신이 드러났다. 화살 꽂힌 하트였다.

"니기미 씨팔. 오늘 여기서 줄초상 나는 꼴 좀 볼껴? 돌라는디 주면 그만이지 왜 남의 돈을 붙들고 지랄이여."

찬물을 끼얹은 듯 공기가 얼어붙었다. 춘화가 호규씨 등 뒤로 숨었다.

사내가 양 손을 허리에 올리고 눈을 부라리며 마주선 우리를 훑었다. 호규씨도 한걸음 뒤로 물러났다. 사내의 삿대질이 성자씨를 향했다.

"당신이 그 잘난 아줌씨여? 우리 장인영감 꼬드겨서 보증금까지 우려낸?"

그가 충혈된 눈으로 성자씨에게 다가갔다. 성자씨가 그 자리에 선 채로 굳어졌다. 험악했다. 그래도 우리는 넷 아닌가. 짖는 개는 물지 않는다는 막연한 믿음에 기대고 싶었다.

"여보슈, 당신 까, 깡패여? 이, 이게 뭔 행패여 존 말 놔두고."

호규씨가 한 발짝 앞으로 나섰다. 목소리를 내려 깔긴 했어도 더듬는 게 그도 적잖이 긴장되는 모양이었다.

"얼라리? 이것들이 떼로 덤비네, 해보자 이거지?"

사내가 발아래 걸린 상을 들어 엎었다. 미처 치우지 못한 잔반이 흩어졌다. 종이컵에 남아있던 술과 음료수가 바닥에 흘렀다. 사내의 흰 와이셔츠에도 김칫국물이 튀었다. 그가 상스런 욕설을 뱉으며 제 와이셔츠 앞자락을 열어젖혔다. 단추 몇 개가 튕겨져 나갔다. 웃통을 벗으면 이번엔 용 문신이 튀어나올 것 같았다. 그의 아내가 사내의 팔을 붙들었다.

"그만해, 이게 뭐야, 사람 쪽팔리게⋯."

적극적으로 제지하는 눈치가 아니었다. 오히려 성자씨를 쏘는 눈빛이 즉답을 요구하고 있었다. 핏기 사라진 성자씨의 입술이 떨렸다. 이웃 빈소에서 사람들이 모여들었다.

"왜 남의 유산을 당신들이 챙기냐 이 말이여."

사내가 니코틴에 절은 쇳소리를 높였다. 구경꾼들에게는 우리가 초상집마당에서 개평이나 뜯으려는 친인척으로 보일 것이었다. 웅성거리는 소리에도 사내는 움츠러들지 않았다. 오히려 쥐구멍이라도 찾고 싶은 쪽

은 우리였다. 체면을 생각하는 쪽이 불리하기 미련이었다. 사내가 두리
번거리다 옆 자리에서 소주병을 집어 들었다. 성자씨가 내 겨드랑이로 움
츠러들었다.

나는 반사적으로 사내의 허리께를 파고들었다. 내 액션에 당황한 그가
기어이 사고를 쳤다. 내 뒤통수에서 퍽 하는 소리가 난 것 같았다. 그리고
세상의 빛과 소리가 동시에 사라졌다.

깨진 병조각이 성자씨의 얼굴을 찢어놓기 전에 막아야 했다는 멋진 변
명은 정신이 들고 나서 생각해냈다.


입원실 천정이 빙그르르 돌았다. 봉수영감의 딸이 병원으로 찾아왔다.
합의 좀 해달라며 징징거렸다. 유산 따위는 일찌감치 포기한 얼굴이었
다. 읍소전술로 돌아선 그녀가 눈물을 찔끔대며 남편의 폭력전과를 털어
놓았다. 형량을 줄이자니 피해자와의 합의가 절실한 모양이었다. 그녀가
두고 간 편지봉투 속에 꾸깃한 만 원짜리 스무 장이 들어있었다. 나는 하
루를 고민했다. 머리만 더 지끈거렸다. 다음날 그녀가 다시 들고 온 서류
에 지장을 찍어주었다.

꼬박 보름간 나는 병원밥을 먹었다. 성자씨가 곁을 지켰다. 종종 문병
을 오던 수경이 뜬금없이 나를 부추겼다.

"오빠 성자언니 어때?"

"…"

"세 살 차이가 별건가, 홍 화백네도 잘 살잖아."

눈을 흘기는 내게 수경이 쏘아붙였다.

"거울도 안 보냐. 푹 삭은 총각을 누가 데려가. 돈이 있나, 번듯한 직장
이 있나. 잘 생각해봐 나중에 후회하지 말고."

2인실이었지만 옆자리 환자가 자주 자리를 비웠다. 그 덕에 성자씨와 많은 이야기를 나눌 수 있었다. 병원을 포근하게 느껴보긴 처음이었다.

"병원밥이 서걱거릴 턴디… 골병든 데는 이것이 그만이다요."

양순씨가 병실문을 열고 양은냄비를 들이밀었다. 가슴이 먹먹해지고 콧날이 찌르르했다. 오리탕이 혈액순환에 좋다는 말은 전에도 들어보았다. 효과를 의심하지 않았다.

"축하드려요."

나는 고마움을 그렇게 표시했다. 구석엄마가 재건축을 포기하고 양순회관의 임대차계약을 연장해줬다는 소식을 들은 터였다. 건물에 재투자할 형편이 못 되었던 모양이었다. 구석의 몰락과 S4U의 해체를 양순씨가 은근히 반긴 이유였다.


성자씨는 내게 시시콜콜한 소문들까지 배달해주었다. 땀내 나는 소식들이 내 머릿속에서 재조립되어 천연색 활동사진으로 변신했다. 그 중에 진식의 소식이 압권이었다. 지난겨울 함께 살던 노파가 풍을 맞아 세상을 떴고 그가 다시 종적을 감췄단다. 진식이 책방여자를 찾으러 떠난 걸까. 에이 설마. 감나무카페로 꽃가루처럼 날아든 소문이 있었다. 인천에서 열린 댄스대회에서 그녀가 왈츠를 추더라는…. 나는 진식을 그다지 걱정하지 않았다. 마음만 먹으면 당장이라도 그를 찾아낼 수 있을 성싶었다. 화폭에 담을 꽃들이 널려있는 한 그는 운암호를 떠나지 않을 것이므로.

춘화는 더 이상 진식을 만날 수 없었다. 나는 호규씨의 반응이 더 궁금했다. 병원입구에서 주춤거리던 그의 모습이 눈앞에 어른거렸다.

지난달 나는 호규씨의 등을 떠밀어 비뇨기과에 다녀왔다. 그가 의사 앞에서 딸꾹질을 했고 나는 그의 유능한 대변인이 되어있었다. 성자씨가 춘화를 설득하는 건 어렵지 않았을 터, 엊그제 카페에 들른 춘화가 얼굴을 붉히며 호규씨를 치켜세우더란다. 내 상상이 의술 너머의 은밀한 영역으로 확장되었다.

나와 성자씨를 묶어주는 건 역시 춘화 부부였다. 그들의 사연이 병실에 누워있는 내 심장을 간질여주었다. 성자씨도 슬며시 목덜미를 붉혔다. 나는 못 본 척 고개를 꼬았지만 그녀의 달달한 목소리가 귓바퀴에 감겨들었다. 그녀는 나의 세헤라자드가 되어있었다.

잠시의 침묵이 병실 안을 채웠다. 비스듬히 누운 내 얼굴을 내려다보던 성자씨가 다시 입을 열었다. 눈빛이 무겁고 진지했다.

"이제 본인의 이야기를 써보세요."

평범한 충고가 내 뒤통수를 뾰족하게 찌르고 들어왔다. 소주병으로 얻어맞던 때와는 전혀 다른 감촉이었다. 내 이야기라… 내 이야기라면? 상체를 곧추세워 성자씨를 향해 똑바로 앉았다. 그토록 고민하던 중심서사가 비 갠 대밭의 죽순처럼 솟아올랐다. 영화에 미친 노총각이 반복된 실패 끝에 마침내 건져 올린… 쑥스럽긴 해도 내가 제일 잘 아는… 러브스토리. 나는 열 손가락에 힘을 모아 내 허벅지를 움켜쥐었다. 갑자기 실내가 더워지는 느낌이었다.

내 이야기, 그거야말로 내가 가장 자신 있는 시나리오였다. 불현듯 부끄러움이 밀려왔다. 돌아온 고향에서 그동안 구경꾼 노릇만 하지 않았나. 외곽에서 더듬이만 까딱거리던 나를 추슬러 기둥으로 세울 때가 된 것 같았다. 이제라도 여기에 뿌리를 내려야한다. 그리하여 나만의 다큐멘터리를 만들자. 가슴속 열기가 식기 전에….

성자씨가 내 눈을 물끄러미 들여다보았다. 확대된 그녀의 눈동자 속에서 지나간 계절들이 빠르게 리플레이 되었다. 익숙한 얼굴들이 나를 에워

싸고 천천히 맴돌았다. 베게 밑을 더듬어 수첩을 꺼냈다. 한옥마을 남쪽 사람들을 내 주변에 배치해보았다. 조연과 단역으로 손색이 없었다. 그들의 사연들은 나의 귀향스토리에 엮어 넣을 색색의 씨줄과 날줄이었다.

'돌아온 고향에서 다시 만난 지인들, 갈등 끝에 나는 그들의 삶을 이해하게 된다. 그들과 어울려 비빔밥처럼 버무려진다. 나는 사랑을 찾아 이윽고 진화한다.' 동서고금을 통과해온 이 스토리라인은 여전히 유효하지 않은가. 가슴이 벌렁거렸다. 한걸음 더 내딛었다. 머리맡에 놓아둔 손거울을 집어 들었다. 그런데, 주연 배우를 따로 섭외할 필요가 있을까.


"베트남에 가겠어요. 전해줄 것도 있고⋯."

성자씨가 선언하듯 던졌다. 퇴원을 하루 앞두고, 병실로 들어온 저녁 식사를 막 끝낸 뒤였다. 곽씨에게서 받은 보증금을 봉수영감의 유언대로 아들에게 전달하겠다는 뜻이었다. 그녀가 눈을 내리깔고 손톱 거스러미를 뜯으며 말을 이었다.

"저어⋯ 같이⋯ 갈래요? 다낭이 영화배경으로도 멋지다는데⋯."

병실창문으로 스며든 저녁놀이 그녀의 염색한 귀밑머리에 배어들었다. 나는 눈꺼풀을 들어 올려 그녀를 줌인했다. 눈가의 잔주름과 콧날이 서서히 또렷해졌다. 갸름한 턱 선에서 솜털을 보았다. 언뜻 풍겨온 젖내가 달콤했다. 언 땅을 뚫고 올라온 풀꽃에서 맡아보던⋯. 나는 말없이 그녀의 두 손을 잡았다.